国学经典丛书

名家注译本

随园诗话

[清] 袁枚 著　唐婷 注译

长江文艺出版传媒

长江文艺出版社

图书在版编目（CIP）数据

随园诗话 /（清）袁枚著；唐婷注译. —— 武汉：
长江文艺出版社，2019.6（2023.9 重印）
　（国学经典丛书. 第二辑）
　ISBN 978-7-5702-0484-7

Ⅰ. ①随… Ⅱ. ①袁… ②唐… Ⅲ. ①诗话－中国－
古代②《随园诗话》－注释③《随园诗话》－译文 Ⅳ.
①I207.22

中国版本图书馆 CIP 数据核字 (2018) 第 136280 号

责任编辑：周　阳　　　　　　　　责任校对：毛季慧
封面设计：新华智品　　　　　　　责任印制：邱　莉　　王光兴

出版：长江出版传媒　｜　长江文艺出版社

地址：武汉市雄楚大街 268 号　　　邮编：430070
发行：长江文艺出版社
http://www.cjlap.com
印刷：三河市百盛印装有限公司

开本：880 毫米×1230 毫米　　1/32　　印张：10.25
版次：2019 年 6 月第 1 版　　　　2023 年 9 月第 2 次印刷
字数：150 千字

定价：78.00 元

总　序

郭齐勇　武汉大学国学院院长

　　国学大师钱穆先生曾说"今人率言'革新'，然革新固当知旧"。对现代人尤其是青年一代来说，缺乏的也许不是所谓的"革新力量"，而是"知旧"，也即对传统的了解。

　　中国文化传统的源头，都在中国古代经典当中。从先秦的《诗经》《易经》，晚周诸子，前四史与《资治通鉴》，骚体诗、汉乐府和辞赋，六朝骈文，直到唐诗、宋词、元曲和明清小说，在传统经典这条源远流长的巨川大河中，流淌着多少滋养着我们精神的养分和元气！

　　《说文解字》上说"经"是一种有条不紊的编织排列，《广韵》上说"典"是一种法、一种规则。经与典交织运作，演绎中国文化的风貌，制约着我们的日常行为规范、生活秩序。中国文化的基调，总体上是倾向于人间的，是关心人生、参与人生、反映人生的，当然也是指导人生的。无论是春秋战国的诸子哲学，汉魏各家的传经事业，韩柳欧苏的道德文章，程朱陆王的心性义理；还是先民传唱的诗歌，屈原的忧患行吟，都洋溢着强烈的平民性格、人伦大爱、家国情怀、理想境界。尤其是四书五经，更是中国人的常经、常道。这些对当下中国人治国理政，建构健康人格，铸造民族精魂都具有重要意义。经典是当代人增长生命智慧的源头活水!

长江文艺出版社历来重视中华民族优秀传统文化的传播及普及,近年来更在阐释传统经典、传承核心文化价值,建构文化认同的大纛下努力向中国古典文化的宝库掘进。他们欲推出《国学经典丛书》,殊为可喜。

怎么样推广这些传统文化经典呢?

古代经典和现代读者的阅读习惯及趣味本来有一定差距,如果再板起面孔、高高在上,只会让现代读者望而生畏。当然,经典也不是任人打扮的小姑娘,一味将它鸡汤化、庸俗化、功利化,也会让它变味。最好的办法就是,既忠实于经典的原汁原味,又方便读者读懂经典,易于接受。在这个原则的指导下,《国学经典丛书》首先是以原典为主,尊重原典,呈现原典。同时又照顾现实需要,为现代读者阅读经典扫除障碍,对经典作必要的字词义的疏通。这些必要精到的疏通,给了现代读者一把迈入经典大门的钥匙,开启了现代读者与古圣先贤神交的窗口。

放眼当下出版界,传统文化出版物鱼目混珠、泥沙俱下,诸多出版商打着传承古典文化的旗号,曲解经典,对现代读者尤其是广大青少年认知传承经典起了误导作用。有鉴于此,长江文艺出版社推出的《国学经典丛书》特别注重版本的选取。这套丛书大多数择取了当前国内已经出版过的优秀版本,是请相关领域的名家、专业人士重新梳理的。这些版本在尊重原典的前提下同时兼顾其普及性,希望读者能有一次轻松愉悦的古典之旅。

种种原因,这套丛书必然会有缺点和疏漏,祈望方家指正。

前　言

袁枚，字子才，号简斋，浙江杭州人。乾隆四年进士，历任沭阳、江宁等地知县。父亡后，袁枚乞归养母，在江宁小仓山购置随园，故世称"随园先生"。其论诗主张"性灵"，是乾嘉诗坛性灵派的核心人物。著有《小仓山房集》《随园诗话》《随园诗话补遗》《新齐谐》及《续新齐谐》等。集中反映其诗论主张的，便是《随园诗话》。

"诗话"是一种以品评诗歌、记录诗人逸闻趣谈为主的札记类著作。据《历代诗话》考，最早要属南朝钟嵘的《诗品》，至宋代欧阳修《六一诗话》的出现，才算臻备。之后"诗话"大兴，较著名的有：严羽《沧浪诗话》、王世贞《艺苑卮言》、胡应麟《诗薮》、王士祯《带经堂诗话》、袁枚《随园诗话》、赵翼《瓯北诗话》等。其中《随园诗话》部头较大，正文十六卷，加《补遗》十卷，共二十六卷。此书本是兴尽落笔、随时采录，因此并无一定的章法体例。它围绕品诗、论诗、作诗、录诗，记述诗风沿革、诗歌本事、人情风貌等。虽重在论诗，却不全是诗论，正如《诗话》所引："作此诗就只是此诗，便算不得好诗。"《随园诗话》中，记录了江南新婚风俗；记录才子佳人为情所困，也记梦中诗谶、各类拔萃人物等。因此，读《随园诗话》可窥见乾隆朝民情风俗之一斑。

袁枚作诗主张"性灵"。所谓"抄到钟嵘《诗品》日，该他知道性灵时"。（袁枚《仿元遗山论诗》）钟嵘作《诗品》，"性灵说"就已萌芽，但未具规模。到明代公安派、竟陵派开始宣扬"性灵"，方才波澜壮阔。公安派以"三袁"为代表，认为"性灵"即性情，主张作诗行文要自然地流露个性，语言不雕琢，通篇清灵干净。不强调诗文的"学问""深意""理趣"等。竟陵派以钟惺、谭元春为代表，认为"性灵"是向古人借"精神"，而古人的精神乃是"幽情单绪""孤行""孤诣"，因此提倡一种"幽深孤峭"的诗文风格（游国恩《中国文学史（四）》）。到袁枚，则认为性灵是"赤子之心"，它融合了性情与诗才。不刻意反对深意理趣，也不刻意造就幽深孤峭。言为心声，讲求真情动人。所以，他说："自《三百篇》至今日，凡诗之传者，都是性灵，不关堆垛。"（卷五）又说："圣人称诗'可以兴'，以其最易感人也。"（卷十二）说："人必先有芬芳悱恻之怀，而后有沉郁顿挫之作。"（卷十四）都强调真情、独抒性灵对诗歌创作的重要性。"诗难其真也，有性情而后真，否则敷衍成文矣。诗难其雅也，有学问而后雅，否则俚鄙率意矣。"所以，他倡导以性情作真诗，作雅诗。并自勉："专写性情，不得已而适逢典故；不分门户，乃无心而自合唐音。"（卷七）

袁枚论诗也主张性灵，"诗分唐、宋，至今人犹恪守。不知诗者，人之性情。唐、宋者，帝王之国号"。（卷六）可见，论诗以性情见高低，不以时限分天地。又"无题之诗，天籁也；有题之诗，人籁也。天籁易工，人籁难工。《三百篇》《古诗十九首》，皆无题之作，后人取其诗中首面之一二字为题，遂独绝千古。汉、魏以下，有题方有诗，性情渐漓。至唐人有五言八韵之试帖，限以格律，而性情愈远"。认为无题直写性情、直抒胸臆，便是"天籁"；有题则捆绑才情、亦步亦趋，只是"人籁"罢了。于是，随园先生忘情大呼"余最爱言情之作"。这在录诗上也有体现。如"偶见晚唐人辞某节度七律一首"（卷九），虽不能记全整首诗，也不能记得姓名，但觉诗中一往情深、至情至性，便当即录下所记得的前四句，更恨不能"友其人于千载以上"。又"戊寅二月，过僧寺，见壁上小幅诗云"（卷十二），众人都笑壁上诗浅率，唯随园先生认为"一片性灵，恐是名手"，便即刻录下诗稿，遍寻作者。此例繁多，不再枚举。足见，"性灵说"贯穿在袁枚作诗、论诗、品诗、录诗的整个过程中。

袁枚所标举的"性灵"是集性情、才情于一体，追求清妙真雅的诗文风格。游国恩先生曾总结："清中叶的诗歌领域中，王士禛的'神韵'说的影响仍然很大。主张'温柔敦厚'的沈德潜，更是典型的台阁体诗人；稍后，翁方纲的'肌理'说，表现了考据学对诗歌的影响。只有袁枚的反对复古、主张性灵的理论，继承了明末公安派的传统而有所发展，他的'性灵'说不像公安派那样玄虚抽象，而是从实际出发，在当时比较有进步意义。"诚如此言。袁枚的"性灵"主张抒发性情，这是"继承"。而追求诗风高雅，讲求适宜地、自然地用学问作诗，便是"发展"。

本书为选译本，从正文十六卷选取反映袁枚诗学主张的重要片段进行译注，不包括《补遗》。体例由原文、注释、译文三部分构成。原文以顾学颉先生校点的《随园诗话》为底本（特别说明，因袁枚原文有随文小字夹注，本书完全参照原体例以小字夹注文中）。注释中，凡重复出现的字词，意思相同则不再另注；相同的人名、官名，皆不再另注。译文多采取直译，考虑到"诗话"的特殊性，涉及鉴赏的诗文则不作翻译，以免破坏诗歌品鉴。才疏学浅，难免有错讹及疏漏，恳请广大读者批评指正。

唐　婷

2018 年 8 月

目 录

卷一

一

　　古英雄未遇时，都无大志，非止邓禹希文学①、马武望督邮也②。晋文公有妻有马，不肯去齐。光武贫时，与李通讼逋租于严尤③。尤奇而目之。光武归谓李通曰："严公宁目君耶?"窥其意，以得严君一盼为荣。韩蕲王为小卒时④，相士言其日后封王。韩大怒，以为侮已，奋拳殴之。都是一般见解。鄂西林相公《辛丑元日》云⑤："揽镜人将老，开门草未生。"《咏怀》云："看来四十犹如此，便到百年已可知。"皆作郎中时诗也。玩其词，若不料此后之出将入相者。及其为七省经略⑥，《在金中丞席上》云："问心都是酬恩客，屈指谁为济世才?"《登甲秀楼》绝句云："炊烟卓午散轻丝，十万人家饭熟时。问讯何年招济火? 斜阳满树

武乡祠。"居然以武侯自命：皆与未得志时气象
迥异。张桐城相公则自翰林至作首相⑦，诗皆一
格。最清妙者："柳阴春水曲，花外暮山多。"
"叶底花开人不见，一双蝴蝶已先知。""临水
种花知有意，一枝化作两枝看。"《扈跸》云：
"谁怜七十龙钟叟，骑马踏冰星满天。"《和皇
上风筝》云："九霄日近增华色，四野风多仗宝
绳。"押"绳"字韵，寄托遥深。

【注释】 ①邓禹：字仲华，今河南唐河人。东汉开国名将，
"云台二十八将"之首。

②马武：字子张，今河南唐河人。曾随刘秀南征北战，东汉建
立后，任捕虏将军，封杨虚侯。"云台二十八将"之一。 督邮：官
名，各郡重要属吏。代表太守督察县乡，宣达政令兼司法等。

③李通：字次元，今河南南阳人。东汉开国功臣，"云台二十八
将"之一。 逋：拖欠。 严尤：字伯石，曾与王莽共读于长安敦
学坊，颇受王莽器重，曾担任大司马。

④韩蕲王：即韩世忠，字良臣，陕西绥德人。南宋著名将领
之一。

⑤鄂西林：即西林觉罗·鄂尔泰，字毅庵，清满洲镶蓝旗人。
与田文镜、李卫同为雍正帝的心腹。

⑥经略：官名，明、清代有重要军事任务时特设经略，掌管一
路或数路的军政事务，职位高于总督。

⑦张桐城：即张廷玉，字衡臣，号砚斋，清代政治家，历任保
和殿大学士、首席军机大臣等职。因系安徽桐城人，故世称"张桐

城"。

【译文】　古时英雄在没有得到重用前，都没有大志向，这样的例子很多，并不只有邓禹仰慕文学，马武想做督邮而已。晋文公因得了妻子和马匹，就不愿离开齐国。光武帝穷困时，为春陵侯的租户欠租的事情去严尤那里打官司，李通也同在。严尤见刘秀气度不凡，对他时时瞩目。光武回家后对李通说："严公可曾看过你？"他的言下之意是，以得严尤一瞥为荣。韩蕲王在当小兵时，看面相的人说他日后会封王。韩蕲王大怒，认为看相的人在戏弄他，便抡起拳头将他殴打一通。以上都是一样的见解，都并未料到自己日后会大有作为。鄂西林相公《辛丑元日》说："揽镜人将老，开门草未生。"《咏怀》说："看来四十犹如此，便到百年已可知。"都是他作郎中时的诗。品味这些诗，好像并未料到日后会成为宰相。等到他作了七省经略，《在金中丞席上》说："问心都是酬恩客，屈指谁为济世才？"《登甲秀楼》绝句说："炊烟卓午散轻丝，十万人家饭熟时。问讯何年招济火？斜阳满树武乡祠。"居然以武侯（诸葛亮）自比，与未得志时的气象大不相同。张桐城相公则从翰林做到首相，他的诗都是一种格调。最清妙的是："柳阴春水曲，花外暮山多。""叶底花开人不见，一双蝴蝶已先知。""临水种花知有意，一枝化作两枝看。"《扈跸》说："谁怜七十龙钟叟，骑马踏冰星满天。"《和皇上风筝》说："九霄日近增华色，四野风多仗宝绳。"此处押"绳"字韵，寄托了深远的理想和抱负。

二

杨诚斋曰①："从来天分低拙之人，好谈格调，而不解风趣。何也？格调是空架子，有腔口易描；风趣专写性灵，非天才不办。"余深爱其言。须知有性情，便有格律；格律不在性情外。《三百篇》半是劳人思妇率意言情之事；谁为之格？谁为之律？而今之谈格调者，能出其范围否？况皋、禹之歌②，不同乎《三百篇》；《国风》之格，不同乎《雅》《颂》：格岂有一定哉？许浑云③："吟诗好似成仙骨，骨里无诗莫浪吟。"诗在骨不在格也。

【注释】 ①杨诚斋：即杨万里，字廷秀，号诚斋，南宋杰出诗人。

②皋、禹之歌：指《尚书》中《皋陶谟》《大禹谟》两篇。

③许浑：字用晦，一作仲晦，晚唐诗人。

【译文】 杨诚斋说："从来天分低的人，都喜欢谈诗的格调，却不明白风趣。为何？格调是空架子，容易通过语言描述出来；而风趣透着诗的性灵，没有天分的人是办不到的。"我很赞赏这段话。须要知道诗有性情，便有格律；格律并不在性情之外。《三百篇》有大半篇幅是服役之人、闺思之妇真情流露的诗，谁替他们格？谁替他们律？而如今谈格调的人，有能超过《三百篇》的吗？何况皋陶、大禹的歌谣，本就和《三百篇》不同；《三百篇》中《国风》的格调，又和《雅》《颂》不同，诗歌的格调哪有一定的标准？许浑说："吟诗好似成仙骨，骨里无诗莫浪吟。"就是说，诗贵风骨，而不在格调上。

三

前明门户之习，不止朝廷也，于诗亦然。

当其盛时，高、杨、张、徐①，各自成家，毫无门户。一传而为七子②；再传而为钟、谭③，为公安④；又再传而为虞山⑤：率皆攻排诋呵，自树一帜，殊可笑也。凡人各有得力处，各有乖谬处，总要平心静气，存其是而去其非。试思七子、钟、谭，若无当日之盛名，则虞山选《列朝诗》时，方将搜索于荒村寂寞之乡，得半句片言以传其人矣。敌必当王，射先中马：皆好名者之累也！

【注释】　①高、杨、张、徐：指明初居住吴中的四位著名诗人，高启、杨基、张羽、徐贲，也被称为"吴中四杰"。

②七子："前七子"指明弘治、正德年间，李梦阳、何景明、徐祯卿、边贡、康海、王九思和王廷相七位著名诗人。

③钟、谭：指钟惺、谭元春，是明代后期竟陵派代表人物，主张性灵说。

④公安：指明后期公安派，以袁宏道、袁中道、袁宗道为代表，主张"独抒性灵，不拘格套"。

⑤虞山：即钱谦益，字受之，号牧斋，又称虞山先生，清初诗坛主要人物之一。

【译文】　明代门户之见很普遍，不止政见不一，对诗歌也主张各异。当诗歌创作最盛时，"吴中四杰"高启、杨基、张羽、徐贲，各有特色，并无门户之争。之后明七子、竟陵派、公安派相继登上诗坛，再到之后的钱虞山：则互相攻讦诋毁，独树一帜，实在可笑。每个人都有他擅长的，也都有欠缺的；需要平心静气的对待，保留长处而抛去不足。

试想七子、钟、谭，如果没有昔日的大名气，那么钱虞山在选《列朝诗》时，就要在荒村寂寞之乡苦苦搜索，用得到的只言片语来传扬这个人。所谓擒贼先擒王，射人先射马：都是喜好名利的人最累心之处。

五

落第诗，唐人极多。本朝程鱼门云[1]："也应有泪流知己，只觉无颜对俗人。"陈梅岑云[2]："得原有命他休问，壮不如人后可知。"家香亭[3]云："共说文章原有价，若论侥幸岂无人？"又云："愁看童仆凄凉色，怕读亲朋慰藉书。"王菊庄云[4]："亲朋共怅登程日，乡里先传下第名。"皆可与唐人颉颃[5]。然读姚武功云[6]："须凿燕然山上石，《登科记》里是闲名。"则爽然若失矣。读唐青臣云："不第远归来，妻子色不喜。黄犬恰有情，当门卧摇尾。"则吃吃笑不休矣。其他如："不辞更写公卿卷，恰是难修骨肉书。""失意雅不惬，见花如见仇。路逢白面郎，醉簪花满头。""枉坐公车行万里，譬如闲看华山来。""乡连南渡思菰米，泪滴东风避杏花。"俱妙。

【注释】　①程鱼门：即程晋芳，字鱼门，清代经学家、诗人。②陈梅岑：即陈长钧，字梅岑，清代诗人。

③家香亭：即袁树，字豆村，号香亭，清代诗人，袁枚堂弟。

④王菊庄：王金英，字菊庄，清代诗人。

⑤颉颃（xié háng）：原指鸟上下翻飞，引申为不相上下，互相抗衡。

⑥姚武功：即姚合，元和十一年中进士，授武功主簿，世称姚武功，中唐诗人。

【译文】　描写落第的诗，唐人有很多。本朝程鱼门说："也应有泪流知己，只觉无颜对俗人。"陈梅岑说："得原有命他休问，壮不如人后可知。"袁香亭说："共说文章原有价，若论侥幸岂无人？"又说："愁看童仆凄凉色，怕读亲朋慰藉书。"王菊庄说："亲朋共怅登程日，乡里先传下第名。"这些诗都与唐人不相上下。然而，读姚武功的诗："须凿燕然山上石，《登科记》里是闲名。"坦然之中有些许忧伤。读唐青臣的诗："不第远归来，妻子色不喜。黄犬恰有情，当门卧摇尾。"又忍不住笑个不停。其他如："不辞更写公卿卷，恰是难修骨肉书。""失意雅不惬，见花如见仇。路逢白面郎，醉簪花满头。""枉坐公车行万里，譬如闲看华山来。""乡连南渡思菰米，泪滴东风避杏花。"都很妙。

七

常州赵仁叔有一联云："蝶来风有致，人去月无聊。"仁叔一生，只传此二句。某《拟古》云："莫作江上舟，莫作江上月。舟载人别离，月照人离别。"其人一生，所传亦只此四句。金圣叹好批小说，人多薄之；然其《宿野庙》一绝云："众响渐已寂，虫于佛面飞。半窗关夜雨，四壁挂僧衣。"殊清绝。孔东堂演《桃花扇》曲本，有诗集若干，佳句云："船冲宿鹭排樯起，灯引秋蚊入帐飞。"其他首未能称是。

【译文】 常州赵仁叔有一联诗："蝶来风有致，人去月无聊。"仁叔这一生，只流传下来这两句。某人《拟古》诗云："莫作江上舟，莫作江上月。舟载人别离，月照人离别。"这人一生，留下的也只有这四句。金圣叹喜欢批点小说，世人多轻薄他；但他有首《宿野庙》绝句："众响渐已寂，虫于佛面飞。半窗关夜雨，四壁挂僧衣。"特清净绝美。孔尚任的《桃花扇》曲本中，中有若干诗集，有句"船冲宿鹭排樯起，灯引秋蚊入帐飞"堪称佳句，其他则比较一般。

一一

尹文端公总督江南[①]，年才三十，人呼"小尹"。海宁诗人杨守知，字次也，康熙庚辰进士。以道员挂误[②]，候补南河，年七十矣。尹知为老名士，所以奖慰之者甚厚。杨喜，自指其髻[③]，叹曰："蒙公盛意，惜守知老矣！'夕阳无限好，只是近黄昏。'"公应声曰："不然，君独不闻'天意怜幽草，人间重晚晴'乎？"杨骇然，出语人曰："不谓小尹少年科甲，竟能吐属风流。"

尹文端公好和韵^④，尤好叠韵，每与人角胜，多多益善。庚辰十月，为勾当公事^⑤，与嘉兴钱香树尚书相遇苏州^⑥，和诗至十余次。一时材官僆从^⑦，为送两家诗，至于马疲人倦。尚书还嘉禾，而尹公又追寄一首，挑之于吴江。尚书覆札云："岁事匆匆，实不能再和矣！愿公遍告同人，说香树老子，战败于吴江道上。何如？"适枚过苏，见此札，遂献七律一章，第五六云："秋容老圃无衰色，诗律吴江有败兵。"公喜，从此又与枚叠和不休。押"兵"字，有"消寒须用美人兵""莫向床头笑曳兵"之句：盖探枚方娶妾故也。其好谐谑如此。己卯八月，枚江北获稻归，饮于公所。酒毕，与诸公子夜谈。公从后堂札示云："山人在外初回^⑧，家姬必多相忆。盍早归乎？"余题札后云："夜深手札出深闺，劝我新归应早回。自笑公门嫩桃李^⑨，五更结子要风催。"除夕，公赐食物。枚以诗谢，末首云："知公得韵便传笺，倚马才高不让先。今日教公输一着，新诗和到是明年。"公见之，大笑。

【注释】　①尹文端公：即尹继善，章佳氏，字元长，号望山，满洲镶黄旗人。雍正元年进士。著有《尹文端公诗集》等。
②道员：又称道台，官名。道员介于是省（巡抚、总督）与府

（知府）之间的地方长官。挂误：因受连累而失官。

③鬓："鬂"的异体字，读作 bìn，意指脸旁靠近耳朵的头发。

④和（hè）韵：指与别人诗歌唱和时，依照其诗所押的韵作诗。有三种方式：依韵，即韵脚与原诗韵在同一韵部而不必用其原字；次韵，或称步韵，即韵脚用其诗原韵原字，而且用字先后次序也必须相同；用韵，即韵脚用原诗的字而不必依照其先后次序。尹文端公好叠韵，指其喜欢依韵相和。

⑤勾当：主管，处理。

⑥钱香树：即钱陈群，字主敬，浙江嘉兴人。

⑦材官：指武卒或供差遣的低级武职。　傔（qiàn）从：侍从。

⑧山人：古代学者士人的雅号。

⑨嬾：同"懒"。

【译文】　尹文端公总督江南，才三十岁，人称"小尹"。海宁诗人杨守知，字次也，康熙庚辰年进士。以道台身份受牵连，候补南河，已七十岁。尹知道杨为老名士，所以奖慰丰厚。杨很高兴，自指着鬓发，叹道："承蒙公盛意，可惜守知老了！'夕阳无限好，只是近黄昏。'"公应声说："不对，您难道没听说'天意怜幽草，人间重晚晴'吗？"杨感到惊讶，出门便对旁人说："不料小尹年少高中科甲，谈吐竟能如此风流。"

尹文端公喜好和韵，尤其是叠韵。每次与人唱和争胜，多多益善。庚辰十月，为处理公事，与嘉兴钱香树尚书在苏州相遇，和诗达十余次，一时侍从们为送两家诗，弄得人仰马翻。尚书乘舟还嘉禾，而尹公又追寄一首，挑衅于吴江之上。尚书回信说："人事匆忙，实在不能再作诗相和了！愿公遍告诗友，就说香树老子，战败于吴江道上。怎么样？"恰逢当时我经过苏州，看见这封信，就献七律一首，第五六联说："秋容老圃无衰色，诗律吴江有败兵。"尹公很赞赏。从此又和我和韵不休。押"兵"字，有"消寒须用美人兵""莫向床头笑曳兵"之句，大约因我刚娶妾的缘故吧。尹公就是这样喜欢调侃。己卯八月，我从长江以北获稻归来，在尹公府上小聚。酒后，和诸位公子聊至深夜。尹公从后堂传来书信，说："你才刚从外地回来，家中的妻妾必然很是想念，何不早点回去呢？"我在信后写道："夜深手札出深闺，劝我新归应早回。自笑公门懒桃李，五更结子要风催。"除夕，尹公送来食物。我以诗答谢，最后一首说："知公得韵便传笺，倚马才高不让先。今日教公输一着，新诗和到是明年。"尹公见诗，大笑。

一三

以昌黎之崛强，宜鄙俳体矣①；而《滕王阁序》曰："得附三王之末，有荣耀焉。"以杜少陵之博大，宜薄初唐矣；而诗曰："王、杨、卢、骆当时体，不废江河万古流。"以黄山谷之奥峭②，宜薄西昆矣③；而诗云："元之如砥柱，大年若霜鹘。王、杨立本朝，与世作郛郭。"今人未窥韩、柳门户，而先扫六朝④；未得李、杜皮毛，而已轻温、李⑤：何蜉蝣之多也⑥！

【注释】　①俳体：即骈文，以字句两两相对而成章的文体。因常用四字句、六字句，也称"四六文"，讲究对仗工整和声律和谐。

②黄山谷：即黄庭坚。庭坚，字鲁直，号山谷道人，宋代江西诗派鼻祖。生前诗名与苏轼等，世称"苏黄"。

③西昆：指西昆体，是宋初诗坛上声势最盛的一个诗歌流派，以杨亿、刘筠、钱惟演等为代表，有互相唱和的诗歌总集《西昆酬唱集》，因此而得名。

④六朝：指东吴、东晋、宋、齐、梁、陈六个朝代。

⑤温、李：指温庭筠、李商隐，晚唐诗人的代表。

⑥蜉蝣：一种生命短暂的昆虫，有朝生暮死之说，首见于《诗经》："蜉蝣掘阅，麻衣如雪。心之忧矣，于我归说？"

【译文】　以韩昌黎的倔强，应该会鄙薄骈文，但作《滕王阁序》说："得附三王之末，有荣耀焉。"以杜甫的博大，应该会鄙薄初唐诗，而诗云："王、杨、卢、骆当时体，不废江河万古流。"以黄庭坚的奥峭，应该会鄙薄西昆体，而诗云："元之如砥柱，大年若霜鹘。王、杨立本朝，与世作郛郭。"如今人们还没参透韩、柳，却先批判六朝文章，没得李、杜皮毛，而已轻视温、李：怎么有这么多如蜉蝣一般的人？

一五

古无类书①，无志书②，又无字汇③；故《三都》《两京》赋，言木则若干，言鸟则若干，必待搜辑群书，广采风土，然后成文。果能才藻富艳，便倾动一时。洛阳所以纸贵者④，直是家置一本，当类书、郡志读耳。故成之亦须十年、五年。今类书、字汇，无所不备；使左思生于今日，必不作此种赋。即作之，不过翻摘故纸，一二日可成。而抄诵之者，亦无有也。今人作诗赋，而好用杂事僻韵，以多为贵者，误矣！

【注释】 ①类书：是我国一种资料性书籍，辑录各书中的材料，按门类等编排以备检索，如《太平御览》《古今图书集成》等。

②志书：以地区为主，记录该地古今以来自然、社会等方面的著作，又称地志或地方志。

③字汇：字典一类的工具书。

④洛阳纸贵：西晋时，洛阳人争相传抄左思的作品，以至于一时纸张供不应求，货缺而贵。

【译文】 古代并没有像类书、志书、字汇一类的书籍，所以《三都》《两京》赋，谈到若干树木、鸟兽，一定是从群书及各地风土中搜辑而来，然后形成文章。如果能文才横绝、辞藻华艳，便会惊动一时。所以"洛阳纸贵"的典故，那真是家家一本，当作类书、郡县志来读。因此这类文章要写成也须要十年、五年。如今，类书、字汇类书籍都很齐备，假若左思生于今日，一定不会作这类赋。即便作了，也不过是翻抄故纸堆，一两天就可以写成。而抄诵的人，也就没有了。今人作诗赋，喜欢用生僻的典故和韵律，并以多为贵，真是错误！

一六

"乐府"二字①，是官监之名，见霍光、张放两传。其《君马黄》《临高台》等乐章，久矣失传。盖因乐府传写，大字为辞，细字为声，声词合写，易至舛误。是以曹魏改《将进酒》

为《平关中》《上之回》为《克官渡》，共十二曲，并不袭汉。晋人改《思悲翁》为《宣受命》《朱鹭》为《灵之祥》，共十二曲，亦不袭魏。唐太白、长吉知之，故仍其本名，而自作己诗。少陵、张、王、元、白知之，故自作己诗，而创为新乐府。元稹序杜诗，言之甚详。郑樵亦言："今之乐府，崔豹以义说名②，吴兢以事解目③，与诗之失传一也④。《将进酒》而李余乃序烈女，《出门行》而刘猛不言别离，《秋胡行》而武帝云'晨上散关山，此道当何难'：皆与题无涉。"今人犹贸贸然抱《乐府解题》为秘本，而字摹句仿之，如画鬼魅，凿空无据；且必置之卷首，以撑门面。犹之自标门阀，称乃祖乃宗绝大官衔，而不知其与己无干也。

【注释】　①乐府：是汉武帝时设立的音乐行政机构，主要负责训练乐工、制定乐谱和采集歌词，之后演变为一种带有音乐性的诗歌体裁。

②崔豹：字正雄，西晋时人，撰有《古今注》三卷。

③吴兢：唐朝著名史学家，著有《贞观政要》。

④诗之失传：指"《诗》亡然后《春秋》作"，此处指崔豹、吴兢用作史书的方法记录乐府，导致乐府如同诗一样，逐渐走向衰微。

【译文】　"乐府"二字，原是官府机构的名称，见霍光、张放两人的传记。其中记载的《君马黄》《临高台》等乐章，已经失传很久了。大概因乐府在传写乐章时，大字为歌词，小字为声调，声词合写，容易产生混淆、错误。所以，曹魏时期改《将进酒》为《平关中》《上之回》为《克官渡》，共十二曲，并没有沿袭汉代旧制。晋人改《思悲翁》为《宣受命》《朱鹭》为《灵之祥》，共十二曲，也不沿袭魏时旧制。到唐代李白、李贺通晓此规律，乃本乐章原名，而作自己的诗。杜甫、张籍、王建、元稹、白居易，也用此方法作自己的诗，而创作了新乐府。元稹为杜甫的诗作序，对乐府的发展谈得很详细。郑樵也说："如今的乐府，崔豹注重诠释其名义，吴兢按事类分名目，致使乐府与诗的失传一样。李余引《将进酒》为烈女作序，刘猛引《出门行》而不言别离，武帝引《秋胡行》而说'晨上散关山，此道当何难'：这些都与题目无关。"如今人们仍然贸贸然地将《乐府解题》看作秘本，逐字逐句地模仿，这就如同让人画鬼，并没有切实的依据；而且还必然置之卷首，用来撑门面，如同某人自我标榜，称他的祖先是多么大的官衔，却不知这些都与他毫无干系。

二三

人称才大者，如万里黄河，与泥沙俱下。余以为：此粗才，非大才也。大才如海水接天，波涛浴日，所见皆金银宫阙，奇花异草，安得有泥沙污人眼界耶？或曰："诗有大家，有名家。大家不嫌庞杂，名家必选字酌句。"余道：作者自命当作名家，而使后人置我于大家之中；

不可自命为大家，而转使后人屏我于名家之外。尝规蒋心余太史云："君切莫老手颓唐，才人胆大也。"心余以为然。

【译文】 人说才气大的人，如同万里黄河混杂着泥沙一起流向下游。我认为：这只是粗才，并非大才。真正有才华的人就如同身处水天相接之处，于波涛浣日之中，所看见的金碧辉煌的宫阙、各类奇花异草。怎么会有泥沙玷污人的视线呢？有人说："诗有大家，有名家。大家作诗不嫌庞杂，名家则必字斟句酌。"我说：作者要以作名家的态度自处，而使后人将我视为大家之列；不能以大家自居，转而使后人将我屏蔽在名家之外。我曾规劝蒋心余太史说："千万不要仗着年老手无力便写颓唐字体，不要仗着才高就胆大妄为。"心余深表赞同。

二四

凡神庙扁对，难其用成语而有味。或造仓颉庙，求扁。侯明经嘉繙①，提笔书"始制文字"四字。人人叫绝。或求戏台对联。姚念兹集唐句云："此曲只应天上有，斯人莫道世间无。"又，张文敏公戏台集宋句云②："古往今来只如此，淡妆浓抹总相宜。"苏州戏馆集曲句云："把往事，今朝重提起；破工夫，明日早些来。"俱妙。或题诸葛庙，用"丞相祠堂"四字，亦雅切。

【注释】 ①侯嘉繙：字元经，号夷门，浙江临海人，著有《夷门诗钞》。

②张文敏公：即张照，康熙四十八年进士。清朝文人，藏书甚富，兼善戏曲，书法。谥"文敏"，故称。

【译文】 凡是神庙上的匾对，很难引用既定词语而有韵味。某人造仓颉庙，求匾额。侯嘉繙提笔写下"始制文字"四字，人人都称绝妙。某人求戏台对联，姚念兹集唐代诗句说："此曲只应天上有，斯人莫道世间无。"又，张文敏公作戏台对联集宋人诗句说："古往今来只如此，淡妆浓抹总相宜。"苏州戏馆集曲句说："把往事，今朝重提起；破工夫，明日早些来。"都很妙。（某人题诸葛庙，用"丞相祠堂"四字，也很雅致贴切。）

二七

某孝廉有句云①："立誓乾坤不受恩。"盖自矜风骨也。余不以为然，寄书规之，云："人在世间，如何能不受人恩？古人如陶靖节之高，而以乞一顿食，至于冥报相贻②。杜少陵以稷、契自许③，而感孙宰存恤？④，至于愿结弟昆。范文正公是何等人，而以晏公一荐故，终身执门生之礼。盖太上贵德，其次务施报，圣人之所不讳也。"若商宝意太史之诗则不然⑤，曰："名心未了难遗世，晚景无多怕受恩。"蒋苕生太史之诗亦不然⑥，曰："不是微禽敢辞惠，只愁无处觅金环。"此皆不立身分，而身分弥高。

【注释】 ①孝廉：明、清时期对举人的雅称。

②冥报相贻：谓死后相报。陶渊明《乞食》诗："衔戢知何谢，冥报以相贻。"

③以稷、契自许：出自杜甫《自京赴奉先县咏怀五百字》"许身一何愚，窃比稷与契"。

④孙宰：某位姓孙的县令。当时杜甫携全家避难，困苦万分之际，路遇孙宰施以援手，杜甫因此作《彭衙行》"故人有孙宰，高义薄曾云""誓将与夫子，永结为弟昆"以表感谢。

⑤商宝意：即商盘，字苍雨，号宝意，清代会稽（今浙江绍兴）人。

⑥蒋苕生：即蒋士铨，字心馀、苕生，号藏园，铅山（今江西）人，清代诗人、戏曲家。

【译文】 有位举人说："对着天地发誓此生不受他人恩惠。"多是自夸有风度骨气。我并不赞同这样，寄封书信规劝他，说："人活在世上，怎么能不受人恩惠呢？譬如古人，陶渊明很清高，饥饿相迫时却以能乞求到一顿饭，感激到生死不忘报恩。杜甫私下里以后稷、商契为模范，而感念孙宰救济之恩，以至于要结为兄弟。范仲淹是何等人物，而因晏殊一次举荐，就终身以弟子自居。圣人所追求的最上者是道德，其次是施与和回报，因此并不避讳受恩惠之事。"像太史商宝意的诗则不是这样，说："名心未了难遗世，晚景无多怕受恩。"太史蒋苕生的诗也不是这样，说："不是微禽敢辞惠，只愁无处觅金环。"都是不标榜身份，而身份却更尊贵。

三二

　　余戏刻一私印，用唐人"钱塘苏小是乡亲"之句。某尚书过金陵，索余诗册。余一时率意用之。尚书大加诃责。余初犹逊谢，既而责之不休，余正色曰："公以为此印不伦耶？在今日观，自然公官一品，苏小贱矣。诚恐百年以后，人但知有苏小，不复知有公也。"一座辴然①。

【注释】　①辴（chǎn）然：开怀大笑的样子。

【译文】　我私刻一方印以供赏玩，用了句唐人的诗"钱塘苏小是乡亲"。某尚书路过南京，索要我的诗集，我一时兴起便在诗集上盖了这枚私印。尚书对此非常不满，出言责备。我最初还谦逊道歉，尚书更是责备不停，我义正辞严地说："您以为此印不妥吗？在今天看来，自然您是官至一品，而苏小小很轻贱。但恐怕百年之后，人们只知道历史上有个苏小小，却不知道您。"满堂宾客开怀大笑。

三三

　　高文良公夫人①，名琬，字季玉，蔡将军毓荣之女②，尚书珽之妹也。其母国色，相传为吴宫旧人。夫人生而明艳，娴雅能诗。公巡抚苏州，与总督某不合，屡为所倾，而公卓然孤立。

咏《白燕》第五句云："有色何曾相假借。"沉思未对。适夫人至，代握笔曰："不群仍恐太分明。"盖规之也。夫人博极群书，兼通政治。文良公之奏疏文檄等作，每与商定。诗集不传。记其咏《九华峰寺》云："萝壁松门一径深，题名犹记旧铺金。苔生尘鼎无香火，经蚀僧厨有蠹蟫。赤手屠鲸千载事，白头归佛一生心。征南部曲今谁是？剩有枯禅守故林。"此为其父平吴逆后，获咎归空门而作也。

【注释】　①高文良公：即高其倬，字章之，号美沼、种筠，谥号文良。清代官员、诗人。

②蔡毓荣：字仁庵，汉军正白旗人，清朝名将。

【译文】　高文良公的夫人，名琬，字季玉，蔡毓荣将军的女儿，尚书蔡珽的妹妹。她母亲即是天姿国色，相传是吴三桂宫中的旧人。夫人天生丽质，温婉娴雅又好作诗。文良公作江苏巡抚期间，与总督不合，多次被总督倾轧，但文良公都能保持独立品格。咏《白燕》第五句说："有色何曾假借，"苦思却没有对句，恰逢夫人经过，便代笔写下："不群仍恐太分明。"大约有规劝之意。夫人博览群书，兼通政治。文良公每作奏疏文檄等，都与夫人商定。夫人诗集佚失，有咏《九华峰寺》诗："萝壁松门一径深，题名犹记旧铺金。苔生尘鼎无香火，经蚀僧厨有蠹蟫。赤手屠鲸千载事，白头归佛一生心。征南部曲今谁是？剩有枯禅守故林。"这是她为父亲平定吴三桂叛乱后，反而获罪堕入空门而作。

三五

　　诗人陈制锦，字组云，居南门外，与报恩寺塔相近。樊明徵秀才赠诗云："南郊风物是谁真？不在山巅与水滨。仰首陆离低首诵，长干一塔一诗人。"陈嫌不佳。余曰："渠用意极妙，惜未醒耳。若改'仰首欲攀低首拜'，则精神全出，仅易三字耳。"陈为雀跃。樊博学好古，尤精篆隶之学。余所得两汉金石文字，皆所赠也。卒后，余挽联云："地下又添高士伴；生前原当古人看。"

【译文】　诗人陈制锦，字组云，住在南门外，离报恩寺塔很近。樊明徵秀才赠诗说："南郊风物是谁真，不在山巅与水滨。仰首陆离低首诵，长干一塔一诗人。"陈制锦嫌诗意不佳。我说："他用意很妙，可惜没有醒悟。如果改为'仰首欲攀低首拜'，则诗的意味就出来了，只是换三个字罢了。"陈制锦很喜悦。樊秀才博学好古，尤其精通篆刻与隶书。我手头上所有两汉时期的金石文字都是他赠送的。樊秀才逝世后，我作挽联一副："地下又添高士伴；生前原当古人看。"

三七

　　人谋事久而不得，则意思转淡。何士颙秀

才《感怀》云："身非无用贫偏暇，事到难图念转平。"真悟后语也。其他如："贫犹买笑为身累，老尚多情或寿征"，"书因补读随时展，诗为留删尽数抄"，皆不愧风人之旨。殁后，余闻信，飞遣人到其家，搜取诗稿，得三百余首。为付梓行世，板藏随园。

【译文】 人如果筹谋某事很久而不得善果，那么兴致就会变淡。何士颙秀才《感怀》说："身非无用贫偏暇，事到难图念转平。"真的是有所领悟后的感叹。其他如："贫犹买笑为身累，老尚多情或寿征"，"书因补读随时展，诗为留删尽数抄"，都不愧前人的风雅精神。他去世后，我才得到消息，便赶快派人到他家，搜寻诗稿，得到三百多首，为何秀才刊刻发行，刻板藏在随园。

三八

余宰沭阳时，淮安诸生吕文光①，馆于沭之吴姓家。其弟子某赴童子试②，吕为代倩文字③，被余侦获；爱其能文，不加之罪；且延为西席④，以姨妻之。和余《春草》云："绵力漫言承露薄，灵根自信济人多。"又云："托根何必蓬莱上？得气均沾雨露中。"余笑曰："此县令诗，不能作翰林者。"已而果中辛未进士，出知滑县。

【注释】 ①诸生：俗称秀才

②童子试：古代参加科考的资格考试，也称郡试，包括县试、府试和院试三个阶段。

③代倩：谓科举考试时请人代笔作弊。

④西席：古人席次尚右，右为宾师之位，居西而面东。

【译文】 我做沭阳县令时，淮安秀才吕文光，在沭阳吴姓家开馆讲授。他某位弟子参加童子试，吕代笔作弊，被我发现查获。我怜惜他能写文章，不治他的罪，并且请为座上宾，将小姨子介绍给他做妻子。他作诗和我的《春草》说："绵力漫言承露薄，灵根自信济人多。"又说："托根何必蓬莱上，得气均沾雨露中。"我笑说："这像是县令做的诗，不像是文人诗。"不久果然考中辛未科进士，任滑县知县。

四十

苏州舁山轿者最狡狯①，游冶少年多与钱，则遇彼姝之车，故意相撞，或小停顿。商宝意先生有诗云："直得舆夫争道立，翻因小住饱看花。"虎丘山坡五十余级，妇女坐轿下山，心怯其坠，往往倒抬而行。鲍步《江竹枝》云："妾自倒行郎自看，省郎一步一回头。"

【注释】 ①舁（yú）：抬。

【译文】 苏州抬山轿者最狡猾，放浪少年多给些钱，那么遇到美女的车，就故意相撞，或停顿片刻。商宝意先生作诗说："直得舆夫争道立，翻因小住饱看花。"虎丘山坡有五十多级台阶，妇女坐轿下山，轿夫害怕人跌下来，往往倒着抬。鲍步《江竹枝》说："妾自倒行郎自看，省郎一步一回头。"

四二

陆鲁望过张承吉丹阳故居①，言："祐善题目佳境②，言不可刊置别处。此为才子之最也。"余深爱此言。自古文章所以流传至今者，皆即情即景，如化工肖物，着手成春，故能取不尽而用不竭。不然，一切语古人都已说尽；何以唐、宋、元、明，才子辈出，能各自成家而光景常新耶？即如一客之招，一夕之宴，开口便有一定分寸，贴切此人、此事，丝毫不容假借，方是题目佳境。若今日所咏，明日亦可咏之；此人可赠，他人亦可赠之：便是空腔虚套，陈腐不堪矣。尹文端公在制府署中③，冬日招秦、蒋两太史及余饮酒，曰："今日席上，皆翰林，同衙门，各赋一诗。"蒋诗先成，首句云："卓午人停问字车。"公笑曰："此教官请客诗也。"秦惧不肯落笔。余亦知难而退。公不许。乃呈一律云："小集平泉夜举觞，春风座上不知霜。偶然元老开东阁，难得群仙共玉堂。"公大喜，曰："开口已包括全题。白傅夸刘禹锡《金陵怀古》诗'前四句已探骊珠'，此之谓矣！"

【注释】 ①陆鲁望：即陆龟蒙，字鲁望，别号天随子、江湖散人、甫里先生，唐代文学家。 张承吉：即张祜，字承吉，唐代诗人，以官词得名。

②此句祜字疑为祜字。

③制府：即总督衙门，因总督常被尊称为"制台""制军"，因此其衙署亦称制府。

【译文】 陆龟蒙路过张祜在丹阳的故居，说："张祜最善拟题，(某事即某题)放置在别处就不可。这是才子最性情的地方。"我很喜欢这番话。自古文章之所以能流传到今天的，都是即情即景，就如同画家刻画景物，下笔就是春天景象，因此能取之不尽而用之不竭。不然，一切好词好句古人都已经说尽，为何唐、宋、元、明，才子辈出，能自成一家而气象常新呢？就如同请客宴席，席间作诗都有一定分寸，须贴切当时人事，丝毫不能假借，才是拟的好题。如果今日所作的诗，明日同样可以作；赠给这个人的诗，赠送给他人也可，便是空话套话，陈腐不堪。尹文端公在制府衙门的时候，冬天请秦、蒋两位太史和我喝酒，说："今日宴席上，都是文士和官员，请各赋诗一首。"蒋诗先成，首句是："卓午人停问字车。"尹公笑说："这是教官请客的诗。"秦太史胆怯不肯落笔，我也知难而退。尹公不许，我便作一首律诗呈上："小集平泉夜举觞，春风座上不知霜。偶然元老开东阁，难得群仙共玉堂。"尹公很高兴，说："首句就已囊括主题。白太傅夸刘禹锡《金陵怀古》诗'前四句已探骊珠'，说的就是这种趣味吧。"

四八

有妓与人赠别云："临歧几点相思泪，滴向

秋阶发海棠。"情语也。而庄苏服太史《赠妓》
云①:"凭君莫拭相思泪,留着明朝更送人。"
说破,转觉嚼蜡。佟法海《吊琵琶亭》云:
"司马青衫何必湿,留将泪眼哭苍生。"一般杀
风景语。

【注释】　①庄苏服:即庄令舆,原名景濂,字苏服,号阮尊。

【译文】　有妓赠诗与人作别说:"临歧几点相思泪,滴向秋阶发
海棠。"很有情。而庄苏服太史《赠妓》诗说:"凭君莫拭相思泪,留着
明朝更送人。"把话说破,反而觉得味同嚼蜡。佟法海的《吊琵琶亭》
诗说:"司马青衫何必湿,留将泪眼哭苍生。"也是一样煞风景的诗。

五三

　　余长姑嫁慈溪姚氏。姚母能诗,出外为女
傅。康熙间,某相国以千金聘往教女公子①。到
府,住花园中,极珠帘玉屏之丽。出拜两妹,
容态绝世。与之语,皆吴音;年十六七,学琴、
学诗,颇聪颖。夜伴女傅眠,方知待年之女②,
尚未侍寝于相公也。忽一夕,二女从内出,面
微红。问之,曰:"堂上夫人赐饮。"随解衣寝。
未二鼓③,从帐内跃出,抢地呼天,语呦呦不可
辨;颠仆片时,七窍流血而死。盖夫人赐酒时,
业已酖之矣④!姚母踉跄弃资装,即夜逃归。常

告人云：“二女，年长者尤可惜。”有《自嘲》
一联云：“量浅酒痕先上面，兴高琴曲不和弦。”

【注释】 ①相国：明清对于内阁大学士的雅称。

②待年：指女子成年待嫁，又称“待字”或“待字闺中”。

③二鼓：指二更，约晚上九点。

④酖（zhèn）：同“鸩”，毒酒、用毒酒害人。

【译文】 我大姑嫁给了慈溪姚氏。姚母能作诗，曾在外当女傅。康熙年间，某内阁以千金聘请姚母前去教授小姐。姚母到府上，住花园之中，在珠帘玉屏后走出两位淑女相拜，容颜举止都堪称绝代美人。姚母同她们说话，小姐们都是吴地口音，十六七岁年纪，学琴、学诗，十分聪颖。夜晚小姐们和女傅一同就寝，姚母才知道这待嫁女子，还没有行男女之事。忽然一天傍晚，两位小姐从内堂走出，面色微红。姚母问是何缘故，答说：“堂上夫人赐酒。”随即解衣就寝，未到二更，忽然从床帐内跳出，呼天抢地，听不清嘴里絮絮叨叨说着什么，跌倒片刻，便七窍流血而死。大概是夫人赐酒时，就已经下了毒手。姚母吓得不顾家当，踉踉跄跄连夜逃回老家。后来常对人说：“两位小姐，年纪稍大的那位尤其可惜了。”有《自嘲》一联说：“量浅酒痕先上面，兴高琴曲不和弦。”

六一

钱塘洪昉思昇①，相国黄文僖公机之女孙婿
也②。人但知其《长生》曲本，与《牡丹亭》
并传，而不知其诗才在汤若士之上。《晓行》
云：“咿喔晨鸡鸣，仆夫驾轮鞅。四野绝无人，

随园诗话

但闻征铎响。"《夜泊》云："竹篾随潮落，蒲帆逐月飞。维舟已深夜，还上钓鱼矶。"性落拓不羁。晚年渡江，老仆坠水。先生醉矣，提灯救之，遂与俱死。《送高江村宫詹入都》五排一百韵，沉郁顿挫，逼真少陵。

先生为王贞女作《金镮曲》云："王家有女字秀文，少小绰约兰慧芬。项郎名族学《诗》《礼》，金镮为聘结婚姻。十余年来人事变，富儿那必归贫贱。一朝别字豪贵家，三日悲啼泪如霰。手摘金镮自吞食，将死未死救不得。柔肠九曲断还续，卧地只存微气息。讵料国工赐灵药，吐出金镮定魂魄。至性由来动彼苍，一夜银河驾乌鹊。嗟哉此女贞且贤！项郎对之悲复怜。朝来笑倚镜台立，代系金镮云髻边。"其事、其诗，俱足千古。篇终结句，余韵悠然。

【注释】 ①洪昇：字昉思，号稗畦，又号稗村、南屏樵者，钱塘（今浙江杭州市）人，清代戏曲作家、诗人。

②黄机：一字澄斋，号雪台，洪昇是其孙女婿，官至文华殿大学士兼吏部尚书。康熙二十五年（1686）卒。赠太傅、太师，谥文僖。

【译文】 钱塘人洪昇，尚书黄文僖公的孙女婿。人们只知道他的《长生殿》曲本，与汤显祖的《牡丹亭》并行于世，却不知道他的诗歌才华在汤显祖之上。《晓行》说："咿喔晨鸡鸣，仆夫驾轮鞅。四野绝无人，但闻征铎响。"《夜泊》说："竹篾随潮落，蒲帆逐月飞。维舟已深夜，还上钓鱼矶。"是个性豪放、自由散漫之人。先生晚年渡江，遇年老的仆人落水，便提灯相救，结果与老仆双双遇难。他的《送高江村宫詹入都》五言排律，共一百韵，沉郁顿挫，仿佛杜甫所作。

先生为王贞女作《金镮曲》说："王家有女字秀文，少小绰约兰慧芬。项郎名族学《诗》《礼》，金镮为聘结婚姻。十余年来人事变，富儿那必归贫贱。一朝别字豪贵家，三日悲啼泪如霰。手摘金镮自吞食，将死未死救不得。柔肠九曲断还续，卧地只存微气息。讵料国工赐灵药，吐出金镮定魂魄。至性由来动彼苍，一夜银河驾乌鹊。嗟哉此女贞且贤，项郎对之悲复怜。朝来笑倚镜台立，代系金镮云鬟边。"这事、这诗，都足以传扬千古。篇尾的最后一联，有悠远余韵。

卷二

三

少陵云："多师是我师。"①非止可师之人而师之也；村童牧竖，一言一笑，皆吾之师，善取之皆成佳句。随园担粪者，十月中，在梅树下喜报云："有一身花矣！"余因有句云："月映竹成千'个'字，霜高梅孕一身花。"余二月出门，有野僧送行，曰："可惜园中梅花盛开，公带不去！"余因有句云："只怜香雪梅千树，不得随身带上船。"

【注释】 ①此句出自杜甫《戏为六绝句》："别裁伪体亲风雅，转益多师是汝师。"

【译文】 杜甫说："多师是我师。"指并非只拜可以为老师的人为师。村里的孩童、放牛的牧童，一言一笑，都可以作为老师，善于取材之人都可以作成佳句。随园担粪的人，十月中旬，在梅树下报喜说："有一身花啊！"我因此作诗说："月映竹成千'个'字，霜高梅孕一身花。"我二月出门，有僧人送行，说："可惜园中梅花盛开，您带不去。"我因此作诗说："只怜香雪梅千树，不得随身带上船。"

<h2 style="text-align:center">十</h2>

　　《宋稗类抄》第一卷《遭际类》云："陈了
翁之父尚书，与潘良贵义荣之父交好。潘一日
谓陈曰：'吾二人官职、年齿，种种相似，恨有
一事不如公。'陈问之。潘曰：'公有三子，我
乃无之。'陈曰：'吾有妾，已生子矣，可以奉
借。他日生子，当即见还。'既而遣至，即了翁
之母也。未几，生良贵。后其母遂往来两家。
一母生二名儒，前所未有。"此事太通脱，今人
所断不为，而宋之贤者为之，且传为佳话。高
南阜太守题诗曰①："赠妾生儿古人有，儿生还
妾古人无。宋贤豁达竟如此，寄语人间小丈
夫！"杭州冯山公先生，以春秋卢蒲嫳为齐之忠
臣②，云："替庄公报仇，要灭崔氏，非庆封不
可；欲输心庆封③，非易内不可。五伦中，君、
父最大，夫、妻为小。卢顾大伦，故不顾小伦
也。"其言甚创，人多怪之。余按东汉《独行
传》：犍为任永避王莽之乱，伪病青盲④，妻淫
于前，佯为不见。似山公之言，未尝无证。

【注释】　　①高南阜：即高凤翰，字西园，号南村，又号南阜、

云阜，清代书法家、画家、篆刻家。

②卢蒲嫳（piè）：春秋时齐国大臣。齐庄公被崔杼、庆封杀害，卢蒲嫳欲替庄公报仇，便投靠庆封，从中挑拨崔、庆二人关系。

③输心：表达真心。

④青盲：指黑睛与瞳孔的气色、形态正常，惟视力下降或视野缩小，甚至逐渐失明的慢性内障眼病。

【译文】　《宋稗类抄》第一卷《遭际类》说："陈了翁的父亲陈尚书，与潘良贵的父亲关系很好。潘某天对陈说：'我们二人的官职、年龄，种种都很相似，只是有一事恨不如您。'陈问何事。潘说：'您有三个儿子，我却一个也没有。'陈说：'我的妾室，刚生了儿子，可以借你。他日她替你生子，再将小妾还我。'不久便遣人送来，来者就是了翁的母亲。没多久，便生下良贵。之后，这位母亲便往来两家。一位母亲生下两位著名学者，还是前所未有的事。"这件事太通达，今人绝不会如此行事，而宋代的贤士却如此，并且传为佳话。高南阜太守题诗说："赠妾生儿古人有，儿生还妾古人无。宋贤豁达竟如此，寄语人间小丈夫！"杭州冯山公先生，认为春秋时期齐国的卢蒲嫳是忠臣，说："要替齐庄公报仇，灭掉崔氏，非要庆封不可；想要向庆封表示真心，那就非得互换妻妾不可。五伦之中，君臣、父子最大，夫妻为小。卢蒲嫳顾大伦，因此不顾小伦。"他的言论太新颖，世人多责怪他。我查阅东汉时《独行传》：犍为人任永为躲避王莽之乱，假装眼病，妻子当面淫乱，也假装看不见。看来山公的说法，是有证据的。

一二

古称状元，不必殿试第一名①。唐郑谷登第

国学经典丛书第二辑

后，《宿平康里》诗曰："好是五更残酒醒，耳边闻唤状元声。"按：谷登赵昌翰榜②，名次第八，非第一也。周必大有《回姚状元颖启》《回第二人叶状元适启》。当时新进士，皆得称状元。惟南汉③状元不可作。《十国春秋》④载："刘䶮⑤定例，作状元者，必先受宫刑。"罗履先《南汉宫词》云："莫怪宫人夸对食⑥，尚衣多半状元郎。"古称探花，不必第三名。《天中记》⑦"唐进士杏园初会，使少俊二人探花游园，若他人先折名花，则二人被罚"。蔡宽夫《诗话》云："故事，进士朝集，择年少者为探花使。"是探花者，年少进士之职，非必第三名也。进士帽上多插花。太宗曰："寇准少年，正插花饮酒时。"温公性严重，不肯插花。或曰："君恩也。"乃插一枝。大概以年少者为贵。某《及第》诗曰："人老簪花不自羞，花应羞上老人头。醉归扶杖人多笑，十里珠帘半下钩。"或又曰："平康过尽无人问，留得宫花醒后看。"皆伤老之词。熙宁间，余中请禁探花，以为伤风化，遂停此例。后中以赃败，人咸鄙之。王弇洲曰："禁探花之说，譬如新妇入门，不许妆饰，便教绩麻、造饭。理非不是也，而事太早矣。"余按李焘《长编》载："陈若拙中进士第三名，以貌陋，人称瞎榜。"盖宋以第三名为榜眼，亦探花不必第三名之证。

【注释】　①古代科举考试分为童试、乡试、会试、殿试四种。殿试由皇帝亲自主持，成绩分三甲，一甲三名，第一名称状元，第二名称榜眼，第三名称探花。

②赵昌翰榜：古代科考放榜，习惯以状元名命名某榜，此指光启三年（887）丁未科，因赵昌翰为状元，故得名。

③南汉：是五代十国时期的政权之一，位于今广东、广西两省及越南北部。

④《十国春秋》：清人吴任臣编撰的纪传体史书，主要写十国君主的事迹，共一百一十四卷。

⑤刘龑：又名刘岩、刘陟，五代时期南汉国的建立者。

⑥对食：原指女子同性恋，之后女子与阉者的不正常行为也称"对食"。

⑦《天中记》：明人陈耀文撰，因住天中山附近，故得名。书共六十卷，以类编目。

【译文】　古代称为状元的人，不必非得殿试第一名。唐代郑谷登第后，作《宿平康里》诗说："好是五更残酒醒，耳边闻唤状元声。"根据史料，郑谷当年考取赵昌翰榜，排名第八，并非第一。宋人周必大有《回姚状元颖启》《回第二人叶状元适启》，可见当时新考进士，都可以称状元。只有南汉的状元当不得。《十国春秋》载："刘龑立下规矩，作状元的人，必要先受宫刑。"罗履先著《南汉宫词》说："莫怪宫人夸对食，尚衣多半状元郎。"古时称为探花的人，也不必殿试第三名。《天中记》载："唐代众位进士在杏园初次碰面，约年少俊逸的二位进士作探

国学经典丛书第二辑

花使一同游园，约定如果他人先折名花，则二人被罚。"蔡宽夫《诗话》说："旧时典故，新科进士朝见聚会，选年少的人为探花使者。"则称探花的人，是指年少便考取了科举的人，不是非得殿试第三。进士的官帽上大多插花。宋太宗说："寇准年少，正是插花饮酒之时。"司马光性情刚正，不肯插花。有人说："这是皇上的恩德啊。"于是才插一枝。大概以年少者为贵。某人作《及第》诗说："人老簪花不自羞，花应羞上老人头。醉归扶杖人多笑，十里珠帘半下钩。"有人又说："平康过尽无人问，留得宫花醒后看。"都是感伤年老的诗。宋熙宁年间，余中谏言请禁止探花，认为有伤风化，于是这种风气暂告段落。之后余中因贪赃之事败露，引得人人鄙视。王弇洲说："禁止探花的提法，就如同新娘入门，不许梳妆打扮，便让织麻、做饭。道理并不是不对，只是提得太早了。"据李焘的《续资治通鉴长编》记载："陈若拙考中进士第三名，因为长相丑陋，人们便称瞎榜。"大概因为宋代以第三名为榜眼，这也是探花不一定非要是第三名的证据。

一三

商宝意有甥吴鉴南潢，为诗人尊莱之子，亦能诗。严海珊赠云[①]："何无忌酷似其舅，严挺之乃有此儿。"真巧对也。鉴南以主事从温将军征金川[②]，大军溃于木果，中礮坠溪死[③]。未死时，知不免，写诗两册，以一册付其妻叔周某，逃归；以一册自置怀中。今秋帆先生所刻者，周带回之一册也。与程鱼门交好。程诵其

《陶然亭》云："偶着芒鞋策策行，到来心迹喜双清。短芦一片低如屋，空翠千层远入城。野旷每留残炤久，地高先觉早凉生。老僧解得登临意，劝听残蝉曳树声。"《赠人》云："波虽无恨终归海，人到忘情却省才。"与乃舅宝意"人因福薄才生慧，天与才多恰费心"之句相似。

【注释】 ①严海珊：即严遂成，清高宗乾隆初在世，字崧占（一作崧瞻），号海珊，今湖州人。

②主事：官名，清代将进士分到各部，先补主事，递升员外郎、郎中。

③礮：同"炮"。

【译文】 商宝意有外甥吴鉴南，是诗人尊莱的儿子，也能作诗。严海珊赠诗说："何无忌酷似其舅，严挺之乃有此儿。"真对得巧妙。鉴南以主事的身份跟随温将军出征金川，大军在木果这个地方遭到重创，鉴南中炮落入溪中溺亡。当其未死之时，预感不免会有此难，于是作诗两册，将一册交给妻子的叔伯周某令其逃回，另一册藏在怀中。如今秋帆先生所刊刻的，就是周某带回的那一册。程晋芳与鉴南关系很好，程诵其《陶然亭》说："偶着芒鞋策策行，到来心迹喜双清。短芦一片低如屋，空翠千层远入城。野旷每留残炤久，地高先觉早凉生。老僧解得登临意，劝听残蝉曳树声。"《赠人》说："波虽无恨终归海，人到忘情却省才。"与其舅宝意所作"人因福薄才生慧，天与才多恰费心"相似。

一五

改诗难于作诗，何也？作诗，兴会所至，

容易成篇；改诗，则兴会已过，大局已定，有一二字于心不安，千力万气，求易不得，竟有隔一两月，于无意中得之者。刘彦和所谓"富于万篇，窘于一字"①，真甘苦之言。荀子曰："人有失针者，寻之不得，忽而得之，非目加明也，眸而得之也。"所谓"眸"者，偶睨及之也。唐人句云："尽日觅不得，有时还自来。"即"眸而得之"之谓也。

【注释】　①刘彦和：即刘勰，字彦和，南朝时期梁人。著有《文心雕龙》。

【译文】　改诗比作诗难，为什么呢？作诗，有了灵感，就很容易写成；改诗，则灵感闪现的瞬间已经过了，诗的格局都已经确定，有一两个字觉得不妥，千方百计，想要换字却不能够，竟然有间隔了一两个月，在无意间突然得合适字眼的情况。刘彦和所谓"富于万篇，窘于一字"，真的是肺腑之言。荀子说："人有丢失针的，怎么找也找不到，偶然间突然找到，并不是眼睛变得明亮了，而是偶然间看到了。"所谓"眸"，就是偶然瞥见。唐人有诗说："尽日觅不得，有时还自来。"就是"眸而得之"的意思。

一七

尹文端公论诗最细，有"差半个字"之说。如唐人："夜琴知欲雨，晚簟觉新秋。""新秋"二字，现成语也。"欲雨"二字，以"欲"字

起"雨"字，非现成语也，差半个字矣。以此
类推，名流多犯此病。必云"晚簟恰宜秋"，
"宜"字方对"欲"字。

【译文】　尹文端公论诗最细致，有"差半个字"的说法。如唐人诗："夜琴知欲雨，晚簟觉新秋。""新秋"二字，是现成话。"欲雨"二字，用"欲"字引起"雨"字，虽然并不是现成话，但却差半个字。以此类推，著名的诗人大多有这种弊病。一定要说"晚簟恰宜秋"，"宜"字才能和"欲"字相对。

一八

诗无言外之意，便同嚼蜡。杭州俞苍石秀
才《观绳伎》云："一线腾身险复安，往来不
厌几回看。笑他着脚宽平者，行路如何尚说
难?"又："云开晚霁终殊旦，菊吐秋芳已负
春。"皆有意义可思。严冬友壮年不仕，《韦曲
看桃花》云："凭君眼力知多少，看到红云尽
处无?"

【译文】　诗如果没有言外之意，读来便如同嚼蜡。杭州俞苍石秀才的《观绳伎》说："一线腾身险复安，往来不厌几回看。笑他着脚宽平者，行路如何尚说难?"又："云开晚霁终殊旦，菊吐秋芳已负春。"都有耐人寻味的意思。严冬友正值壮年却仕途不顺，作《韦曲看桃花》说："凭君眼力知多少，看到红云尽处无?"

一九

　　痘神之说，不见经传。苏州名医薛生白曰："西汉以前，无童子出痘之说。自马伏波征交阯[1]，军人带此病归，号曰'虏疮'，不名痘也。"语见《医统》。余考史书，凡载人形体者，妍媸各备，无载人面麻者。惟《文苑英华》载："颍川陈黯，年十三，袖诗见清源牧[2]。其首篇《咏河阳花》'时痘痂新落'，牧戏曰：'汝藻才而花面，何不咏之？'陈应声曰：'玳瑁应难比，斑犀点更嘉。天怜未端正，满面与妆花。'"似此为痘痂见歌咏之始。

【注释】　①马伏波：即马援，东汉开国功臣之一，陕西扶风茂陵人。　交阯：中国古代地名，初期包括今广东省、今越南北部。秦朝以后，交阯为今越南北部。

②牧：古代官名，一州的军政长官。后世也用以指代县令。

【译文】　关于痘神的说法，并不见于古书记载。苏州名医薛生白说："西汉以前，并没有小孩出痘的记载。自从马援将军出征交阯，军人们带回这种病，叫做'虏疮'，不叫痘。"此话见《医统》。我翻查史书，凡是记载人的形体，各种内容都有，但并没有谈到人面部生麻痘的。只有《文苑英华》记载："颍川人陈黯，十三岁，揣着诗来见清源县令。第一首诗《咏河阳花》'时痘痂新落'，县令开玩笑说：'你很有才华却是个花脸，为什么不就此写首诗？'陈立即回答：'玳瑁应难比，斑犀点更嘉。天怜未端正，满面与妆花。'"好像这就是诗歌中出现痘痂的开始。

二二

康熙间，曹练亭为江宁织造^①。每出，拥八骖，必携书一本，观玩不辍。人问："公何好学？"曰："非也。我非地方官，而百姓见我必起立，我心不安，故藉此遮目耳。"素与江宁太守陈鹏年不相中。及陈获罪，乃密疏荐陈。人以此重之。其子雪芹撰《红楼梦》一部，备记风月繁华之盛。明我斋读而羡之^②。当时红楼中有某校书尤艳，我斋题云："病容憔悴胜桃花，午汗潮回热转加。犹恐意中人看出，强言今日较差些。""威仪棣棣若山河，应把风流夺绮罗。不似小家拘束态，笑时偏少默时多。"

【注释】 ①曹练亭：当为曹楝亭，曹寅，号楝亭，曹雪芹祖父。据考证，曹雪芹生父为曹寅之子曹颙。 江宁织造：官名，负责监管江宁地区织造丝绸等，多由皇帝亲信的大臣担任，能直接向清政府提供江南地区的各种情报，深受皇帝信任。

②明我斋：即富察明义，号我斋，满洲镶黄旗人，孝贤皇后之侄，清朝皇室成员。

【译文】 康熙年间，曹练亭担任江宁织造，每次外出，乘八匹大马，必携带一本书，不停地看。人们问：“您为什么这么好学？”说：“不是的。我本来不是地方官，而百姓见了我都要起立，这让我很不安，因此借看书遮面而已。”曹与江宁太守陈鹏年关系一直不太好。等到陈鹏年获罪，他反而悄悄地上奏折举荐陈。人们因此很敬重他。他的儿子曹雪芹写了一部《红楼梦》，详细记述了风花雪月、繁华热闹的极致。明我斋读后而心生羡慕。当时红楼中有位校书人长得尤其美艳，我斋便题诗说：“病容憔悴胜桃花，午汗潮回热转加。犹恐意中人看出，强言今日较差些。”“威仪棣棣若山河，应把风流夺绮罗。不似小家拘束态，笑时偏少默时多。”

二五

河南抚军毕秋帆先生篷室周月尊^①，字漪香，长洲人也。酷嗜文墨，礼贤下士。咏《水仙》云：“影疑浮夜月，香不隔帘栊。”《偶成》云：“家如夜月圆时少，人似秋云散处多。”夫人还吴门，先生七夕寄诗云：“汴水吴山同怅望，今宵两地拜双星。”

【注释】　①抚军：官名，又称抚台，明清时地方军政大员之一。　篷室：俗称妾为篷室。

【译文】　河南抚军毕秋帆先生的妾室周月尊，字漪香，长洲人。酷爱舞文弄墨，又礼贤下士。夫人作《水仙》诗：“影疑浮夜月，香不隔帘栊。”《偶成》诗：“家如夜月圆时少，人似秋云散处多。”夫人回吴门老家，先生在七夕那日寄诗说：“汴水吴山同怅望，今宵两地拜双星。”

　　泗州选贡毛俟园藻^①，辛卯秋赴金陵乡试，主试为彭芸楣侍郎。其友罗孝廉恕，彭门下士也^②，寓书索观近艺，戏为《催妆》俳语。毛答以诗云："月影空濛柳影疏，秦淮水涨石城隅。小姑独处无郎惯，争似罗敷自有夫？"榜揭，毛获隽。罗往贺，入门狂叫曰："今日小姑亦嫁彭郎矣！"一时传为佳话。

【注释】　①选贡：科举制度中由地方贡入国子监的生员之一种。

②门下士：门生。

【译文】　泗州的选贡生毛俟园，辛卯年秋到南京参加乡试，主考官为彭芸楣侍郎。他的朋友罗恕，正是彭芸楣的门生，写信给他要看看他近来的制艺诗文，并戏作《催妆》俳语来打趣毛。毛便作诗回应："月影空濛柳影疏，秦淮水涨石城隅。小姑独处无郎惯，争似罗敷自有夫？"待揭榜那日，毛俟园高中。罗恕前去拜贺，进门便大声喊道："今天小姑也嫁给彭郎咯！"一时传为佳话。

二九

　　余画《随园雅集图》，三十年来，当代名流

题者满矣，惟少闺秀一门。慕漪香夫人之才，知在吴门，修札索题，自觉冒昧。乃寄未五日，而夫人亦书来，命题《采芝小照》。千里外，不谋而合，业已奇矣！余临《采芝图》副本，到苏州，告知夫人，而夫人亦将《雅集图》临本见示，彼此大笑。乃作诗以告秋帆先生曰："白发朱颜路几重？英雄所见竟相同。不图刘尹衰颓日[1]，得见夫人林下风。"

【注释】　①刘尹：即刘惔，字真长，世称"刘尹"，娶晋明帝女庐陵公主为妻。袁枚以此典故来借指毕秋帆与漪香夫人。

【译文】　我画《随园雅集图》，三十年来，当代名流几乎都已题过诗，唯独少了闺秀一门。我歆慕漪香夫人的才华，知道她在吴门，便写信去索要题诗，虽自觉冒昧。不料信寄出未到五日，而夫人也寄来信，命题《采芝小照》。千里之外，我和夫人不谋而合，这已经很神奇了！我临摹《采芝图》副本，带到苏州，告知夫人，而夫人也将《雅集图》临本给我看，彼此大笑。于是作诗告诉秋帆先生说："白发朱颜路几重？英雄所见竟相同。不图刘尹衰颓日，得见夫人林下风。"

三十

王梦楼太守[1]，精于音律。家中歌姬轻云、宝云，皆余所取名也。有柔卿者，兼工吟咏。成啸崖公子赠以诗云："侍儿原是纪离容，红豆

拈来意转慵。一曲未终人不见，可堪江上对青
峰?"柔卿和云："生小原无落雁容，秋风偶觉
病身慵。挂帆公子金陵去，望断青青江上峰!"

【注释】 ①王梦楼：即王文治，字禹卿，号梦楼，清代诗人、
书法家。

【译文】 王梦楼太守，精于音律。家中歌姬轻云、宝云，都是我
所取的名字。有名柔卿的，擅长吟咏。成啸厓公子赠诗说："侍儿原是纪
离容，红豆拈来意转慵。一曲未终人不见，可堪江上对青峰?"柔卿和诗
说："生小原无落雁容，秋风偶觉病身慵。挂帆公子金陵去，望断青青江
上峰!"

三一

杭州孙令宜观察①，余世交也。女公子云
凤，幼聪颖，八岁读书，客出对云："关关雎
鸠。"即应声曰："噰噰鸣雁。"观察大奇之。
和余《留别杭州》诗四首，录其二云："扑帘
飞絮一春终，太史归来去又匆。把菊昔为三径
客，盟鸥今作五湖翁。囊中有句皆成锦，闺里
闻名未识公。遥忆花间挥手别，片帆天外挂长
风。""未曾折柳倍留连，纵得重来又隔年。远
水夕阳青雀舫，新蒲春雨白鸥天。三千歌管归
花县，十二因缘属散仙。安得讲筵为弟子? 名

山随处执吟鞭。"

【注释】 ①观察：官名，清代用以尊称道员一级的官员。

【译文】 杭州孙令宜道台，是我的世交。孙家有位小姐叫云凤，从小就聪慧，八岁读书，客人出对："关关雎鸠。"立即回答说："喓喓鸣雁。"她的父亲也感到很惊奇。和我的《留别杭州》诗四首，此处摘录其中两首："扑帘飞絮一春终，太史归来去又匆。把菊昔为三径客，盟鸥今作五湖翁。囊中有句皆成锦，闺里闻名未识公。遥忆花间挥手别，片帆天外挂长风。""未曾折柳倍留连，纵得重来又隔年。远水夕阳青雀舫，新蒲春雨白鸥天。三千歌管归花县，十二因缘属散仙。安得讲筵为弟子？名山随处执吟鞭。"

三六

钱文端公少时①，乡试落第②。其科主试者赵侍郎也，别号长眉公，观演《小尼姑下山》，戏题云："三寸黄冠绾碧丝，装成十六女沙弥。无情最是长眉佛，诉尽春愁总不知。"毛西河选闺秀诗，独遗山阴女子王端淑。王献诗云："王嫱未必无颜色，争奈毛君笔下何？"一藏其名，一切其姓。

【注释】 ①钱文端公：即钱陈群，字主敬，康熙六十年进士，浙江嘉兴人。

②乡试：古时科举考试中的地方考试。

【译文】 钱文端公年少时，乡试没考中。当时主考官是赵侍郎，别号长眉公，文端公看戏《小尼姑下山》，戏作一诗说："三寸黄冠绾碧丝，装成十六女沙弥。无情最是长眉佛，诉尽春愁总不知。"毛奇龄选闺秀诗，唯独不选山阴女子王端淑。王便献诗说："王嫱未必无颜色，争奈毛君笔下何？"一来又不点名，二来也道了个姓。

四十

　　郑夹漈笑韩昌黎《琴操》诸曲为兔园册子①，薄之太过。然《羑里操》一篇，末二句云："臣罪当诛，天王圣明。"②深求圣人，转失之伪。按《大雅·文王》曰："咨咨汝殷商，汝咆哮于中国，敛怨以为德。"文王并不以纣为圣明也。昌黎岂不读《大雅》耶？东坡言孔子不称汤、武。按《革卦·系词》："汤、武革命，顺乎天而应乎人。"《系词》，孔子所作也。东坡岂不读《易经》耶？刘后村为吴恕斋作《诗序》云③："近世贵理学而贱诗赋，间有篇章，不过押韵之语录、讲章耳。"余谓此风，至今犹存。虽不入理障，而但贪序事、毫无音节者，皆非诗之正宗。韩、苏两大家，往往不免。故余《自讼》云："落笔不经意，动乃成苏、韩。"

【注释】　①郑夹漈：郑樵，字渔仲，今福建莆田人，世称夹漈先生，宋代史学家、目录学家。 兔园册子：原指古时私塾教授学童的课本，内容比较浅显。后指读书不多的人奉为秘本的浅陋书籍。

②《羑里操》：韩愈所作的琴曲，以商纣王将文王囚禁在羑里为内容。

③刘后村：即刘克庄，初名灼，字潜夫，号后村居士，莆田（今属福建）人。

【译文】 郑樵取笑韩愈的《琴操》等曲为兔园册子，是有点刻薄过头了。然而《羑里操》一篇，最后两句云："臣罪当诛，天王圣明。"韩愈可以塑造文王的圣人形象，反而因此而失真。根据《大雅·文王》曰："咨咨汝殷商，汝咆哮于中国，敛怨以为德。"文王并不认为纣王为圣明。韩愈难道不读《大雅》吗？东坡说孔子不提汤、武。根据《革卦·系词》："汤、武革命，顺乎天而应乎人。"《系词》，乃孔子所作。东坡难道不读《易经》吗？刘后村为吴恕斋作《诗序》说："最近世人重视理学而轻视诗赋，期间所作的文章，不过是押韵的语录、讲章罢了。"我认为这种风气，如今也还存在。虽然没到堕入理学魔障的地步，但追求序事又毫无音节的，都不是正宗的诗。韩愈、苏轼两大名家，往往不免有此弊端。因此我的《自讼》诗说："落笔不经意，动乃成苏、韩。"

四一

为人不可不辨者：柔之与弱也，刚之与暴也，俭之与啬也，厚之与昏也，明之与刻也，自重之与自大也，自谦之与自贱也，似是而非。

作诗不可不辨者：淡之与枯也，新之与纤也，朴之与拙也，健之与粗也，华之与浮也，清之与薄也，厚重之与笨滞也，纵横之与杂乱也，亦似是而非。差之毫厘，失之千里。

【译文】 做人不可不辨明的有：温柔与软弱，刚强与暴烈，节俭与吝啬，淳厚与昏庸，明朗与刻薄，自重与自大，自谦与自贱，很多似是而非的情况。作诗不可不辨明的有：平淡与枯燥，新颖与纤细，朴实与粗拙，健朗与粗略，华丽与浮华，清淡与淡薄，厚重与笨滞，纵横与杂乱，也是似是而非的情况。差了一点，意味就大不同了。

四二

明季以来，宋学太盛。于是近今之士，竞尊汉儒之学，排击宋儒，几乎南北皆是矣。豪健者尤争先焉。不知宋儒凿空，汉儒尤凿空也。康成臆说①，如用麒麟皮作鼓郊天之类②，不一而足。其时孔北海、虞仲翔早驳正之③。孟子守先王之道，以待后之学者，尚且周室班爵禄之制，其详不可得而闻。又曰："尽信书，不如无书。"况后人哉？善乎杨用修之诗曰："三代后无真理学，《六经》中有伪文章。"

【注释】 ①康成：即郑玄，字康成，高密人。郑玄遍注群经，为汉代集经学之大成者，世称"郑学"。

②麒麟皮作鼓：此说最早见于托名孔融《与诸卿书》，经钱大昕等诸位学者考证，"麒麟皮作鼓"说并非出自郑玄，应是魏晋以后标榜王肃学说的人所编造。袁枚此处引证欠妥。

③孔北海：即孔融，字文举，今山东曲阜人，东汉末年"建安七子"之一。　虞仲翔：虞翻，字仲翔，今浙江余姚人，三国时期吴国学者、官员。

【译文】　从明代末期以来，宋学很兴盛。于是最近的贤士，竞相尊崇汉儒，用来与宋儒抗衡，几乎全国都是这种情况。特别是一些比较激进的人士。殊不知宋儒如果是穿凿空谈的话，汉儒也是一样。郑玄的游根之谈，如用麒麟的皮作鼓用来演奏郊天之乐等，不一一列举。当时，孔融、虞翻就已提出反驳。孟子谨守先王之道，以待之后学者有所了解，而对于周王朝封土加爵的制度，孟子已不能详细得知。又说："尽信书，不如无书。"何况他之后的人呢？还是杨慎的诗说得好："三代后无真理学，《六经》中有伪文章。"

四九

随园有对联云："此地有崇山峻岭茂林修竹；是能读《三坟》《五典》《八索》《九丘》。"故是李侍郎因培所赠①，悬之二十余年。忽一日，岳大将军钟琪之子参将名瀍者来谒。入门先问此联有否，现悬何处。予指示之。端睇良久，曰："此后书舍，可有蔚蓝天否？"予问："何以知之？"曰："余在四川时，梦先大人引游一园，有此联额，且曰：‘将我交此园主人。’瀞惊醒，遍访川中，无人知者。今来补官江宁，有人谈及，故来相访。”因出将军行状二十余页②，稽首求传。予读之，杂乱舛错，为编纂七日方成。而岳又调往金川，不复再见矣。今年夏间，偶抄选鲍海门诗二十余首③，其子之钟适渡江来。余告以选诗之事。问：“尊人有余集否？”鲍不觉泣下，曰：“异哉！余今而知梦之有灵也！吾渡江前三日，梦与先人游随园。先人与公同修舡④，以纸补其窗棂。醒而不解。今思之：夫舡者，传也；纸者，诗之所附以传者也。今公抄选先人之诗，岂不暗相吻合耶？”甚矣！鬼神之好名也！

【注释】 ①袁枚在南京建随园，广征楹联，以《兰亭集序》中“此地有崇山峻岭，茂林修竹”一句为上联，征求下联，李因培便取《左传·昭公十二年》，楚王夸左史倚相的话出对，即“其人读三坟五典，八索九丘”。袁枚称为“绝对”，挂于园中。

②行状：叙述死者生卒年月、籍贯、生平事迹等的文章，为撰写墓志或立传的依据。

③鲍海门：即鲍皋，字步江，号海门，镇江丹徒人，清代诗赋家。

④舡（chuán）：“船”。

【译文】 随园有副对联：“此地有崇山峻岭、茂林修竹；是能读

《三坟》《五典》《八索》《九丘》。"是李因培侍郎所赠，已经悬挂了二十多年。忽然一天，岳钟琪大将军的儿子岳濬参将来访。入门便问有没有这副对联，现在悬挂在何处。我指给他看。他端视了很久，说："这后面的书房，可有叫蔚蓝天的？"我问："你怎么知道？"他说："我在四川时，梦见父亲带我到某个园子游赏，见这幅对联，且说：'把我交给这个园子的主人。'我从梦中惊醒，之后走遍四川各地，也没人知道这样的园子。如今我到江宁做官，有人说起随园有此联，因此前来拜访。"于是拿出岳钟琪将军的行状二十多页，拜求我为将军做传。我读后，发现内容杂乱有误，用了七日才编纂而成。可惜岳濬又调往了金川，没有再见面。今年夏天，我偶然抄选鲍海门的诗二十多首，恰好他儿子鲍之钟渡江而来。我便将选诗的事告诉他，问："令尊还有别的集子吗？"鲍不禁泪下，说："神奇啊！我今日算是知道梦有显灵之时了。我渡江前三日，梦到与父亲游随园。父亲与您一同修船，用纸补船的窗棂。梦醒后不明白是何寓意。今日看来：船，就是'传'。纸，是诗赖以传播的载体。今日您抄选先父的诗，不正和我的梦相吻合吗？"哎！鬼神也如此喜好名声啊！

五十

诗贵翻案。神仙，美称也；而昔人曰："丈夫生命薄，不幸作神仙。"杨花，飘荡物也；而昔人云："我比杨花更飘荡，杨花只有一春忙。"长沙，远地也；而昔人云："昨夜与君思贾谊，长沙犹在洞庭南。"龙门，高境也；而昔人云：

"好去长江千万里，莫教辛苦上龙门。"白云，闲物也；而昔人云："白云朝出天际去，若比老僧犹未闲。""修到梅花"①，指人也；而方子云见赠云："梅花也有修来福，着个神仙作主人。"皆所谓更进一层也。

【注释】　①修到梅花：出自谢枋得《武夷山中》"天地寂寥山雨歇，几生修得到梅花"，指何时才能修成梅花一般高洁的品格。

【译文】　诗歌贵在翻新出奇。神仙，本是美称；而前人说："丈夫生命薄，不幸作神仙。"杨花，飘荡之物；而前人说："我比杨花更飘荡，杨花只有一春忙。"长沙，很远的地方；而前人说："昨夜与君思贾谊，长沙犹在洞庭南。"龙门，高远的境界；而前人说："好去长江千万里，莫教辛苦上龙门。"白云，悠闲之物；而前人说："白云朝出天际去，若比老僧犹未闲。""修到梅花"，本指人；而方子云得赠诗："梅花也有修来福，着个神仙作主人。"都是所谓的更进一层。

五六

吾乡孝廉王介眉，名延年，少尝梦至一室，秘帖古器，盎然横陈。榻坐一叟，短身白须，见客不起，亦不言。又有一人，颀而黑，揖介眉而言曰："余汉之陈寿也，作《三国志》，黜刘帝魏，实出无心；不料后人以为口实。"指榻上人曰："赖彦威先生以《汉晋春秋》正之①。

汝乃先生之后身，闻方撰《历代编年纪事》，夙
根在此，须勉而成之。"言讫，手授一卷书，俾
题六绝句而寤。寤后仅记二句曰："惭无《汉晋
春秋》笔，敢道前身是彦威？"后介眉年八十
余，进呈所撰《编年纪事》，赐翰林侍读。

【注释】 ①《汉晋春秋》：东晋习凿齿撰，该书记述起自东汉
光武帝、止于西晋愍帝281年间的历史。记三国史事，以蜀汉为正
统，魏武虽复汉禅晋，尚为篡逆，遂以晋承汉。

【译文】 同乡举人王介眉，名延年，年少时曾梦到一个房间，里
面摆放着各式珍奇的字帖与古玩。床榻上坐着一个老者，身材短小，留
着白色长须，见客来不起身也不说话。又有一个人，身材高瘦而皮肤黝
黑，向介眉作揖并说："我是东汉人陈寿，作《三国志》，贬低刘汉而以
曹魏为皇帝，实在是无心之举；不料后人以此话柄。"便指榻上人说：
"幸而彦威先生著《汉晋春秋》更正过来。你是先生的后身，听闻你正
好在撰写《历代编年纪事》，根源就在这里，须努力完成它。"说完，亲
手给介眉一卷书，让题六首绝句，梦便醒了。醒后介眉只记得其中两句
说："惭无《汉晋春秋》笔，敢道前身是彦威？"后来介眉八十多岁，将
所撰《编年纪事》进献皇上，赐翰林侍读。

六十

苏州杨文叔先生，掌教吾乡敷文书院，以
实学教人。余年十九，即及门焉①。后宰江宁，
而先生掌教钟山，又复追随绛帐②。近闻其家式

微③，诗稿遗失，仅传《孝陵》二首，云："鼎湖龙去上升天，弓剑埋藏四百年。金碗玉鱼无恙在④，不须清泪滴铜仙⑤。""竖儒瞻拜旧山陵，落日平芜百感生。欲奏通天台下表，只怜才谢沈初明。"先生名绳武，康熙癸巳翰林，维斗先生孙也⑥。

【注释】　①及门：出自《论语·先进》"子曰：从我于陈蔡者，皆不及门也。"指不在门下。后泛指受业弟子。

②绛帐：师门、讲席之敬称。

③式微：出自《诗经》"式微式微，胡不归"，指天色昏暗、近黄昏时分。后来指事物由兴盛走向衰微。

④金碗玉鱼：出自杜甫《诸将》诗："昨日玉鱼蒙葬地，早时金碗出人间。"玉鱼、金碗是贵族的陪葬品，杜甫以此揭露当时吐蕃等攻入长安，发掘陵墓等种种恶行。

⑤清泪滴铜仙：出自李贺《金铜仙人辞汉歌》："空将汉月出宫门，忆君清泪如铅水。"李贺借用金铜仙人离开汉宫而泪下，表达对时局的担忧。

⑥维斗先生：即杨廷枢，明代学者、复社领袖。字维斗，号复庵，今江苏苏州人。崇祯三年乡试第一。后因反清事泄，为清吏所执，不屈被杀。

【译文】　苏州杨文叔先生，掌教我们乡的敷文书院，用实学教人。我当年十九岁，拜杨先生门下。后来我到江宁作县令，先生掌教钟山，我才得以继续追随先生。最近听说先生家道中落，诗稿遗失，仅留下《孝陵》二首，说："鼎湖龙去上升天，弓剑埋藏四百年。金碗玉鱼无恙在，不须清泪滴铜仙。""竖儒瞻拜旧山陵，落日平芜百感生。欲奏通天台下表，只怜才谢沈初明。"先生名绳武，康熙癸巳年授翰林学士，是杨廷枢先生的孙子。

六二

咏物诗无寄托，便是儿童猜谜。读史诗无新义，便成《廿一史弹词》[①]；虽着议论，无隽永之味，又似史赞一派：俱非诗也。余最爱常州刘大猷《岳墓》云："地下若逢于少保，南朝天子竟生还。"罗两峰《咏始皇》云："焚书早种阿房火，收铁还留博浪椎。"周钦来咏《始皇》云："蓬莱觅得长生药，眼见诸侯尽入关。"松江徐氏女《咏岳墓》云："青山有幸埋忠骨，白铁无辜铸佞臣。"皆妙。尤隽者，严海珊《咏张魏公》云："传中功过如何序？为有南轩下笔难[②]。"冷峭蕴藉，恐朱子在九原，亦当干笑[③]。

海珊自负咏古为第一，余读之果然。《三垂冈》云："英雄立马起沙陀，奈此朱梁跋扈何？赤手难扶唐社稷，连城犹拥晋山河。风云帐下奇儿在，鼓角灯前老泪多。萧瑟三垂冈下路，至今人唱《百年歌》[④]。"

【注释】　①《廿一史弹词》：明代杨慎作，原名《历代史略十段锦词话》，取材于正史，用浅近文言写成，被誉为"后世弹词之祖"。

②南轩：即浚之子张栻。张栻，字敬甫，号南轩，理学名家，湖湘学派代表人物，与吕祖谦、朱熹合称"东南三贤"。

③此句指朱熹作《张魏公浚行状》长达四万字一事，被杨慎讥为又臭又长。

④《百年歌》：魏晋时期的乐府诗，全诗分为十段，以人生每十年为一段。

【译文】　咏物诗没有寄托，便如同儿童猜谜。读史诗没有新义，便成了《廿一史弹词》。虽有议论，但没有隽永的意味，又接近史书评论一类，都不是诗。我最爱常州刘大猷《岳墓》诗："地下若逢于少保，南朝天子竟生还。"罗两峰咏《始皇》说："焚书早种阿房火，收铁还留博浪椎。"周钦来《咏始皇》说："蓬莱觅得长生药，眼见诸侯尽入关。"松江徐氏女《咏岳墓》说："青山有幸埋忠骨，白铁无辜铸佞臣。"都很高妙。最有意味的，严海珊《咏张魏公》说："传中功过如何序？为有南轩下笔难。"尖刻而含蓄，恐怕朱子在九泉之下，也会干笑。

海珊自负他的咏古诗为第一，我读后觉得果然如此。《三垂冈》说："英雄立马起沙陀，奈此朱梁跋扈何？赤手难扶唐社稷，连城犹拥晋山河。风云帐下奇儿在，鼓角灯前老泪多。萧瑟三垂冈下路，至今人唱《百年歌》。"

七十

周少司空青原未遇时①，梦人召至一处，金

字榜云"九天玄女之府"。周入拜，见玄女霞帔珠冠②，南面坐，以手平扶之，曰："无他相属，因小女有像，求先生诗。"出一卷，汉、魏名人笔墨俱在，淮南王刘安隶书最工，自曹子建以下，稍近钟、王风格。周题五律四首。玄女喜，命女出拜。神光照耀，周不敢仰视。女曰："周先生富贵中人，何以身带暗疾？我为君除之，作润笔资。"解裙带，授药一丸。周幼时误吞铁针，着肠胃间，时作隐痛。服后霍然。醒来，诗不能记，惟记一联云："冰雪消无质，星辰系满头。"

【注释】　①少司空：清代称工部侍郎为少司空。

②霞帔：是中国古代贵妇礼服的一部分，形似今披肩。

【译文】　工部侍郎周青原还没做官时，梦到被人领到某处地方，抬头见匾额上用金字写着"九天玄女之府"。周入府拜见，只见玄女身着霞帔头戴珠冠，向南面而坐，以手扶起周青原，说："没有他事相扰，因小女有一画像，求先生作诗。"拿出一卷画，汉、魏时名人的笔墨都在画上，淮南王刘安的隶书写得最好，从曹植以下，风格较接近于钟繇、王羲之。周题四首五言律诗。玄女很高兴，命女儿出迎拜谢。此女神光照耀，周不敢仰视。女子说："周先生是富贵之人，为何身上带有隐疾？我为您除去，就当作润笔。"于是解开裙带，拿出一丸药。周小时误吞下铁针，附在肠胃，时不时隐隐作痛。服下这丸药后迅速痊愈。醒后诗已记不全，只记得其中一联说："冰雪消无质，星辰系满头。"

六

人或问余以本朝诗，谁为第一？余转问其人，《三百篇》以何首为第一？其人不能答。余晓之曰：诗如天生花卉，春兰秋菊，各有一时之秀，不容人为轩轾。音律风趣，能动人心目者，即为佳诗；无所为第一、第二也。有因其一时偶至而论者，如"不愁明月尽，自有夜珠来"一首①，宋居沈上。"文章旧价留鸾掖，桃李新阴在鲤庭"一首②，杨汝士压倒元、白是也。有总其全局而论者，如唐以李、杜、韩、白为大家，宋以欧、苏、陆、范为大家，是也。若必专举一人，以覆盖一朝，则牡丹为花王，兰亦为王者之香。人于草木，不能评谁为第一，而况诗乎？

【注释】　①出自宋之问《奉和晦日幸昆明池应制》，唐中宗李显于正月末与百官游长安南昆明池，作诗一首，命随从官员作诗相和，其中以宋之问此首为冠。

②出自杨汝士《宴杨仆射新昌里第》。杨汝士，字慕巢，元和年间进士。"压倒元白"，指裴度居守东都，夜宴与诸客联句，元稹、白居易在座，而杨汝士之诗最佳，胜过元、白。

【译文】 有人问我本朝诗谁做得最好，我便问他：那《三百篇》中哪首诗是最好？他不能回答。我告诉他说：诗就像天生的花卉，春兰秋菊，各有一个季节的秀美，不容人去比较高低。音律风趣，能感动人心的，就是好诗。并没有第一、第二的说法。有因为一时的情境而论断的，如"不愁明月尽，自有夜珠来"一首，宋之问比沈佺期做得好。"文章旧价留鸾掖，桃李新阴在鲤庭"一首，杨汝士比元、白做得好。也有从整个诗歌成就来论断的，如唐代以李白、杜甫、韩愈、白居易为大家，宋代以欧阳修、苏轼、陆游、范成大为大家。如果单论某朝某人最厉害，那么牡丹为花王，兰花也是香气之王。人对于草木，尚不能评出谁为第一，何况诗呢？

一二

杨花诗最佳者，前辈如查他山云①："春如短梦初离影，人在东风正倚阑。"黄石牧云②："不宜雨里宜风里，未见开时见落时。"严遂成云："每到月明成大隐，转因云热得佯狂。"薛生白云③："飘泊无端疑'白也'，轻盈真欲类'虞兮'。"王菊庄云："不知日暮飞犹急，似爱天晴舞欲狂。"虞东皋云④："飘来玉屑缘何软？

随园诗话

059

看到梅花尚觉肥。"意各不同，皆妙境也。近有人以此命题，燕以均云："小院无端点绿苔，问他来处费疑猜。春原不是一家物，花竟偏能离树开。质洁未堪污道路，身轻容易上楼台。随风似怕儿童捉，才扑阑干又却回。"蔡元春云："沾裳似为衣添絮，扑帽应怜鬓有霜。似我辞家同过客，怜君一去便无归。"李荑云："偶经堕地时还起，直到为萍恨始休。"杨芳灿云⑤："掠水燕迷千点雪，窥窗人隔一重纱。""愿他化作青萍子，傍着鸳鸯过一生。"方正澍云⑥："春尽不堪垂老别，风停亦解步虚行。"钱履青云："风便有时来砚北，月明无影度墙东。"

【注释】　①查（zhā）他山：即查慎行，字悔余，号他山，"清初六家"之一，浙江海宁人。

②黄石牧：即黄之隽，字若木、石牧，号吾堂，松江华亭人，清著名诗人、藏书家。

③薛生白：即薛雪，字生白，号一瓢，又号槐云道人，乾隆初举鸿博，吴县人。

④虞东皋：即虞广文，字东皋，清康熙年间进士。

⑤杨芳灿：乾隆四十三年进士，江苏无锡人，著有《芙蓉山馆诗词稿》。

⑥方正澍：一名正添，字子云，安徽歙县人，著有《伴香阁诗》。

【译文】 杨花诗写得最好的，前辈之中如查他山说："春如短梦初离影，人在东风正倚阑。"黄石牧云："不宜雨里宜风里，未见开时见落时。"严遂成云："每到月明成大隐，转因云热得佯狂。"薛生白云："飘泊无端疑'白也'，轻盈真欲类'虞兮'。"王菊庄云："不知日暮飞犹急，似爱天晴舞欲狂。"虞东皋云："飘来玉屑缘何软？看到梅花尚觉肥。"都意境绝妙。近来有人以杨花命题，燕以均说："小院无端点绿苔，问他来处费疑猜。春原不是一家物，花竟偏能离树开。质洁未堪污道路，身轻容易上楼台。随风似怕儿童捉，才扑阑干又却回。"蔡元春云："沾裳似为衣添絮，扑帽应怜鬓有霜。似我辞家同过客，怜君一去便无归。"李荚云："偶经堕地时还起，直到为萍恨始休。"杨芳灿云："掠水燕迷千点雪，窥窗人隔一重纱。""愿他化作青萍子，傍着鸳鸯过一生。"方正澍云："春尽不堪垂老别，风停亦解步虚行。"钱履青云："风便有时来砚北，月明无影度墙东。"

二一

常宁欧永孝序江宾谷之诗曰[①]："《三百篇》：《颂》不如《雅》，《雅》不如《风》。何也？《雅》《颂》，人籁也，地籁也[②]，多后王、君公、大夫修饰之词。至十五《国风》，则皆劳人、思妇、静女、狡童矢口而成者也。《尚书》曰：'诗言志。'《史记》曰：'诗以达意。'若《国风》者，真可谓之言志而能达矣。"宾谷自序其诗曰："予非存予之诗也；譬之面然，予虽不能如城北徐公之面美，然予宁无面乎？何必作窥观焉？"

【注释】　①江宾谷：即江昱，字宾谷，号松泉，今江苏仪征人。博涉群籍，贯通经史，被袁枚称为"经痴"。

②人籁、地籁：出自《庄子·齐物论》，人籁指人吹乐器所发出的声音；地籁指风吹地面发出的声音。

【译文】　常宁人欧永孝为江宾谷的诗作序说："《三百篇》中，《颂》不如《雅》，《雅》不如《风》，为什么呢？《雅》《颂》，就如同《庄子》所谓的人籁和地籁，多是帝王、公侯、大夫的修饰之词。至于十五《国风》，则都是劳动者、思念丈夫的妇人、美好的女子、年轻的少年顺口作成的。《尚书》说：'诗言说人的情志。'《史记》说：'诗是用来表达人的意志。'像《国风》这样的诗，就是能抒发人的情志而传达出诗人的意志。"宾谷为自己的诗作序说："我并不是特意要标榜自己的诗，就如同人的长相，我虽不能像城北徐先生那样俊美，然而我就没有特点吗？何必要偷偷摸摸的呢？"

二八

康熙初，吴兆骞汉槎谪戍宁古塔①。其友顾贞观华峰馆于纳兰太傅家②，寄吴《金缕曲》云："季子平安否？谅绝塞苦寒难受。廿载包胥曾一诺，盼乌头马角终相救③。置此札，兄怀袖。词赋从今须少作，留取心魂相守。归日急翻行戍稿，把空名料理传身后。言不尽，观顿首。"太傅之子成容若见之，泣曰："河梁生别之诗④，山阳死友之传⑤，得此而三。此事三千六百日中，我当以身任之。"华峰曰："人寿几何？公子乃以十载为期耶？"太傅闻之，竟为道地⑥，而汉槎生入玉门关矣⑦。顾生名忠者，咏其事云："金兰倘使无良友，关塞终当老健儿。"一说：华峰之救吴季子也，太傅方宴客，手巨觥，谓曰："若饮满，为救汉槎。"华峰素不饮，至是一吸而尽。太傅笑曰："余直戏耳！即不饮，余岂遂不救汉槎耶？虽然，何其壮也！"呜呼！公子能文，良朋爱友，太傅怜才，真一时佳话。余常谓：汉槎之《秋笳集》，与陈卧子之《黄门集》⑧，俱能原本七子，而自出精神者。

【注释】 ①吴兆骞：字汉槎，号季子，吴江松陵镇（今江苏苏州）人，清初诗人。 谪戍：因罪而被遣送至边远地方，担任守卫。

②顾贞观：原名华文，字华峰，号梁汾，与陈维崧、朱彝尊并称明末清初"词家三绝"，著有《弹指词》《积书岩集》等。 纳兰太傅：即纳兰明珠，叶赫那拉氏，字端范，满洲正黄旗人，纳兰性德之父。

③包胥：春秋时楚国大夫申包胥。此句指楚昭王十年（公元前506年），吴国用伍子胥计攻破楚国，包胥到秦国求救，在秦庭痛哭七天七夜，终于使秦国发兵救楚。

④河梁生别：指李陵所作《与苏武》之三："携手上河梁，游子

暮何之。徘徊蹊路侧，恨恨不得辞。行人难久留，各言长相思。安知非日月，弦望自有时。努力崇明德，皓首以为期。"（出自《文选》卷二十九）

⑤山阳死友：指山阳郡范式和张劭之间的深厚友谊。（出自《后汉书·独行列传》）

⑥道地：指代人事先疏通，以留余地。

⑦生入玉门关：此处系用典。汉时班超久戍西域，年老思念中原故土，故上书和帝求归，中有："臣不敢望到酒泉郡，但愿生入玉门关。"此以生入玉门关指活着回到家乡。

⑧陈卧子：即陈子龙，初名介，字卧子，号大樽，今上海市松江人。明代著名诗人、词人、文学家。

【译文】　康熙初年，吴汉槎被贬到宁古塔当守卫。朋友顾华峰在纳兰明珠家当私教，作《金缕曲》寄送吴，说："季子平安否？谅绝塞苦寒难受。廿载包胥曾一诺，盼乌头马角终相救。置此札，兄怀袖。词赋从今须少作，留取心魂相守。归日急翻行戍稿，把空名料理传身后。言不尽，观顿首。"明珠之子纳兰性德见此曲，潸然泪下说："人间动人的友谊，有李陵写给苏武的离别之诗，有范式、张劭生死之交的传说，再加上您的故事便是第三桩。今后十年，我会亲自关注此事。"华峰说："人的寿命才多长？公子竟以十年为期。"太傅明珠听说后，提前疏通，而吴汉槎才得以活着回来。有位叫顾忠的人，歌咏此事说："金兰倘使无良友，关塞终当老健儿。"另一种说法是：华峰想救吴汉槎，巧遇太傅明珠宴客，太傅拿一巨大酒杯，说："如果你把整杯酒喝了，我为你救汉槎。"华峰平时不饮酒，当时一口气喝光。太傅笑着说："我只是开个玩笑！你即使不喝，我还真能不救汉槎吗？虽这么说，你的举动很豪壮感人！"啊！公子能文，良朋爱友，太傅怜才，真是一时佳话。我常说：汉槎的《秋笳集》，与陈卧子的《黄门集》，都能传承"明七子"的诗风，又自有风格。

三五

诗不可不改，不可多改。不改，则心浮；多改，则机窒。要像初拓《黄庭》，刚到恰好处。孔子曰："中庸不可能也。"此境最难。予最爱方扶南《滕王阁》诗云："阁外青山阁下江，阁中无主自开窗。春风欲拓滕王帖，蝴蝶入帘飞一双。"叹为绝调。后见其子某云："翁晚年嫌为少作，删去矣。"予大惊，卒不解其故。桐城吴某告予云："扶南三改《周瑜墓》诗，而愈改愈谬。"其少作云："大帝君臣同骨肉，小乔夫婿是英雄。"可称工矣。中年改云："大帝誓师江水绿，小乔卸甲晚妆红。"已觉牵强。晚年又改云："小乔妆罢胭脂湿，大帝谋成翡翠通。"真乃不成文理！岂非朱子所谓"三则私意起而反惑"哉？扶南与方敏恪公为族兄。敏恪寄信，苦劝其勿改少作，而扶南不从。方知存几句好诗，亦须福分。

【译文】　诗不可以不改，也不可以多改。不改，则心气浮躁；多改，则灵气消散。要像初拓《黄庭内景经》，恰到好处。孔子说："中庸是最不易办到的。"这个境界最难。我最爱方扶南的《滕王阁》诗:"阁外青山阁下江,阁中无主自开窗。春风欲拓滕王帖,蝴蝶入帘飞一双。"堪称绝妙。后来遇见他的儿子,说:"父亲晚年嫌那首诗是年少时的作品,删去了。"我很惊讶,不理解其中的缘故。桐城人吴某告诉我说:"扶南《周瑜墓》那首诗曾改过三次,却越改越差。"最初的版本是:"大帝君臣同骨肉,小乔夫婿是英雄。"还算很工整。中年时改成:"大帝誓师江水绿,小乔卸甲晚妆红。"已经有些牵强。晚年又改作:"小乔妆罢胭脂湿,大帝谋成翡翠通。"真是不成文理!这不正是朱子所说的"三则私意起而反感"吗?扶南与方敏恪公为同族兄弟。敏恪寄信给扶南,苦劝不要擅自改动以前的作品,而扶南不听。世人应知要留下几句好诗,也需要福分。

三七

梦中得诗,醒时尚记,及晓,往往忘之。似村公子有句云①:"梦中得句多忘却,推醒姬人代记诗。"予谓此诗固佳,此姬人尤佳。鲁星村亦云:"客里每先顽仆起,梦中常惜好诗忘。"

【注释】　①似村公子:即庆兰,字似村,章佳氏,镶红旗满洲人,著有《萤窗异草》。

【译文】　梦中得诗,醒后尚且还记得,等到天亮时分,往往却忘了。似村公子有诗说:"梦中得句多忘却,推醒姬人代记诗。"我认为这首诗很不错,特别是"姬人"尤其妙。鲁星村也作诗说:"客里每先顽仆起,梦中常惜好诗忘。"

四二

　　闺秀能文，终竟出于大家。张侯家高太夫
人著《红雪轩稿》，七古排律至数十首，盛矣
哉！其本朝之曹大家乎？夫宗仁袭封靖逆侯^①，
家资百万，以好客喜施，不二十年，费尽而薨。
夫人暗埋三十万金于后园，交其儿谦，始能袭
职：其识力如此。夫人名景芳，父琦，为浙闽
总督^②。作女儿时，年十五，《晨妆》云："妆
阁开清晓，晨光上画栏。未曾梳宝髻，不敢问
亲安。妥贴加钗凤，低徊插佩兰。隔帘呼侍婢，
背后与重看。"又《示谦儿》云："高捧名花求
插髻，遍寻佳果劝尝新。"

【注释】　①袭封：子孙继承前辈受封的爵位。

②浙闽总督：官名，又称"闽浙总督"。清朝总领浙江、福建两
省军民政务的封疆大吏。

【译文】　能作诗文的闺秀，到底出自名门大家。张侯家高老夫人
著有《红雪轩稿》，有七言古体排律十余首，很厉害啊！她是本朝的曹
大家吧？她的丈夫宗仁袭封靖逆侯，家资百万，喜好宴请施与，不到二
十年，百万家产花个精光而死。夫人早前私自在后园埋了三十万两银子，
交给儿子，这样才能袭封爵位：夫人就是如此有远见。夫人名景芳，父
亲高琦，为浙闽总督。夫人还是少女时，十五年纪，作《晨妆》诗说：

"妆阁开清晓，晨光上画栏。未曾梳宝髻，不敢问亲安。妥贴加钗凤，低徊插佩兰。隔帘呼侍婢，背后与重看。"又《示谦儿》说："高捧名花求插髻，遍寻佳果劝尝新。"

五十

诗境最宽，有学士大夫读破万卷，穷老尽气，而不能得其阃奥者①。有妇人女子、村氓浅学，偶有一二句，虽李、杜复生，必为低首者。此诗之所以为大也。作诗者必知此二义，而后能求诗于书中，得诗于书外。

【注释】　①阃奥：比喻学问或事理的精微深奥所在。

【译文】　诗的意境最宽广，有的学士大夫读破万卷，穷尽一生，却不能明白其中的奥妙。有妇人女子、村民陋学，偶然间一二句诗，即使李白、杜甫再生，也必然俯首称赞。这即是诗之所以博大的原因。作诗的人必须要知道这个道理，才能在书中学好诗，在书外得好诗。

五四

余年二十三，馆今相国稽公家，教其幼子承谦。今四十三年矣。承谦官侍读，行走上书房，假满赴都，过随园，赠云："万事由来夙有缘，七龄问字记当年。读书好处心先觉，立雪深时道已传。每盼凤巢阿阁上，果摩麟顶绛帷前。德门善庆知无限，仁见骊珠颗颗圆。"余附书相国云："当日七龄公子，为问字之佳儿；此时白发词臣，作青宫之师傅①。能无对之欣然，思之黯然也乎？"

【注释】　①青宫：是指太子居东宫。东方属木，于色为青。

【译文】　我二十三岁时，在嵇相国家教授他最小的儿子承谦，如今已经过去四十三年了。承谦官至翰林院侍读，出入上书房，假满回京途中路过随园，赠诗说："万事由来夙有缘，七龄问字记当年。读书好处心先觉，立雪深时道已传。每盼凤巢阿阁上，果摩麟顶绛帷前。德门善庆知无限，仁见骊珠颗颗圆。"我附上书信寄送嵇相国说："昔日七岁公子，是念书的聪明少年；今日白发侍读，已作太子师傅。怎能对此不一面欣慰，又一面黯然呢？"

六六

或云："诗无理语。"予谓不然。《大雅》："于缉熙敬止""不闻亦式，不谏亦入"①，何尝非理语？何等古妙！《文选》："寡欲罕所阙""理来情无存"，②唐人："廉岂活名具，高宜近物情。"陈后山《训子》云："勉汝言须记，逢人善即师。"③文文山《咏怀》云："疏因随事直，忠故有时愚。"④又，宋人："独有玉堂人不

寐，六箴将晓献宸旒。"亦皆理语，何尝非诗家
上乘？至乃"月窟""天根"等语，便令人闻
而生厌矣。

【注释】　①"于缉熙敬止"出自《文王》，"缉熙"指光明；
"敬止"即敬之，严肃谨慎。"不闻亦式"出自《思齐》，不、亦，
语助词。闻，听。式，用。入，采纳。

②"寡欲罕所阙"出自谢灵运《邻里相送方山诗》，"理来情无
存"出自谢灵运《石门新营所住四面高山回溪石濑茂林修竹诗》
"感往虑有复，理来情无存"。

③此诗非陈师道的《训子》，乃出自杜荀鹤《送舍弟》，原文为
"勉汝言须记，闻人善即师"。

④文文山：即文天祥，字履善，又字宋瑞，号文山。此诗出自
其《己卯十月一日至燕越五日罹狴犴有感而赋（十七首）》之
十三。

【译文】　有人说："诗中没有深奥的话。"我认为并不是这样。
《大雅》"于缉熙敬止""不闻亦式，不谏亦入"，何尝不是富含哲理的
话？何等高古绝妙！《文选》："寡欲罕所缺""理来情无存"。唐人诗：
"廉岂活名具，高宜近物情。"陈后山《训子》说："勉汝言须记，逢人
善即师。"文文山《咏怀》说："疏因随事直，忠故有时愚。"又，宋人：
"独有玉堂人不寐，六箴将晓献宸旒。"也都是很有哲理的话，何尝不是
诗中的上乘之作？至于"月窟""天根"等说法，便令人听了就心生
厌烦。

六七

诗家有不说理而真乃说理者。如唐人《咏

棋》云："人心无算处，国手有输时。"《咏帆》云："恰认己身住，翻疑彼岸移。"宋人："君王若看貌，甘在众妃中。""禅心终不动，仍捧旧花归。"《雪》诗："何由更得齐民暖，恨不偏于宿麦深。"《云》诗："无限旱苗枯欲尽，悠悠闲处作奇峰。"许鲁斋《即景》云①："黑云莽莽路昏昏，底事登车尚出门？直待前途风雨恶，苍茫何处觅烟村？"无名氏云："一点缁尘涴素衣②，瘢瘢驳驳使人疑。纵教洗遍千江水，争似当初未涴时？"

【注释】　①许鲁斋：原名许衡，字仲平。生于宋宁宗嘉定二年。

②涴（wò）：弄脏。

【译文】　有的诗本不为说理却句句在理。如唐人《咏棋》说："人心无算处，国手有输时。"《咏帆》说："恰认己身住，翻疑彼岸移。"宋人诗："君王若看貌，甘在众妃中。""禅心终不动，仍捧旧花归。"《雪》诗："何由更得齐民暖，恨不偏于宿麦深。"《云》诗："无限旱苗枯欲尽，悠悠闲处作奇峰。"许鲁斋《即景》说："黑云莽莽路昏昏，底事登车尚出门？直待前途风雨恶，苍茫何处觅烟村？"无名氏说："一点缁尘涴素衣，瘢瘢驳驳使人疑。纵教洗遍千江水，争似当初未涴时？"

七三

诗家闺秀多，青衣少①。高明府继允有苏州

薛筠郎，貌美艺娴，《赋秋月》云："风韵乱传杵，云华轻入河。"《旅思》云："如何野店闻钟夜，犹是寒山寺里声。"《晓行》云："并马忽惊人在后，贪看山色又回头。"皆有风调。筠郎随主人入都，卒于保阳。高刻其遗稿，属余题句。余书三绝，有云："绝好齐、梁诗弟子，不教来事沈尚书。"

【注释】　①青衣：戏曲中旦角的一种，北方剧种称青衣，南方剧种称正旦。

②明府：清代不直接称正式官衔，多用代称，知府即称"明府"。

【译文】　作诗女子闺秀居多，青衣少。明府高继允家有一侍从名唤薛筠郎，苏州人，长相俊美、诗才出众，作《赋秋月》诗："风韵乱传杵，云华轻入河。"《旅思》："如何野店闻钟夜，犹是寒山寺里声。"《晓行》："并马忽惊人在后，贪看山色又回头。"都有风致。筠郎随主人前往京城，途中卒于保阳。高明府将其遗稿刊刻成篇，请我题诗。我作了三首绝句，其中有句："绝好齐、梁诗弟子，不教来事沈尚书。"

七四

沈归愚选《明诗别裁》①，有刘永锡《行路难》一首②，云："云漫漫兮白日寒，天荆地棘行路难。"批云："只此数字，抵人千百。"予不觉大笑。"风萧萧兮白日寒",是《国策》语。"行路难"三字是题目。此人所作,只"天荆地棘"四字而已。以此为佳,全无意义。须知《三百篇》如"采采芣苢""薄言采之"之类,均非后人所当效法。圣人存之,采南国之风,尊文王之化;非如后人选读本,教人模仿也。今人附会圣经,极力赞叹。章鞗齐戏仿云:"点点蜡烛,薄言点之。点点蜡烛,薄言剪之。"注云:"剪,剪去其煤也。"闻者绝倒。余尝疑孔子删诗之说,本属附会。今不见于《三百篇》中,而见于他书者,如《左氏》之"翘翘车乘,招我以弓","虽有姬姜,无弃憔悴";《表记》之"昔吾有先正,其言明且清";古诗之"雨无其极,伤我稼穑"之类,皆无愧于《三百篇》,而何以全删?要知圣人述而不作,《三百篇》者,鲁国方策旧存之诗③,圣人正之,使《雅》《颂》各得其所而已,非删之也。后儒王鲁斋欲删《国风》淫词五十章④,陈少南欲删《鲁颂》⑤,何迂妄乃尔!

【注释】　①沈归愚:即沈德潜,字确士,号归愚,清朝人。著有《古诗源》《唐诗别裁》等。

②刘永锡:字钦尔,号剩庵,明朝人。

③方策:即简册,指典籍,后也指史册。

④王鲁斋：即王柏，号鲁斋，南宋人。师从朱熹，著有《书疑》《诗疑》等。

⑤陈少南：即陈鹏飞，字少南，南宋人。著有《罗浮集》《管见集》等。

【译文】 沈德潜选诗作《明诗别裁》，收录刘永锡《行路难》一首，说："云漫漫兮白日寒，天荆地棘行路难。"批语是："仅此寥寥数字，已胜过他人千言万语。"我不禁大笑。"风萧萧兮白日寒"，是《战国策》里的话。"行路难"三个字是诗题。这个人所作，仅"天荆地棘"四字而已。认为此诗作得好，全无意义。须知《三百篇》中如"采采苯苢""薄言采之"之类，都不是后人作诗应该效仿的。孔子保存这些诗，是将它们视作采自南国的遗风，尊为文王的教化；并非如后人选读本那样，只为教人模仿。今人附会《三百篇》，大加赞叹。章艧齐戏仿作诗，云："点点蜡烛，薄言点之。点点蜡烛，薄言剪之。"注释说："剪，剪去其煤也。"听闻此诗的人无不笑倒在地。我曾怀疑孔子删诗的说法，本是附会。今不见于《三百篇》中，而见于他书的诗，如《春秋左氏传》的"翘翘车乘，招我以弓"，"虽有姬姜，无弃憔悴"；《表记》的"昔吾有先正，其言明且清"；古诗的"雨无其极，伤我稼穑"之类，都不比《三百篇》的诗差，那为什么要全删？要知道孔子述而不作，《三百篇》是记载在鲁国竹简上的古老诗篇，经孔子修订后，《雅》《颂》各得其所而已，孔子并非要删掉某些诗。后儒王柏想要删去《国风》五十篇，他认为那些都是淫词秽语，陈少南又想要删去《鲁颂》，他们是多么迂腐狂妄啊！

七五

宋人好附会名重之人，称韩文杜诗，无一

字没来历。不知此二人之所以独绝千古者，转妙在没来历。元微之称少陵云："怜渠直道当时事，不着心源傍古人。"昌黎云："惟古于词必己出，降而不能乃剽贼。"今就二人所用之典，证二人生平所读之书，颇不为多，班班可考；亦从不自注此句出何书，用何典。昌黎尤好生造字句，正难其自我作古，吐词为经。他人学之，便觉不妥耳。

【译文】　宋人喜欢附会名人，称韩愈的文章、杜甫的诗，每字都有来历。不知此二人之所以千百年来最著名，反而就妙在无来历上。元稹称杜少陵说："怜渠直道当时事，不着心源傍古人。"韩昌黎说："古时话必从自己嘴里说出，实在不能才迫不得已做剽贼。"如今就二人所用的典故，证实二人生平读过的书，实在不多，且明显可考；也从不自注此句出自何书，用何典故。昌黎尤其喜好生造字句，正难为他仿古，创作了不少经典。他人若效仿之，便觉得不妥。

一

　　凡作诗者，各有身份，亦各有心胸。毕秋帆中丞家漪香夫人①，有《青门柳枝词》云："留得六宫眉黛好，高楼付与晓妆人。"是闺阁语。中丞和云："莫向离亭争折取，浓阴留覆往来人。"是大臣语。严冬友侍读和云："五里东风三里雪，一齐排着等离人。"是词客语②。夫人又有句云："天涯半是伤春客，飘泊烦他青眼看。"亦有慈云护物之意。张少仪观察和云："不须看到婆娑日，已觉伤心似汉南。"则的是名场耆旧语矣③。

【注释】　①中丞：明清时巡抚的别称。

②词客：擅长文词的人。

③名场：名流会聚之所或名胜之场。

【译文】　凡是作诗的人，各有身份，也各有心胸。巡抚毕秋帆家的漪香夫人，有《青门柳枝词》说："留得六宫眉黛好，高楼付与晓妆人。"是女子闺阁语气。巡抚和诗说:"莫向离亭争折取,浓阴留覆往来人。"则是大臣语气。严冬友侍读和诗说:"五里东风三里雪,一齐排着等离人。"是文人语气。漪香夫人又作诗说:"天涯半是伤春客,飘泊烦他青眼看。"也有慈悲爱物的意思。观察张少仪和诗说:"不须看到婆娑日,已觉伤心似汉南。"则是名场耆老的语气了。

三

诗用经书成语,有对仗极妙者。前辈卢玉岩云:"头既责余余责头,腹亦负公公负腹。"近人吴文溥云:"人非磨墨墨磨人,我自注经经注我。"姚念慈云:"野无青草霜飞后,菊有黄花雁到初。"汪韩门云:"白凫化后成衰老,黄雀飞来谢少年。"胡稚威云:"春水绿波芳草色,杂花生树乱莺飞。"朱鹿田《得子》云:"我求壮艾三年药,汝似王瓜五月生。"皆用经书、乐府成语也。余戏集乐府云:"背画天图,子星历历;东升日影,鸡黄团团。"

【译文】 作诗引用古籍现成的词语,有对仗很巧妙的。前辈卢玉岩说:"头既责余余责头,腹亦负公公负腹。"近人吴文溥说:"人非磨墨墨磨人,我自注经经注我。"姚念慈说:"野无青草霜飞后,菊有黄花雁到初。"汪韩门说:"白凫化后成衰老,黄雀飞来谢少年。"胡稚威说:"春水绿波芳草色,杂花生树乱莺飞。"朱鹿田《得子》说:"我求壮艾三年药,汝似王瓜五月生。"都是用经书、乐府中现成的词语。我戏作一首集乐府说："背画天图，子星历历；东升日影，鸡黄团团。"

四

题古迹能翻陈出新最妙。河南邯郸壁上或题云："四十年中公与侯，虽然是梦也风流。我今落魄邯郸道，要替先生借枕头。"严子陵钓台或题云[①]："一着羊裘便有心，虚名传诵到如今。当时若着蓑衣去，烟水茫茫何处寻?"凡事不能无弊，学诗亦然。学汉、魏《文选》者，其弊常流于假；学李、杜、韩、苏者，其弊常失于粗；学王、孟、韦、柳者，其弊常流于弱；学元、白、放翁者，其弊常失于浅；学温、李、冬郎者[②]，其弊常失于纤。人能吸诸家之精华，而吐其糟粕，则诸弊尽捐。大概杜、韩以学力胜，学之，刻鹄不成，犹类鹜也。太白、东坡以天分胜，学之，画虎不成，反类狗也。[③]佛云："学我者死。"无佛之聪明而学佛，自然死矣。

【注释】　①严子陵钓台：位于浙江省桐庐县城南十五公里的富春山麓，是富春江主要风景点。因东汉严子陵隐居于此而得名。

②冬郎：唐代诗人韩偓的小名。

③"刻鹄不成""画虎不成"句：出自马援《诫兄子严敦书》"效伯高不得，犹为谨敕之士，所谓刻鹄不成尚类鹜者也；效季良不

得，陷为天下轻薄子，所谓画虎不成反类狗者也。"（见范晔《后汉书·马援传》）鹄，即天鹅。鹜，鸭子。

【译文】 题古迹的诗能翻陈出新最妙。河南邯郸壁上有人题诗说："四十年中公与侯，虽然是梦也风流。我今落魄邯郸道，要替先生借枕头。"严子陵钓台有人题说："一着羊裘便有心，虚名传诵到如今。当时若着蓑衣去，烟水茫茫何处寻？"凡事都有弊病，学诗也是如此。学汉、魏《文选》的人，诗大多造作；学李、杜、韩、苏的人，诗太粗略；学王、孟、韦、柳的人，诗太柔弱；学元、白、放翁的人，诗往往过于浅白；学温、李、冬郎的人，诗又过于纤细。若某人能吸收各家精华，而去其糟粕，那么所有弊病就都可以抛掉。大概杜甫、韩愈以学识见长，若效仿的话，还算是刻鹄不成尚类鹜。而太白、东坡以天分见长，若效仿的话，即画虎不成反像狗啊。佛说："学我者死。"没有佛祖聪明而学佛的人，自然是自寻死路啊。

一四

丙辰，余在都中，受知于张鹭洲先生[①]。先生作御史，立朝侃侃[②]，颇著风绩。有《柳鱼集》行世。余购得，被人攫去，时为恼闷。甲午岁，余泊舟丹阳，旁有小舟相并。时天暑，彼此窗开。余舱中诗稿堆积几上。邻舟一女子，容貌庄姝，每伺余出舱，便注目偷视，若领解者。余心疑之。问其家人，乃先生女，嫁汪文端公从子某[③]。因招汪入舱话旧。问先生诗，不能记。入问夫人，夫人乃诵其《巡台湾作》云：
"少寒多暖不霜天，木叶长青花久妍。真个四时
皆是夏，荷花度腊菊迎年。"

【注释】 ①受知：受人知遇。　张鹭洲：即张湄，字鹭洲，号
南漪，又号柳渔，浙江钱塘人。

②侃侃：理直气壮，从容不迫。

③汪文端公：即汪由敦，字师苕，号谨堂，又号松泉居士，安
徽休宁人。雍正二年（1724）进士。乾隆间，累官至吏部尚书。卒，
加赠太子太师，谥文端。著有《松泉集》。从子：堂侄。

【译文】 丙辰年，我在京城，得到张鹭洲先生的推荐。先生作御
史时，在朝正直不阿，颇有政绩。著有《柳鱼集》行世。我曾买此书，
却被人夺去，当时很恼火。甲午年，我坐船到丹阳，旁有一只小船并行。
时值暑热，大家都开窗透气，船舱中诗稿堆积在案几上。邻船一位女子，
相貌端庄秀美，每等我出舱，便偷偷打量，仿佛相识。我有些怀疑，便
问她家人，原来是先生的女儿，嫁给了汪文端公的侄子。便请汪公子入
舱叙旧，问先生所作的诗，并不记得。又问夫人，夫人便诵鹭洲先生的
《巡台湾作》说："少寒多暖不霜天，木叶长青花久妍。真个四时皆是
夏，荷花度腊菊迎年。"

二一

古来奇女子，如冯嫽及冼夫人，事载史书，
惜见于诗者绝少。惟石柱土司之秦良玉①，能为
国杀贼。明怀宗赐诗云："桃花马上请长缨。"

又云："试看他年麟阁上，丹青先画美人图。"本朝朱鹿田先生作七古美之，警句云："一时巾帼尽须眉，马上红旗马前酒。蜀亡不肯树降旗，残疆犹为君王守。"又曰："绿沉枪舞春星转，花桶裙拖锦带红。"

【注释】 ①石柱：指重庆石柱县。 土司：是元明清时期在西北、西南地区设置的由少数民族首领充任并世袭的官职。 秦良玉：字贞素，四川忠州（今重庆忠县）人，明末著名的女将军、军事家、抗清名将。丈夫马千乘逝世，时儿子幼小，秦良玉便代为石柱土司。

【译文】 自古以来的奇女子，如冯嫽及冼夫人，史书记载了她们的事迹，可惜却很少出现在诗歌中。只有石柱土司秦良玉，能为国杀贼。明怀宗赐诗说："桃花马上请长缨。"又说："试看他年麟阁上，丹青先画美人图。"本朝朱鹿田先生作七言古诗赞美她，经典诗句如："一时巾帼尽须眉，马上红旗马前酒。蜀亡不肯树降旗，残疆犹为君王守。"又如："绿沉枪舞春星转，花桶裙拖锦带红。"

二八

凡作人贵直，而作诗文贵曲。孔子曰："情欲信，词欲巧。"①孟子曰："智，譬则巧；圣，譬则力。"②巧，即曲之谓也。崔念陵诗云："有磨皆好事，无曲不文星。"洵知言哉！

或问："诗如何而后可谓之曲？"余曰：

"古诗之曲者，不胜数矣！即如近人王仔园《访友》云：'乱乌栖定夜三更，楼上银灯一点明。记得到门还不扣，花阴悄听读书声。'此曲也。若到门便扣，则直矣。方蒙章《访友》云：'轻舟一路绕烟霞，更爱山前满涧花。不为寻君也留住，那知花里即君家。'此曲也。若知是君家，便直矣。宋人《咏梅》云：'绿杨解语应相笑，漏泄春光恰是谁？'《咏红梅》云：'牧童睡起朦胧眼，错认桃林欲放牛。'咏梅而想到杨柳之心，牧童之眼，此曲也；若专咏梅花，便直矣。"

【注释】　　①出自《礼记·表记》，相传为孔子言。
②出自《孟子·万章》。

【译文】　　凡是作人贵在正直，而作诗文贵在婉曲。孔子说："情感要真挚，而言词要巧妙。"孟子说："智慧有如技巧，美德好比力量。"巧，就是"曲"的意思。崔念陵诗说："有磨皆好事，无曲不文星。"真是明智的话啊！

有人问："什么样的诗才称得上婉曲？"我说："古诗中称得上婉曲的，不计其数。如近人王仔园的《访友》诗：'乱乌栖定夜三更，楼上银灯一点明。记得到门还不扣，花阴悄听读书声。'此诗就婉曲。如果到门边便叩门，就太直接了。方蒙章《访友》诗说：'轻舟一路绕烟霞，更爱山前满涧花。不为寻君也留住，那知花里即君家。'这也很婉曲。如果知道是友人家，便太直接。宋人《咏梅》诗说：'绿杨解语应相笑，漏泄春光恰是谁？'《咏红梅》说：'牧童睡起朦胧眼，错认桃林欲放牛.'歌咏梅花而想到杨柳的心思、牧童的睡眼，这就很婉曲；如果专门歌咏梅花，就很直接。"

二九

诗虽贵淡雅，亦不可有乡野气。何也？古之应、刘、鲍、谢、李、杜、韩、苏，皆有官职，非村野之人。盖士君子读破万卷，又必须登庙堂，览山川，结交海内名流，然后气局见解，自然阔大；良友琢磨，自然精进。否则，鸟啼虫吟，沾沾自喜，虽有佳处，而边幅固已狭矣。人有乡党自好之士，诗亦有乡党自好之诗。桓宽《盐铁论》曰："鄙儒不如都士。"①信矣！

【注释】 ①桓宽：字次公，今河南上蔡人，西汉著名学者，有《盐铁论》六十篇。"鄙儒不如都士"出自《盐铁论·国疾》，鄙，僻远之义。

【译文】 诗虽贵在淡雅，也不可有乡野气。为什么呢？古时应场、刘桢、鲍照、谢灵运、李白、杜甫、韩愈、苏东坡，都有官职，并不是乡村人。大概君子读万卷书，又必须在朝做官，饱览山川，结交海内名士，然后人的格局和见解，自然宽广；与好友切磋琢磨，学问自然精进。否则，像鸟啼虫鸣一般，沾沾自喜，虽然也有妙处，但境界肯定很狭隘啊。人有邻里相推崇的贤士，诗也有诗友们称赞的好诗。桓宽的《盐铁论》说："地处偏远的学者眼界不如城里的人士。"果然如此啊！

三八

古闺秀能诗者多，何至今而杳然？余宰江宁时①，有松江女张氏二人②，寓居尼庵，自言文敏公族也。姊名宛玉，嫁淮北程家，与夫不协，私行脱逃。山阳令行文关提③，余点解时，宛玉堂上献诗云："五湖深处素馨花，误入淮西估客家。得遇江州白司马，敢将幽怨诉琵琶？"余疑倩人作，女请面试。予指庭前枯树为题，女曰："明府既许婢子吟诗，诗人无跪礼，请假纸笔立吟，可乎？"余许之。乃倚几疾书曰："独立空庭久，朝朝向太阳。何人能手植，移作后庭芳？"未几，山阳冯令来，予问："张女事作何辨？"曰："此事不应断离，然才女嫁俗商，不称，故释其背逃之罪，且放归矣。"问："何以知其才？"曰："渠献诗云④：'泣请神明宰，容奴返故乡。他时化蜀鸟，衔结到君旁。'"冯故四川人也。

【注释】　①江宁：今江苏南京江宁区。
②松江：古名华亭县，即今上海松江区。
③山阳：今江苏淮安楚州区。　关提：意为关会拘提，即移文人犯所在地官府请求提解人犯。

④渠：赣方言中指第三人称代词他或她、它。

【译文】　古时很多大家闺秀都能作诗，为什么到如今就寥寥无几了？我主管江宁时，有两个松江女人张氏，暂住在尼姑庵，自称是文敏公的同族。姐姐名叫宛玉，嫁给了淮北的程家，因与丈夫不和，便私下逃跑出来。山阳县令移文提解张宛玉，我受理此案时，宛玉在堂上献诗说："五湖深处素馨花，误入淮西估客家。得遇江州白司马，敢将幽怨诉琵琶？"我怀疑是他人所作，女子便请求当面作诗。我指着庭前的枯树作为题目，女子说："明府既然允许奴婢吟诗，诗人无跪拜之礼，请借纸笔站立吟诗，可以吗？"我答应了。于是她依靠几案奋笔疾书说："独立空庭久，朝朝向太阳。何人能手植，移作后庭芳？"不久，山阳县的冯县令来，我问："张氏女子此事你怎么看？"他说："此事不应该判成离婚，但是才女嫁给俗商，不相称，所以宽恕她私自逃跑的罪行，就放她回去了。"问："你怎么知道她的才华？"说："她献诗说：'泣请神明宰，容奴返故乡。他时化蜀鸟，衔结到君旁。'"冯本是四川人。

四二

今人论诗，动言贵厚而贱薄，此亦耳食之言①。不知宜厚宜薄，惟以妙为主。以两物论：狐貉贵厚②，鲛绡贵薄③。以一物论：刀背贵厚，刀锋贵薄。安见厚者定贵，薄者定贱耶？古人之诗，少陵似厚，太白似薄；义山似厚，飞卿似薄：俱为名家。犹之论交，谓深人难交，不知浅人亦正难交。

【注释】 ①耳食：比喻不假思索，轻信所闻。

②狐貉：指狐、貉的毛皮。

③鲛绡：指神话传说中鲛人所织的绡，极薄，后泛指薄纱。

【译文】 如今人们评论诗歌，动不动就说贵在厚重而劣在单薄，这也是不假思索的话。殊不知宜厚宜薄，都是以妙趣为主。用两件事物对比而论，狐貉贵在厚，鲛绡贵在薄。以一个事物而论，刀背贵在厚，刀锋贵在薄。哪有厚的就一定贵，薄的就一定贱呢？古人的诗，杜甫似乎厚重，李白似乎轻快；李商隐似乎厚重，温庭筠似乎轻快：都是名家。就像论交友，说高深的人很难交往，却不知肤浅之人也很难交往。

四九

黄莘田妻月鹿夫人①，与莘田同有研癖②。先生罢官时，囊余二千金：以千金市十研，以千金购侍儿金樱以归。有二女：长曰淑宛，字姒洲；次曰淑畹，字纫佩。《题杏花双燕图》云："艳阳天气试轻衫，媚紫娇红正斗酣。记得春明池馆静，落花风里话呢喃。""夕阳亭院曲栏东，语燕时飞扇底风。不管春来与春去，双双长在杏花中。"金樱明艳，能诗。许子逊酒间举其《夜来香》绝句云③："知隔绛纱帷暗坐，谢娘头上过来风。"

【注释】 ①黄莘田：即黄任，字于莘，又字莘田，喜欢收藏砚台，清代著名诗人。

②研癖：喜欢砚台的癖好。

③许子逊：即许豸，字子逊，福建同安人，万历年间进士，官任翰林院编修，著有《许仲斗集》《八经类集》等书。

【译文】　黄莘田的妻子月鹿夫人，与莘田同样有爱好砚台的嗜好。先生罢官时，口袋中还剩两千两银子，用一千两买了十个砚台，用一千两买了丫鬟金樱回去。有两个女儿：大的叫淑窈，字姒洲；小的淑婉，字纫佩。《题杏花双燕图》说："艳阳天气试轻衫，媚紫娇红正斗酣。记得春明池馆静，落花风里话呢喃。""夕阳亭院曲栏东，语燕时飞扇底风。不管春来与春去，双双长在杏花中。"金樱貌美，能作诗。许子逊宴席之间吟诵所作的《夜来香》说："知隔绛纱帷暗坐，谢娘头上过来风。"

六十

诗得一字之师，如红炉点雪①，乐不可言。余祝尹文端公寿云："休夸与佛同生日，转恐恩荣佛尚差。"公嫌"恩"字与佛不切，应改"光"字。《咏落花》云："无言独自下空山。"邱浩亭云："空山是落叶，非落花也；应改'春'字。"《送黄宫保巡边》云："秋色玉门凉。"蒋心余云："'门'字不响，应改'关'字。"《赠乐清张令》云："我惭灵运称山贼。"刘霞裳云："'称'字不亮，应改'呼'字。"

凡此类，余从谏如流，不待其词之毕也。浩亭
诗学极深，惜未得其遗稿。

【注释】　①红炉点雪：烧红的炉台上沾染一点雪就会立即溶
化。借喻一经指教，领悟迅速，立即茅塞顿开。

【译文】　作诗得人指点一字，就如红炉点雪，其中乐趣妙不可言。
我为尹文端公祝寿说："休夸与佛同生日，转恐恩荣佛尚差。"公嫌
"恩"与佛家并不合适，建议改为"光"字。我作《咏落花》说："无言
独自下空山。"邱浩亭说："空山搭配的是落叶，不是落花，应改为
'春'字。"我的《送黄宫保巡边》诗说："秋色玉门凉。"蒋心余说：
"'门'字不响亮，应改为'关'字。"《赠乐清张令》说："我惭灵运称
山贼。"刘霞裳说："'称'字不敞亮，应改为'呼'字。"凡此类，我都
从谏如流，没等到诗作完就已修改。浩亭的诗学造诣极深，可惜没有留
下诗稿存世。

六五

萧子显自称①："凡有著作，特寡思功；须
其自来，不以力构。"此即陆放翁所谓"文章本
天然，妙手偶得之"也。薛道衡登吟榻构思②，
闻人声则怒；陈后山作诗，家人为之逐去猫犬，
婴儿都寄别家：此即少陵所谓"语不惊人死不
休"也。二者不可偏废：盖诗有从天籁来者，
有从人巧得者，不可执一以求。

【注释】　①萧子显：字景阳，今江苏常州人，南朝梁朝史学

家、文学家，著《南齐书》。

②薛道衡：字玄卿，今山西万荣人，隋代诗人。

【译文】　萧子显自称："凡是创作，都不要太多斧凿，必须文思自来，而不是靠人力去构造。"这就是陆游所说的"文章本天然，妙手偶得之"吧。薛道衡在构思过程中，听见他人的声音则生气，陈后山作诗，家里人要替他赶走猫犬，家中小孩也要寄养在别人家，这就是杜少陵所说的"语不惊人死不休"吧。这两者都不能偏废，盖诗有从天然而来，也有从人力而来的，不可固执地用一个标准来苛求。

七一

诗文用字，有意同而字面整碎不同、死活不同者，不可不知。杨文公撰《宋主与契丹书》①，有"邻壤交欢"四字。真宗用笔旁抹批云："鼠壤？粪壤？"杨公改"邻壤"为"邻境"，真宗乃悦。此改碎为整也。范文正公作《子陵祠堂记》②，初云："先生之德，山高水长。"旋改"德"字为"风"字，此改死为活也。《荀子》曰："文而不采。"《乐记》曰："声成文谓之音。"今之诗流，知之者鲜矣！

【注释】　①杨文公：即杨亿，字大年，"西昆体"代表诗人之一。

②范文正公：即范仲淹，字希文，北宋杰出的思想家、政治家、文学家。

【译文】 诗文用字，有意思相同但字面的整齐破碎不同、僵死鲜活不同的，不可不知。杨文公撰写《宋主与契丹书》，有"邻壤交欢"四字。宋真宗用笔在旁边批注道："鼠壤？粪壤？"杨公改"邻壤"为"邻境"，宋真宗才满意。这是改碎为整。范文正公作《子陵祠堂记》，最初说："先生之德，山高水长。"之后改"德"字为"风"字，这便是改死为活。《荀子》说："文而不采。"《乐记》说："声成文谓之音。"今日作诗的人，知道这个道理的很少了！

卷五

二

　　戊辰秋，余初得隋织造园，改为随园。王孟亭太守，商宝意、陶西圃二太史，置酒相贺，各有诗见赠。西圃云："荒园得主名仍旧，平野添楼树尽环。作吏如何耽此事，买山真不乞人钱。"宝意云："过江不愧真名士，退院其如未老僧。领取十年卿相后，幅巾野服始相应。"盖其时，余年才过三十故也。惟孟亭诗未录，只记"万木槎丫绿到檐"一句而已。嗟乎！余得随园之次年，即乞病居之。四十年来，园之增荣饰观，迥非从前光景；而三人者，亦多化去久矣！

【译文】　戊辰年秋，我初得隋朝旧时的织造园，改名为随园。王孟亭太守，和商宝意、陶西圃两位太史，设宴道贺，每人还作诗相赠。西圃的诗："荒园得主名仍旧，平野添楼树尽环。作吏如何耽此事，买山真不乞人钱。"宝意的诗："过江不愧真名士，退院其如未老僧。领取十年卿相后，幅巾野服始相应。"大概当时，我才三十出头的缘故吧。只有孟亭诗没有记下来，只记得"万木槎丫绿到檐"一句而已。啊！我得到随园的第二年，就因病辞职到园里住下。四十年来，园内增添了不少景观装饰，已经绝非从前光景，而那三人，也随风化去许久了！

五

丁丑，余觅一抄书人，或荐黄生，名之纪，号星岩者，人甚朴野。偶过其案头，得句云："破庵僧卖临街瓦，独井人争向晚泉。"余大奇之，即饷米五斗。自此欣然大用力于诗。五言句云："云开日脚直，雨落水纹圆。""竹锐穿泥壁，蝇酣落酒尊。""钓久知鱼性，樵多识树名。""笔残芦并用，墨尽指同磨。"七言云："小窗近水寒偏觉，古木遮天曙不知。""旧生萍处泥犹绿，新落花时水亦香。""旧甓恐闲都贮水，破墙难补尽糊诗。""有帘当槛云仍入，无客推门风自开。"

【译文】 丁丑年，我想找一个抄书人，朋友推荐一名姓黄，名之纪，号星岩的人，此人朴野。某日我偶然经过他的案头，见他作诗："破庵僧卖临街瓦，独井人争向晚泉。"我很震惊，立即赠送他五斗米。自此，他便乐意花功夫作诗。作五言诗说："云开日脚直，雨落水纹圆。""竹锐穿泥壁，蝇酣落酒尊。""钓久知鱼性，樵多识树名。""笔残芦并用，墨尽指同磨。"七言诗："小窗近水寒偏觉，古木遮天曙不知。""旧生萍处泥犹绿，新落花时水亦香。""旧甓恐闲都贮水，破墙难补尽糊诗。""有帘当槛云仍入，无客推门风自开。"

六

曾南村好吟诗①，作山西平定州刺史，仿白香山将诗集分置圣善东林故事，乃将《上党咏古》诸作，命门人李珍聘书藏文昌祠中。身故十余年，陶悔轩来牧此州②，过祠拈香，见此藏本，既爱诗之清妙，而又自怜同为山左人，乃序而梓之，并附己作于后。曾《过盘石关》云："盘石关前石路微，离离黄叶小村稀。斜阳忽送奇峰影，千叠层云屋上飞。"陶咏《遗诗轩》云："一代文章擅逸才，开轩吟罢兴悠哉。官闲且喜能医俗，为与诗人坐卧来。"陶又咏《嘉山书院》云："新开艺苑育群英，文学风传古艾城。借得公余无俗累，携朋来听读书声。"

【注释】　①曾南村：即曾尚增，字谦益，号南村，雍正十三年举人，乾隆二年进士历官芜湖知县、郴州知州。

②陶悔轩：名易，字经初，号悔轩，山东文登人，乾隆朝举人，官至江苏布政使。

【译文】　曾南村喜欢吟诗，作山西平定州刺史时，模仿白居易将诗集分藏于圣善东林的故事，便将《上党咏古》的多篇诗作，命弟子李珍聘抄写并藏在文昌祠中。南村去世十余年后，陶悔轩到此州任职，路过祠堂上香，见到此藏本，既爱诗的清妙，又因同为山左人而顾影自怜，便为之作序并刊刻出来，还将自己的诗附在集后。南村作《过盘石关》说："盘石关前石路微，离离黄叶小村稀。斜阳忽送奇峰影，千叠层云屋上飞。"陶咏《遗诗轩》说："一代文章擅逸才，开轩吟罢兴悠哉。官闲且喜能医俗，为与诗人坐卧来。"又咏《嘉山书院》说："新开艺苑育群英，文学风传古艾城。借得公余无俗累，携朋来听读书声。"

七

吴门名医薛雪，自号一瓢，性孤傲。公卿延之不肯往；而予有疾，则不招自至。乙亥春，余在苏州，庖人王小余病疫不起[①]，将掩棺，而君来，天已晚，烧烛照之，笑曰："死矣！然吾好与疫鬼战，恐得胜亦未可知。"出药一丸，捣石菖蒲汁调和，命舆夫有力者，用铁箸锲其齿灌之。小余目闭气绝，喉汩汩然似咽似吐[②]。薛嘱曰："好遣人视之，鸡鸣时当有声。"已而果然。再服二剂而病起。乙酉冬，余又往苏州，有厨人张庆者，得狂易之病，认日光为雪，啖少许，肠痛欲裂，诸医不效。薛至，袖手向张脸上下视曰[③]："此冷痧也，一刮而愈，不必诊脉。"如其言，身现黑瘢如掌大，亦即霍然。余奇赏之。先生曰："我之医，即君之诗，纯以神行。所谓'人居屋中，我来天外'是也。"然先生诗亦正不凡，如《夜别汪山樵》云："客中怜客去，烧烛送归桡。把手各无语，寒江正落潮。异乡难跋涉，旧业有渔樵。切莫依人惯，家贫子尚娇。"《嘲陶令》云："又向门前栽五柳，风来依旧折腰枝。"咏《汉高》云："恰笑手提三尺剑，斩蛇容易割鸡难。"《偶成》云："窗添墨谱摇新竹，几印连环按覆盂。"

【注释】　①病：得病。　疫：流行性急性传染病。
②汩汩：形容水流动的声音或样子。
③袖手：藏手于袖，表示闲逸的神态。

【译文】　吴门名医薛雪，自号一瓢，性格孤傲。公卿延请都不肯去，而我身体不适，则不请自来。乙亥年春，我在苏州，厨子王小余得了急性传染病，无法救治，在将要合上棺材板的那刻，薛名医来了。当时天色已晚，薛点着蜡烛看了一眼，笑着说："死了！然而我喜欢与病魔作战，也许能得胜也未可知。"拿出一丸药，让捣碎石菖蒲取汁调和，命强有力的车夫，用铁筷子撬开他的牙齿往里灌。小余已闭了眼断了气，喉咙发出汩汩声好像在咽又好像在吐。薛嘱咐说："好好派人看着，鸡鸣时分就可以说话。"果然如此。再吃两剂药病就痊愈了。乙酉年冬，我又去苏州，有厨子叫张庆的，得了癫狂的病，把日光认作雪，吃下少许，肠痛欲裂，遍求名医都不见效。薛名医来，上下打量一下张的脸，说："这是冷痧，一刮就好了，不必把脉。"正如所说，一刮身上就出现手掌那么大的黑印，很快人也就轻松了。我很欣赏薛名医，先生说："我的医术，就像您的诗，纯粹是以精神在操作。这就是所谓'人居屋中，我来天外'啊。"先生的诗也自然不凡，如《夜别汪山樵》说："客中怜客去，烧烛送归桡。把手各无语，寒江正落潮。异乡难跋涉，旧业有渔樵。切莫依人惯，家贫子尚娇。"《嘲陶令》说："又向门前栽五柳，风来依旧折腰枝。"咏《汉高》说："恰笑手提三尺剑，斩蛇容易割鸡难。"《偶成》说："窗添墨谱摇新竹，几印连环按覆盂。"

一六

杭州宴会，俗尚盲女弹词。予雅不喜，以为女之首重者目也，清胪不盼，神采先无。有王三姑者，雅好文墨，对答名流，人人如其意之所出。王梦楼侍讲作七古一章，中有八句云："成君浮磬子登璈①，金醴曾经侍玉霄。谪降道缘犹未减，不将青眼看尘嚣。纨质由来兼黠慧，传神岂待秋波媚？轻云冉冉月宜遮，香雾濛濛花爱睡。"杭堇浦赠诗云："晓妆梳掠逐时新，巧笑生春又善鞶。道客胜常知客姓，目中莫谓竟无人。""檀槽圆股晓生寒，也学曹刚左手弹②。众里自嫌衰太甚，幸无老态被卿看。"

【注释】 ①璈：古乐器。

②曹刚：盖唐朝有名的琴师，刘禹锡的《曹刚》诗有"一听曹刚弹薄媚"句。

【译文】　杭州宴会，有喜欢盲女弹词的风气。我很不喜欢，认为女子最重要的就是眼睛，清眸不转，毫无神采。有位叫王三姑的女子，擅长文墨，和名家诗词唱和，人人所对都在她的意想之中。王梦楼侍讲作七古一章，其中有八句说："成君浮磬子登璇，金醴曾经侍玉霄。谪降道缘犹未减，不将青眼看尘嚣。纨质由来兼黠慧，传神岂待秋波媚？轻云冉冉月宜遮，香雾濛濛花爱睡。"杭董浦也赠诗说："晓妆梳掠逐时新，巧笑生春又善讆。道客胜常知客姓，目中莫谓竟无人。""檀槽圆股晓生寒，也学曹刚左手弹。众里自嫌衰太甚，幸无老态被卿看。"

一八

有某太史以《哭父》诗见示。余规之曰："哭父，非诗题也。《礼》：'大功废业。'①而况于斩衰乎②？古人在丧服中，三年不作诗。何也？诗乃有韵之文，在衰毁时，何暇挥毫拈韵？况父母恩如天地，试问：古人可有咏天地者乎？六朝刘昼赋六合③，一时有'疥骆驼'之讥④。历数汉、唐名家，无哭父诗。非不孝也，非皆生于空桑者也。《三百篇》有《蓼莪》，古序以为刺幽王作。有'陟岵''陟屺'⑤，其人之父母生时作。惟晋傅咸、宋文文山有《小祥哭母》诗⑥。母与父似略有间，到小祥哀亦略减；然哭二亲，终不可为训。"

【注释】　①大功废业：出自《礼记·檀弓上》，"业"指学舞、射、琴瑟等，废业即中止学业，怕其忘哀。

②斩衰：衰，通"缞"（cuī），最重的丧服名。用最粗的生麻布制作，断处外露不缉边，丧服上衣叫"衰"，因称"斩衰"。表示毫不修饰以尽哀痛，服期三年。

③刘昼：字孔昭，北朝齐渤海阜城（今河北阜城东）人。　六合：泛指天下或宇宙。

④疥骆驼：见《北史·刘昼传》，生疥疮的骆驼，喻不为人喜爱的事物。

⑤陟岵、陟屺：《诗经·陟岵》篇有"陟彼岵兮，瞻望父兮""陟彼屺兮，瞻望母兮"句。

⑥傅咸：字长虞，傅玄之子，西晋文学家。　文文山：即文天祥，道号文山。　小祥：古代亲丧一周年的祭礼。

【译文】　有位太史把所作的《哭父》诗给我看。我规诫说："哭父，并不是诗题。《礼记》：'大功废业'，何况是斩衰呢？古人在服丧期间，三年不作诗。为什么呢？诗是有韵律的文章体裁，人在伤心绝望的时候，哪有闲心挥毫拈韵？何况父母恩如天地，试问：古人可有咏天地的诗吗？六朝人刘昼赋六合，当时人讥笑他是'疥骆驼'。历数汉唐名家，都没有哭父诗。不是不孝，不是都生于桑林。《三百篇》有《蓼莪》，古序认为是讽刺周幽王。有'陟岵''陟屺'，是那人的父母生前所作。只有晋代傅咸、宋朝文文山有《小祥哭母》诗。母亲与父亲似有些区别到小祥悲伤也略微减轻了些；然而哭二亲，终是不可作为诗题。"

二三

戊戌九月，余寓吴中。有嘉禾少年吴君文

溥来访，袖中出诗稿见示，云将就陕西毕抚军之聘，匆匆别去。予读其诗，深喜吾浙后起有人，而叹毕公之能怜才也。录其《游孤山》云："春风欲来山已知，山南梅萼先破枝。高人去后春草草，万古孤山迹如扫。巢居阁畔酒可沽，幸有我来山未孤。笑问梅花肯妻我，我将抱鹤家西湖。"其他佳句，如："不知新月上，疑是水沾衣。""底事春风欠公道，儿家门巷落花多？"深得唐人风味。

【译文】 戊戌年九月，我住在江苏吴中。有位家住嘉禾的少年吴文溥来访，从袖中拿出诗稿给我看，说受毕抚军的聘请将到陕西去，说完就匆匆离开了。我读他的诗，很欣慰我们江浙有后起之秀，也感叹毕公能怜惜人才。记得他的《游孤山》说："春风欲来山已知，山南梅萼先破枝。高人去后春草草，万古孤山迹如扫。巢居阁畔酒可沽，幸有我来山未孤。笑问梅花肯妻我，我将抱鹤家西湖。"其他佳句，如："不知新月上，疑是水沾衣。""底事春风欠公道，儿家门巷落花多？"都颇有唐人风味。

三三

人有满腔书卷，无处张皇，当为考据之学，自成一家；其次，则骈体文，尽可铺排。何必借诗为卖弄？自《三百篇》至今日，凡诗之传者，都是性灵，不关堆垛。惟李义山诗，稍多典故；然皆用才情驱使，不专砌填也。余续司空表圣《诗品》，第三首便曰《博习》，言诗之必根于学，所谓"不从糟粕，安得精英"是也。近见作诗者，全仗糟粕，琐碎零星，如剃僧发，如拆袜线，句句加注，是将诗当考据作矣。虑吾说之害之也，故续元遗山《论诗》，末一首云："天涯有客号玲痴，误把抄书当作诗。抄到钟嵘《诗品》日，该他知道性灵时。"

【译文】 人有满肚子学问，无处展现，当作考据学，自成一家；其次，则可写骈体文，极尽铺排之能事。何必借作诗来卖弄？自《三百篇》到今日，凡是诗歌相传承者，都是性灵，与堆砌无关。只有李义山的诗，典故稍多，然都是用才情驾驭，并不是刻意堆砌。我续写司空图的《诗品》，第三首便是《博习》，说作诗的根本必须是学习，所谓"不从糟粕，安得精英"就是这个道理。近来见作诗的人，全仗着糟粕，零星琐碎地拼凑，就如给僧人剃发，又如拆袜线，句句都需注释，是把诗当作考据学了。考虑到我所说的所担心的，因此续元遗山的《论诗》，最后一首说："天涯有客号玲痴，误把抄书当作诗。抄到钟嵘《诗品》日，该他知道性灵时。"

三七

元遗山讥秦少游云："'有情芍药含春泪，无力蔷薇卧晚枝。'拈出昌黎《山石》句，方知渠是女郎诗。"此论大谬。芍药、蔷薇，原近女郎，不近山石；二者不可相提而并论。诗题各有境界，各有宜称。杜少陵诗，"光焰万丈"；然而"香雾云鬟湿，清辉玉臂寒"，"分飞蛱蝶原相逐，并蒂芙蓉本是双"韩退之诗，"横空盘硬语"，然"银烛未销窗送曙，金钗半醉坐添春"，又何尝不是"女郎诗"耶？《东山》诗："其新孔嘉，其旧如之何？"周公大圣人，亦且善谑。

【译文】　元遗山讥秦少游说："'有情芍药含春泪，无力蔷薇卧晚枝。'拈出昌黎《山石》句，方知渠是女郎诗。"这种说法大错。芍药、蔷薇，本性就女郎，不近山石，二者不可相提并论。诗题各有境界，也各有相宜。杜少陵的诗"光焰万丈"，然而也有"香雾云鬟湿，清辉玉臂寒"，"分飞蛱蝶原相逐，并蒂芙蓉本是双。"这样的诗句。韩退之的诗"横空盘硬语"，然而也有"银烛未销窗送曙，金钗半醉坐添春"之句，又何尝不是"女郎诗"？《东山》诗："其新孔嘉，其旧如之何？"周公乃大圣人，也尚且善于戏谑。

四十

作古体诗，极迟不过两日，可得佳构；作近体诗，或竟十日不成一首。何也？盖古体地位宽余，可使才气卷轴；而近体之妙，须不着一字，自得风流，天籁不来，人力亦无如何。
今人动轻近体，而重古风，盖于此道，未得甘
苦者也。叶庶子书山曰^①："子言固然。然人功
未极，则天籁亦无因而至。虽云天籁，亦须从
人功求之。"知言哉！

【注释】　①叶书山：即叶酉，字书山，安徽桐城人，师从方
苞。历任提督湖南学政，荐升至左庶子，又称叶庶子。

【译文】　作古体诗，最迟不过两日，就可得好诗；作近体
诗，有时竟十日也作不成一首。为何？大概古体诗篇幅宽裕，可使诗人充分发
挥才华；而近体诗的妙处，就在须不着一字，自得风流，天籁不来，人
力也无法办到。今人动不动就轻看近体，而重视古风，大概是在这个方
面，并没有体会到甘苦的人。叶书山说："你的话固然有道理。但人的功
夫未达到，那么天籁也无条件出现啊。虽说是天籁，也必须从人功处求
得。"这是很明智的话啊！

四八

　　岳大将军钟琪^①，为一代名将；容状奇伟，
食饮兼人，而工于吟诗。丙辰赦归后，种菜于
四川之百花洲。尹文端公赠诗云："他日玉书传
诏日，江天何处觅渔翁？"未几，王师征金
川^②，果复起用。《过邯郸题壁》云："只因未
了尘寰事，又作封侯梦一场。"周兰坡学士祭告

西岳③，所过僧壁山岩，见题诗甚佳，字亦奇古，款落"容斋"，不知即岳公也。

【注释】　①岳钟琪：清朝名将，字东美，号容斋，平番（今甘肃永登）人，后入川籍。

②金川：金川县位于阿坝自治州西南部，地处青藏高原东部边缘，在大渡河上游。

③周兰坡：即周长发，字兰坡，号石帆，雍正二年（1724）进士。

【译文】　岳钟琪大将军，是一代名将；身型伟岸，饭量过人，却擅长吟诗。丙辰年恩赦回乡后，在四川的百花洲种菜。尹文端公赠诗说："他日玉书传诏日，江天何处觅渔翁？"没多久，王师出征金川，果然又被起用。岳将军作《过邯郸题壁》说："只因未了尘寰事，又作封侯梦一场。"周兰坡学士拜祭华山，路过寺外山岩，见壁上题的诗很妙，字也奇古，落款"容斋"，不知这就是岳将军。

五二

诗家活对最妙。宋人《赠某》云："每怜民若子，还喜稻成孙。"真山民咏《杜鹃》云①："归心千古终难白，啼血万山都是红。"华亭李进《哭友》云："诔词作自先生妇，遗稿归于后死朋。"王介祉咏《牡丹》云："相公自进姚黄种，妃子偏吟李白诗。"李穆堂《贺安溪相公生子》云②："其间原必有，几日辨之

无。"沈淑园《登陶然亭》云："每来此地皆重
九，有约同游至再三。"胡宗绪祭酒《赠友》
云^③："两人拍手齐大笑，一路同行到小姑。"
皆活对也。

【注释】 ①真山民：宋朝灭亡后归隐，每到之处好题咏，自称
山民。

②李穆堂：即李绂，字巨来，号穆堂，江西临川县人，清代
诗人。

③胡宗绪：字袭参，号嘉遁，清代诗人。

【译文】 作诗的人对仗灵活最妙。宋人《赠某》说："每怜民若
子，还喜稻成孙。"真山民咏《杜鹃》说："归心千古终难白，啼血万山
都是红。"华亭人李进《哭友》说："诔词作自先生妇，遗稿归于后死
朋。"王介祉咏《牡丹》说："相公自进姚黄种，妃子偏吟李白诗。"李
穆堂《贺安溪相公生子》说："其间原必有，几日辨之无。"沈淑园《登
陶然亭》说："每来此地皆重九，有约同游至再三。"胡宗绪祭酒《赠
友》说："两人拍手齐大笑，一路同行到小姑。"都是很生动的对仗。

五八

诗须善学，暗偷其意，而显易其词。如
《毛诗》："嗟我怀人，置彼周行。"唐人学之，
云"提笼忘采叶，昨夜梦渔阳"是也。唐人诗
云："忆得去年春风至，中庭桃李映琐窗。美人
挟瑟对芳树，玉颜亭亭与花双。今年花开如旧

时，去年美人不在兹。借问离居恨深浅，只应独有庭花知。"宋人学之云："去年除夕归自北，行李到门天已黑。今年除夕客南方，雪满关山归不得。老妻望我眼将穿，只道今年似去年。古树夕阳鸦影乱，犹同小女立门前。"

【译文】 作诗必须善于学习，要不露声色地偷来他人的创意。如《毛诗》："嗟我怀人，置彼周行。"唐代诗人学了，便说"提笼忘采叶，昨夜梦渔阳"。唐人诗说："忆得去年春风至，中庭桃李映琐窗。美人挟瑟对芳树，玉颜亭亭与花双。今年花开如旧时，去年美人不在兹。借问离居恨深浅，只应独有庭花知。"宋人学了，说："去年除夕归自北，行李到门天已黑。今年除夕客南方，雪满关山归不得。老妻望我眼将穿，只道今年似去年。古树夕阳鸦影乱，犹同小女立门前。"

六十

昆陵王艺山明府①，女玉瑛，字采薇，嫁孙星衍秀才②，伉俪甚笃，年二十四而夭。秀才求予志墓。其《舟过丹徒》云："幽行已百里，村落半柴扉。只鸟时依树，孤萤不上衣。月高人影小，潮定橹声稀。沿水星星火，归惊宿鹭飞。"其他佳句，如："户低交叶暗，径小受花深。""研墨污罗袖，看鱼落翠钿。""虫依香影垂帘网，蛾怯晨光堕帐纱。""一院露光团作雨，四山花影下如潮。"皆妙绝也。秀才后中丁未榜眼；采薇竟不及见，悲夫！

【注释】　①毗陵：毗陵县，属江苏省常州市。

②孙星衍：字伯渊，一字季逑，号渊如，阳湖（今江苏常州）人，清代经学家。

【译文】　毗陵县的王艺山明府，女儿玉瑛，字采薇，嫁孙星衍秀才，夫妻情深，却二十四岁早亡。秀才求我撰写墓志。秀才的诗《舟过丹徒》说："幽行已百里，村落半柴扉。只鸟时依树，孤萤不上衣。月高人影小，潮定橹声稀。沿水星星火，归惊宿鹭飞。"其他佳句，如："户低交叶暗，径小受花深。""研墨污罗袖，看鱼落翠钿。""虫依香影垂帘网，蛾怯晨光堕帐纱。""一院露光团作雨，四山花影下如潮。"都很绝妙啊。后来秀才考中丁未科榜眼，采薇竟来不及得见，可悲啊！

六三

余少贫不能买书，然好之颇切。每过书肆，垂涎翻阅；若价贵不能得，夜辄形诸梦寐。曾作诗曰："塾远愁过市，家贫梦买书。"及作官后，购书万卷，翻不暇读矣。有如少时牙齿坚强，贫不得食；衰年珍羞满前，而齿脱腹果，不能餍饫①，为可叹也！偶读东坡《李氏山房藏书记》，甚言少时得书之难，后书多而转无人读：正与此意相同。

【注释】　①餍饫（yàn yù）：尽量满足口腹需要；感到饱足。

【译文】 我年少时贫穷不能买书，然而却非常喜欢书。每次路过书铺，都如饥似渴地翻阅。如果要价太高买不起，晚上做梦都会梦到。曾作诗说："塾远愁过市，家贫梦买书。"等到作官后，购万卷书，却没时间去读。就如年少时牙齿健好，没钱吃各种美食；等到老了各种珍馐摆在面前，却牙齿落了、胃口没了，不能满足，多么可悲啊！我曾偶然读到东坡写的《李氏山房藏书记》，很恳切地谈到年少时得书艰难，后来书多了反而没人读。正与我的意思相合。

七一

　　某太史掌教金陵，戒其门人曰："诗须学韩、苏大家，一读温、李，便终身入下流矣。"余笑曰："如温、李方是真才，力量还在韩、苏之上。"太史愕然。余曰："韩、苏官皆尚书、侍郎，力足以传其身后之名。温、李皆末僚贱职，无门生故吏为之推挽，公然名传至今，非其力量尚在韩、苏之上乎？且学温、李者，唐有韩偓，宋有刘筠、杨亿，皆忠清鲠亮人也。一代名臣，如寇莱公、文潞公、赵清献公①，皆西昆诗体，专学温、李者也，得谓之下流乎？"

【注释】 ①寇莱公：即寇准，字平仲，景德元年任宰相。　文潞公：即文彦博，字宽夫，号伊叟，北宋著名政治家。　赵清献公：即赵抃，字阅道，时称"铁面御史"，平时以一琴一鹤自随。

【译文】 某太史掌教金陵，告诫他的门人说："作诗必须学韩愈、苏东坡这样的大家，一读温庭筠、李商隐，便终身都沦入下流诗人了。"
我笑道："能像温、李才是真才，本事还在韩、苏之上。"太史很惊讶。
我说："韩、苏官至尚书、侍郎，此足以成其身后美名。而温、李都是做
些卑贱的小官，没有门生同僚为他推荐，却能名传至今，难道不是他们
的本事在韩、苏之上吗？且学温、李的人，唐代有韩偓，宋代有刘筠、
杨亿，都是忠心不二、清明耿直的人。一代名臣，如寇莱公、文潞公、
赵清献公，都是作西昆体，专门学温、李，能称他们为下流吗？"

卷六

六

杨用修笑今之儒者，皆宋儒之应声虫。吾以为孔颖达真郑康成之应声虫也。最可笑者，郑注"曾孙来止，以其妇子"，以"曾孙"为成王，"妇子"为王后太子。王肃非之云："劝农不必与王后太子同行。"而孔颖达以为："圣贤所训，与日月同悬。"其识见之谬如此，安得不误认王世充为真主乎①？

【注释】　①王世充：字行满，新丰（今陕西临潼东北）人，中国隋朝末年起兵群雄之一。

【译文】　杨慎笑今日儒者，都是宋儒的应声虫。我认为孔颖达才真是郑玄的应声虫。最可笑的是，郑玄注"曾孙来止，以其妇子"，认为曾孙为成王，妇子为王后和太子。王肃反对说："劝农不必王后、太子同行。"而孔颖达认为："圣贤的解释，与日月同在。"他的看法错误至此，怎能不误认为王世充是真主呢？

二八

　　七律始于盛唐，如国家缔造之初，宫室粗备，故不过树立架子，创建规模；而其中之洞房曲室，网户罘罳①，尚未齐备。至中、晚而始备，至宋、元而愈出愈奇。明七子不知此理，空想挟天子以临诸侯；于是空架虽立，而诸妙尽捐。《淮南子》曰："鹦鹉能言，而不能得其所以言。"

　　【注释】　①网户罘罳（fú sī）：指绘有网状装饰图案的影壁。罘罳，影壁。

　　【译文】　七律始于盛唐，如同国家建立之初，略具宫室，只不过是树立起架子，创建规模；而其中的房屋设计，影壁，都没齐备。到中、晚唐才完备，至宋、元而越来越出奇。明七子不知道这个道理，空想挟天子以临诸侯；于是空架虽立起来，而各种妙处都遗失了。《淮南子》说："鹦鹉能说话，而不能明白它所说的内容。"

三八

　　人问："妓女始于何时？"余云："三代以上，民衣食足而礼教明，焉得有妓女？惟春秋时，卫使妇人饮南宫万以酒，醉而缚之。此妇

人当是妓女之滥觞。不然，焉有良家女而肯陪
人饮酒乎？若管仲之女间三百①，越王使罢女为
士缝衽②：固其后焉者矣。"戴敬咸进士，过邯
郸，见店壁题云："妖姬从古说丛台③，一曲琵
琶酒一杯。若使桑麻真蔽野，肯行多露夜深
来？"用意深厚，惜忘其姓名。

【注释】 ①女间：代指妓院。

②罢女：指无行的女子。 衽：衣襟。

③丛台：许多亭台建筑连接垒列而成。

【译文】 有人问："妓女始于何时？"我说："三代以上，民众吃
饱穿暖而礼教昌明，怎么会有妓女？到春秋时，卫国使妇人陪南宫万喝
酒，醉了就捆绑起来。这些妇人应该就是妓女的滥觞。不然，怎么会有
良家妇女而肯陪人喝酒呢？像管仲有妓院三百间，越王使罢女为男士缝
补衣襟，所以之后便发展成了妓女。"戴敬咸进士经过邯郸，见客店墙壁
题诗说："妖姬从古说丛台，一曲琵琶酒一杯。若使桑麻真蔽野，肯行多
露夜深来？"情意深厚，可惜忘记了题诗人的姓名。

三九

霞裳从余游琴溪归①。次日，同游之盛明经
复初以二律见投②。余问："盛公何句最佳？"
霞裳应声云："惟'赤鲤去千载，青山留一
峰'。"余曰："然。果近太白。"后三日，路遇

雨。霞裳曰：“偶得‘雨过湿云忙’五字。”余极称其得雨后云走之神，代作出句云：“风停干鹊噪。”家春圃观察曰：“‘噪’字对不过‘忙’字，为改‘喜’字。”霞裳《过鄱阳湖》云：“风能扶水立，云欲带山行。”亦佳。

【注释】 ①霞裳：即袁枚弟子刘霞裳。

②明经：清代将通过会试的“贡生”又称为“明经”。

【译文】 霞裳和我一起从琴溪游玩归来。第二日，同游的明经盛复初作了两首律诗送来。我问：“盛先生哪句最佳？”霞裳立即回答说：“唯有‘赤鲤去千载，青山留一峰’。”我说：“是，果然风格接近李太白。”之后三日，路途之中遇到下雨。霞裳说：“偶得‘雨过湿云忙’五字。”我非常欣赏这句写出了雨后云移的情状，代他作了对句说：“风停干鹊噪。”袁春圃道台说：“‘噪’字与‘忙’不对仗，应改为‘喜’字。”霞裳的《过鄱阳湖》说：“风能扶水立，云欲带山行。”也妙。

四三

凡作诗，写景易，言情难。何也？景从外来，目之所触，留心便得；情从心出，非有一种芬芳悱恻之怀，便不能哀感顽艳。然亦各人性之所近：杜甫长于言情，太白不能也；永叔长于言情，子瞻不能也。王介甫、曾子固偶作小歌词，读者笑倒，亦天性少情之故。

【译文】 大凡作诗，写景容易，言情难。为什么呢？景从外而来，目光所及之处，留心便是；情从心里生出，非得有一种芬芳悱恻的情怀，才能哀感凄艳。然而也与各人的习性紧密相关：杜甫擅长言情，太白却不能；欧阳永叔长于言情，东坡不能。王安石、曾巩偶尔也作词，却令读者捧腹，也是天性不擅言情的缘故。

四九

欲作佳诗，先选好韵。凡其音涉哑滞者、晦僻者，便宜弃舍。"葩"即"花"也，而"葩"字不亮；"芳"即"香"也，而"芳"字不响：以此类推，不一而足。宋、唐之分，亦从此起。李、杜大家，不用僻韵；非不能用，乃不屑用也。昌黎斗险，掇《唐韵》而拉杂砌之，不过一时游戏：如僧家作盂兰会，偶一布施穷鬼耳。然亦止于古体、联句为之。今人效尤务博，竟有用之于近体者：是犹奏雅乐而杂侏儒，坐华堂而宴乞丐也，不已慎乎？

【译文】 想作好诗，先选好韵。凡读音偏黯哑、生僻的，便应舍弃。"葩"就是"花"，而"葩"字读音不亮；"芳"即"香"也，而"芳"字读音不响：以此类推，不一一列举。宋诗、唐诗的分别，也从此起。像李、杜这样的大家，都不用生僻的韵脚；不是不能用，是不屑用。韩昌黎喜欢奇险，摘取《唐韵》而胡乱堆砌，不过一时游戏：就像佛门作盂兰会，偶然布施一个穷鬼罢了。然也只是作古体、联句时才会如此。

今人广为效仿，竟用来作近体诗的：是如同奏雅乐而混杂侏儒，坐华堂之上而宴请乞丐，不应更谨慎吗？

七四

余在粤，自东而西，常告人曰："吾此行，得山西一人，山东一人。"山西者，普宁令折君遇兰，字霁山；山东者，岑溪令李君宪乔，字义堂。二人诗有风格，学有根柢，皆风尘中之麟凤也。折君见赠五首，录其二云："南国多芙蓉，北地饶冰雪。风土固自殊，气类有差别。如何邂逅间，投契若符节？兰馨蕙自芬，松茂柏乃悦。物理有如斯，心知不容说。""经年废吟咏，对客类喑哑。岂无风人怀？所嗟和者寡。今逢袁夫子，方寸有炉冶。只字精搜罗，箧衍重包裹。敬宗讵不聪？能知世有我。自惭苦窳姿，一顾成硕果。于我虽无加，益以成公大。谁能充是心，用以宰天下？"李君于余起行时，道送不及，到泉州后寄诗云："岸边双树林，来对兀沉沉。挂席去已远，别酦空自斟。烟寒过客少，江色暮楼深。谁识此时际，寥寥千载心。"《湘上》云："孤月无人处，扁舟先雁来。"皆高淡可喜。

【译文】　我在广东，从东向西，常告诉人说："我此行，得一山西人，得一山东人。"山西人，是普宁知县折遇兰，字霁山；山东者，岑溪知县李宪乔，字义堂。两人都诗有风格，学有根柢，是人世风尘中的麟凤。折君赠我五首诗，录其中两首说："南国多芙蓉，北地饶冰雪。风土固自殊，气类有差别。如何邂逅间，投契若符节？兰馨蕙自芬，松茂柏乃悦。物理有如斯，心知不容说。""经年废吟咏，对客类喑哑。岂无风人怀？所嗟和者寡。今逢袁夫子，方寸有炉冶。只字精搜罗，篋衍重包裹。敬宗讵不聪？能知世有我。自惭苦窳姿，一顾成硕果。于我虽无加，益以成公大。谁能充是心，用以宰天下？"李君在我起行之时，说来不及相送，等我到泉州后寄来诗说："岸边双树林，来对兀沉沉。挂席去已远，别醪空自斟。烟寒过客少，江色暮楼深。谁识此时际，寥寥千载心。"《湘上》说："孤月无人处，扁舟先雁来。"都高远冲淡让人欢喜。

七五

己亥三月，小住西湖。有李明府名天英者，号蓉塘，四川诗人，时来见访。录其《雪后寄施南田》云："雪汁初融瓦，寒光已在天。大江回望处，清影两萧然。忽发山阴兴，思乘访戴船。风涛夜未息，目断小姑前。"他如："远梦摇孤榜，残星落酒旗。""野鸥时避桨，旅雁自为群。"李松圃郎中称其诗有奇气①。信然。

【注释】　①李松圃：即李秉礼，字敬之，号松圃，清代诗人。郎中：官名，清六部以下设司，司设长官郎中。

【译文】 乙亥年三月，我小住西湖。有位知府叫李天英，号蓉塘，四川诗人，常来拜访。摘录他的《雪后寄施南田》诗："雪汁初融瓦，寒光已在天。大江回望处，清影两萧然。忽发山阴兴，思乘访戴船。风涛夜未息，目断小姑前。"其他如："远梦摇孤榜，残星落酒旗。""野鸥时避桨，旅雁自为群。"李松圃郎中称他的诗有奇气。果然。

七九

　　诗分唐、宋，至今人犹恪守。不知诗者，人之性情；唐、宋者，帝王之国号。人之性情，岂因国号而转移哉？亦犹道者人人共由之路，而宋儒必以道统自居，谓宋以前直至孟子，此外无一人知道者。吾谁欺？欺天乎？七子以盛唐自命，谓唐以后无诗，即宋儒习气语。倘有好事者，学其附会，则宋、元、明三朝，亦何尝无初、盛、中、晚之可分乎？节外生枝，顷刻一波又起。《庄子》曰："辨生于末学。"[1]此之谓也。

【注释】 [1] "辨生于末学"：不出自《庄子》，乃出自于韩愈《读墨子》，指学艺不精而固执于争辩。

【译文】 诗分唐、宋，至今人们依然恪守。殊不知决定诗歌风格的，是人的性情；唐、宋，是帝王的国号。人的性情，岂会因为国号而转移？就如同"道"是人人共同遵循的，而宋儒必以道统自居，说宋以前直到孟子，此外没有一人通晓"道"。这欺骗谁呢？欺骗天吗？明七子以盛唐诗为宗，说唐以后无诗，就是宋儒惯用的口气。倘若有好事的人，学七子附会，那么宋、元、明三朝，又何尝没有初、盛、中、晚之分呢？节外生枝，顷刻间就掀起新的波澜。《庄子》说："学艺不精而固执于争辩。"说的就是这种情况吧。

八五

甲戌春，余与张司马芸墅游栖霞①，见僧雏墨禅，才七岁。其时，山最幽僻，游者绝稀，惟扬州商人构静室数间，春秋一到而已。自尹文端公请圣驾巡幸，乃增荣益观。方修葺时，余屡从公游，有"山似人才搜更出"之句。其时墨禅渐长成，花前灯下，时时以一联相示。随入京师。别十余载，丁未秋相见于紫峰阁下，则年已三十九矣。追谈往事，彼此怆然。诵其《盘山》诗云："偶来浮石上，疑是泛沧浪。一鸟堕寒翠，千峰明夕阳。无人垂钓去，有约看云忙。即此惬真赏，萧然世虑忘。"其他如："树随崖脚断，山到寺门深。""月白鸟疑昼，山空树欲秋。""树偏饶曲折，僧不碍逢迎。"皆可爱也。相别又一年，遽示寂而去②。

【注释】 ①司马：官职名，掌军旅。后指府同知，负责地方的盐粮、水利等。

②示寂：佛教称高僧往生为示寂。

【译文】　甲戌年春，我和同知张芸墅同游栖霞寺，见小僧人墨禅，刚七岁。当时，山林最幽僻，游者罕少，只有扬州商人修建了数间雅室，每年春秋到此小住而已。自从尹文端公请圣驾巡幸后，于是增修不少。刚修葺时，我多次随尹公游览，写下"山似人才搜更出"之句。那时墨禅渐渐长大，花前灯下，常常把写的诗拿给我看。之后我便去了京城。一别十多年，丁未年秋在紫峰阁下相见，则已三十九岁了。追忆往事，彼此怆然。我吟诵他的《盘山》诗说："偶来浮石上，疑是泛沧浪。一鸟堕寒翠，千峰明夕阳。无人垂钓去，有约看云忙。即此惬真赏，萧然世虑忘。"其他如："树随崖脚断，山到寺门深。""月白鸟疑昼，山空树欲秋。""树偏饶曲折，僧不碍逢迎。"都很可爱。相别后又是一年，墨禅突然示寂而去。

九一

陈古渔尝为余诵"马过闻沙响，拖霜看雁飞"之句，余甚爱之。后知是曲沃诗人秦紫峰明府所作。紫峰有句云："看花须看花盛时，盛时难再花亦知。"尤妙。紫峰与客观方竹，客戏云："世有方竹无方人。"紫峰曰："有。"问："何人？"曰："子贡。"问："何以知之？"曰："《论语》云：'子贡方人。'"

【译文】　陈古渔曾为我吟诵"马过闻沙响，拖霜看雁飞"，我很喜欢这两句。后来才知道是曲沃诗人秦紫峰所作。紫峰有诗说："看花须看花盛时，盛时难再花亦知。"也妙。紫峰和客人观赏方竹，客戏作说：

"世有方竹无方人。"紫峰说："有。"问："何人?"答："子贡。"问：
"怎么知道?"答："《论语》云：'子贡方人。'"

卷七

七

　　元人诗曰："老不甘心奈镜何？"李益《览镜》云："纵使逢人见，犹胜自见悲。"本朝郑玑尺先生云："朱颜谁不惜？白发尔先知。"皆嫌镜之示人以老也。宋人云："贫女如花只镜知。"又曰："镜里自应谙素貌，人间只解看红妆。"又曰："自家怜未了，临去复徘徊。"本朝高夫人有句云："乍见不知谁觑面，细看真觉我怜卿。"是镜有恩于女子，有怨于老翁也。容成侯何容心哉①？

　　【注释】　①容成侯：指镜子。唐代司空图曾作《容成侯传》，以镜拟人，托名容成侯。后世遂以容成侯代指镜子。

　　【译文】　元人诗说："老不甘心奈镜何？"李益的《览镜》说："纵使逢人见，犹胜自见悲。"本朝郑玑尺先生说："朱颜谁不惜？白发尔先知。"都是嫌镜子提醒人变老。宋人说："贫女如花只镜知。"又说："镜里自应谙素貌，人间只解看红妆。"又说："自家怜未了，临去复徘徊。"本朝高夫人有句诗:"乍见不知谁觌面,细看真觉我怜卿。"看来镜子对女子有利,对老者无益啊。容成侯何容心哉?

八

苏州枫桥西沿塘,有余本家渔洲居士,乃前明六俊之后,爱客能诗。家有渔隐园,水木明瑟,余为作记,镌石壁间。每过姑苏,必泊舟塘下,与其叔春锄、弟又恺,为剪烛之谈。年甫五十而亡。有《新柳》一律云:"二月韶光媚,春风嫩柳条。含烟初作态,泡露不胜娇。腰细柔难舞,眉疏淡欲描。丰神与谁并?好女乍垂髫。"

【译文】 苏州枫桥的西沿塘,住着我的本家渔洲居士,是明代六俊的后人,热情好客又擅长作诗。家中有个渔隐园,水木清音,我曾为之作记,刻在了石壁间。我每过苏州,必停船塘下,同他的叔叔春锄、弟弟又恺,秉烛畅谈。他年仅五十就逝世了,作有一首律诗《新柳》说:"二月韶光媚,春风嫩柳条。含烟初作态,泡露不胜娇。腰细柔难舞,眉疏淡欲描。丰神与谁并?好女乍垂髫。"

一五

予宰江宁时,俞来溪秀才见赠云:"谁道楼

前多鼓响，只闻花外有琴声。"余道："不如宋
人'雨后有人耕绿野，月明无犬吠花村'。"又
有人赠云："事到眼前亮于雪，民从心上养如
春。"余道："不如余《沭阳杂兴》云'狱岂得
情宁结早，判防多误每刑轻'。"

【译文】 我做江宁县令时，俞来溪秀才赠我诗说："谁道楼前多
鼓响，只闻花外有琴声。"余说："不如宋人'雨后有人耕绿野，月明无
犬吠花村'。又有人赠我诗说："事到眼前亮于雪，民从心上养如春。"余
道："不如我的《沭阳杂兴》所说的'狱岂得情宁结早，判防多误每刑
轻'。"

二七

佳句有无心而相同者。张宝臣宗伯《晚步》
云^①："竹枝风影更宜月，荷叶露香偏胜花。"
厉樊榭《游智果寺》云："竹阴入寺绿无暑，
荷叶绕门香胜花。"王梦楼《游曲院》云："烟
光自润非关雨，水藻俱香不独花。"梁守存《看
新荷》云："似经雨过风犹扬，未到花时叶
早香。"

【注释】 ①宗伯：清代官场好用古称，大宗伯指礼部尚书，少
宗伯指礼部侍郎。

【译文】 好句子有无心而意合的。张宝臣宗伯《晚步》说："竹

枝风影更宜月，荷叶露香偏胜花。"厉樊榭《游智果寺》说："竹阴入寺绿无暑，荷叶绕门香胜花。"王梦楼《游曲院》说："烟光自润非关雨，水藻俱香不独花。"梁守存《看新荷》说："似经雨过风犹扬，未到花时叶早香。"

二九

七夕，牛郎、织女双星渡河。此不过"月桂""日乌""乘槎""化蝶"之类，妄言妄听，作点缀词章用耳。近见蒋苕生作诗，力辨其诬，殊觉无谓。尝调之云："譬如赞美人'秀色可餐'，君必争'人肉吃不得'，算不得聪明也。"高邮露筋祠，说部书有四解①：或云："鹿筋，梁地名也；有鹿为蚊所啮，露筋而死，故名。"或云："路金者，人名也；五代时将军，战死于此，故名。"或云："有远商二人，分金于此，一人忿争不已，一人悉以赠之，其人大惭，置金路上而去。后人义之，以其金为之立祠，故名路金，讹为露泾。"所云"姑嫂避蚊者"，乃俗传一说耳。近见云松观察诗，极褒贞女之贞，而痛贬失节之妇：笨与苕生同。不如孙豹人有句云："黄昏仍独自，白鸟近如何？"李少鹤有句云："湖上天仍暮，门前草自春。"与阮亭

"门外野风开白莲"之句，同为高雅。

【注释】 ①说部：指古代小说、笔记、杂著一类书籍。

【译文】 七夕，牛郎、织女两颗星渡过银河。这不过"月桂""日乌""乘槎""化蝶"之类，虚妄的话就暂且听过，为点缀词章罢了。最近见蒋苕生作诗，极力辩解这些说法不对，觉得太没必要。我曾从中调和说："比如赞美人'秀色可餐'，你必以'人肉吃不得'相争，算不得聪明啊。"高邮的露筋祠，说部书有四种解释：有的说："鹿筋，南朝梁时地名；有鹿被蚊虫叮咬，露筋而死，因此取名。"有的说："路金，是人名；五代时的将军，战死于此，因此取名。"有的说："有两个远道而来的商人，在此分金，一个斤斤计较，一个全数相赠，那人很惭愧，将金子放在路上便离开了。后人觉得他很有义气，用他的金子为他修建祠堂，因此取名路金，又误作露泾。"至于"姑嫂避蚊"的说法，就口头的一个传说罢了。近来见云松观察的诗，极度赞美女子的贞洁，毫不留情地贬斥失节的妇人：正如苕生一样愚蠢。不如孙豹人有句诗说："黄昏仍独自，白鸟近如何？"李少鹤的诗说："湖上天仍暮，门前草自春。"与阮亭"门外野风开白莲"之句，都很高雅。

三一

古词奇奥，多不可解。大抵本其时之方言，而流传失真。如《盘庚》之"吊由灵"，《国语》之"暇豫之吾吾"，《巾舞歌》之"来吾婴"，《伯牙》之"欯钦伤宫"，古乐府之"收中吾，羊无夷，何何，吾吾"，《尚书大传》之

"舟张辟雍，鸧鸧相从"，皆是也。北魏缪袭仿
其体①，作《尤射经》，拗涩不可句读，殊觉
无谓。

【注释】 ①缪袭：字熙伯，东海兰陵（今山东苍山兰陵镇）
人，文学家。

【译文】 古语奇奥，很多无法解释。大多本来是当时的方言，而
流传过程中失了真。如《盘庚》的"吊由灵"，《国语》的"暇豫之吾
吾"，《巾舞歌》的"来吾婴"，《伯牙》的"欿钦伤宫"，古乐府的"收
中吾，羊无夷，何何，吾吾"，《尚书大传》的"舟张辟雍，鸧鸧相从"，
都是这类。北魏时缪袭仿照这种形式，作《尤射经》，生涩拗口无法句
读，深感毫无意义。

四一

明季秦淮多名妓，柳如是、顾横波①，其尤
著者也。俱以色艺受公卿知，为之落籍②。而所
适钱、龚两尚书③，又都少夷、齐之节。两夫人
恰礼贤爱士，侠骨棱增。阎古古被难，夫人匿
之侧室中，卒以脱祸。厉樊榭诗云④："蛾眉前
后皆奇绝，莫怪群公欠致身。"较梅庚⑤"蘼芜
诗句横波墨，都是尚书传里人"之句，更觉
蕴藉。

【注释】 ①柳如是：本姓杨，名爱，号影怜，又号我闻居士、

河东君。　顾横波：原名顾媚，字眉生，号横波，与李香君、董小宛、柳如是等同称"秦淮八艳"。

②落籍：销掉户籍。指替妓女赎身，除去妓院乐籍。

③龚：即龚鼎孳，与吴伟业、钱谦益并称为"江左三大家"。

④厉樊榭：即厉鹗，字太鸿，号樊榭，钱塘（今浙江杭州）人，清代著名诗人、学者。

⑤梅庚：字子长，号雪坪，清初著名画家、诗人。其曾祖父为梅鼎祚。

【译文】　明朝末年秦淮有多位名妓，其中柳如是、顾横波，尤为著名。都是以貌美如花、才艺双馨广为人知，公卿士大夫争着为她们赎身。而所遇钱谦益、龚鼎孳两位尚书，又都缺少伯夷、叔齐般的气节。两位夫人却能礼贤爱士，有侠骨柔情。阎古古遇难，夫人将他藏在侧室中，才得以逃脱。厉樊榭诗说："蛾眉前后皆奇绝，莫怪群公欠致身。"比梅庚写的"蘼芜诗句横波墨，都是尚书传里人"，更觉蕴藉。

四七

无题之诗，天籁也；有题之诗，人籁也。天籁易工，人籁难工。《三百篇》《古诗十九首》，皆无题之作，后人取其诗中首面之一二字为题，遂独绝千古。汉、魏以下，有题方有诗，性情渐漓①。至唐人有五言八韵之试帖②，限以格律，而性情愈远；且有"赋得"等名目，以诗为诗，犹之以水洗水，更无意味。从此，诗

之道每况愈下矣。余幼有句云："花如有子非真
色，诗到无题是化工。"略见大意。

【注释】　①漓：浅薄，浇薄。

②试帖：即试帖诗，受帖经、试帖影响而产生的诗体，多为五
言六韵或八韵排律。也称"赋得体"。

【译文】　无题的诗，是天籁；有题的诗，是人籁。天籁自然绝妙，
人籁却很难。《三百篇》《古诗十九首》，都是无题诗，后人取诗中首句
的一二字为题，于是独绝千古。汉、魏以下，有诗题才有诗，性情逐渐
浅薄。到唐人有五言八韵的试帖诗，限制格律，则性情越发平淡，且有
"赋得"等名目，以诗作诗，就如以水洗水，更没意味。从此，作诗之道
就每况愈下。我年幼时作诗说："花如有子非真色，诗到无题是化工。"
略有此意。

六一

宋人词云："斜阳何处最消魂？楼上黄昏，
马上黄昏。"陈古渔《咏月》云："闺中少妇关
山客，楼上无眠马上看。"《清波杂志·咏望后
月》云①："昨夜三更后，嫦娥堕玉簪。冯夷不
敢受②，捧出碧波心。"本朝杨文叔先生《咏十六
夜月》云："休言三五团圆好，二八婵娟更可怜。"
《玉壶清话·咏新月》云③："一二初三四，蛾眉影
尚单。待奴年十五，正面与君看。"近人方子云
《咏新月》云："宛如待嫁闺中女，知有团圆在后

头。"心思之妙，孰谓今人不如古人耶？

【注释】 ①《清波杂志》：宋代周辉著，宋人笔记代表作之一，记载宋代名人轶事、佚诗佚词等。

②冯夷：即河伯，传说中掌管黄河的水神。

③《玉壶清话》：宋僧人文莹所撰的一部野史笔记。

【译文】 宋人词说："斜阳何处最消魂？楼上黄昏，马上黄昏。"陈古渔《咏月》说："闺中少妇关山客，楼上无眠马上看。"《清波杂志·咏望后月》说："昨夜三更后，嫦娥堕玉簪。冯夷不敢受，捧出碧波心。"本朝杨文叔先生《咏十六夜月》说："休言三五团圆好，二八婵娟更可怜。"《玉壶清话·咏新月》说："一二初三四，蛾眉影尚单。待奴年十五，正面与君看。"近人方子云《咏新月》说："宛如待嫁闺中女，知有团圆在后头。"心思之妙，谁说今人不如古人呢？

六二

前朝广东惠州，有苏神童《咏月》三十首。其最佳者：《初一月》云："气朔盈虚又一初，嫦娥底事半分无？却于无处分明有，浑似先天《太极图》。"《初二月》云："三足金乌已敛形，且看兔魄一丝生。嫦娥底事梳妆懒？终夜蛾眉画不成。"《初三月》云："日落江城半掩门，城西斜眺已黄昏。何人伸得披云手，错把青天搦一痕。"《初四月》云："禁鼓才闻第一敲，忽看新月挂林梢。谁家宝镜新藏匣？盖小参差掩不交。"《十八月》云："二九良宵此夜当，镜轮虽破有余光。劝君夜饮停杯待，二鼓初敲管上窗。"《二十一月》云："破镜缘何少半规，阳精倒迫若相催。弓弦过满知何似，正是弯弓欲射时。"《二十二月》云："三更半夜未成眠，残月今宵正下弦。若有远行人早起，也应相伴五更天。"神童年十四而卒。人问："几时再生?"应声曰："五百年。"

【译文】 明朝广东惠州，有位苏神童作《咏月》三十首。其中最佳的诗:《初一月》说："气朔盈虚又一初，嫦娥底事半分无? 却于无处分明有，浑似先天《太极图》。"《初二月》说："三足金乌已敛形，且看兔魄一丝生。嫦娥底事梳妆懒? 终夜蛾眉画不成。"《初三月》说："日落江城半掩门，城西斜眺已黄昏。何人伸得披云手，错把青天搦一痕。"《初四月》说："禁鼓才闻第一敲，忽看新月挂林梢。谁家宝镜新藏匣? 盖小参差掩不交。"《十八月》说："二九良宵此夜当，镜轮虽破有余光。劝君夜饮停杯待，二鼓初敲管上窗。"《二十一月》说："破镜缘何少半规，阳精倒迫若相催。弓弦过满知何似，正是弯弓欲射时。"《二十二月》说："三更半夜未成眠，残月今宵正下弦。若有远行人早起，也应相伴五更天。"神童十四岁英年早逝。有人问："几时再生?"回答说:"五百年。"

九十

《古乐府》:"羞涩佯牵伴。"五字写尽女儿情态。唐人因之有"强语戏同伴，希郎闻笑声"
之句。他如"从来不坠马，故遣髻鬟斜""小
胆空房怯，长眉满镜愁""密约临行怯，私书欲
报难"：皆不愧淫思古意矣。近时杨公子搢一联
云："行来踯躅浑无力，不倚阑干定倚人。"

【译文】 　《古乐府》："羞涩佯牵伴。"这五个字写尽了少女情态。
唐人因此有"强语戏同伴，希郎闻笑声"之句。其他如"从来不坠马，
故遣髻鬟斜""小胆空房怯，长眉满镜愁""密约临行怯，私书欲报难"：
都不愧是古朴情思啊。近日杨子搢公作一联诗说："行来踯躅浑无力，不
倚阑干定倚人。"

一〇三

吴俗以六月二十四为荷花生日，士女出游。
徐朗斋作《竹枝词》云："荷花风前暑气收，
荷花荡口碧波流。荷花今日是生日，郎与妾船
开并头。""赤日当天驻火轮，龙船旗帜一时新。
东家女笑西家女，桥上人看桥下人。""葑门城
门门绕湖，湖光一片白模糊。荷花生日年年去，
若问荷花半朵无。""丹阳段郎官长清，天然诗句
自然成。怪郎面似荷花好，郎是荷花生日生。"

【译文】 　吴地风俗以六月二十四日为荷花生日，男女都外出游玩。
徐朗斋作《竹枝词》说："荷花风前暑气收，荷花荡口碧波流。荷花今

日是生日，郎与妾船开并头。""赤日当天驻火轮，龙船旗帜一时新。东家女笑西家女，桥上人看桥下人。""葑门城门门绕湖，湖光一片白模糊。荷花生日年年去，若问荷花半朵无。""丹阳段郎官长清，天然诗句自然成。怪郎面似荷花好，郎是荷花生日生。"

卷八

五

诗谶从古有之。宋徽宗《咏金芝生》诗，曰："定知金帝来为主，不待春风便发生。"已兆靖康之祸。后蜀主孟昶《题桃符贴寝宫》云："新年纳余庆，嘉节号长春。"后太祖灭蜀，遣吕余庆知成都。王阳明擒宸濠①，勒石庐山②，有"嘉靖我邦国"五字。亡何，世宗即位，国号嘉靖。扬州城内有康山，俗传康对山曾读书其处③，故名。康熙间，朱竹垞游康山④，有"有约江春到"之句⑤。今康山主人颖长方伯⑥，修葺其地，极一时之盛；姓江，名春：亦一奇矣！

【注释】　①宸濠：指宁王朱宸濠，明正德十四年（1519）朱宸濠在南昌发动叛乱，由南赣巡抚王守仁（王阳明）平定。

②勒石：刻字于石，也指立碑。

③康对山：即康海，字德涵，号对山，明代文学家。"前七子"

之一。

④朱竹垞：即朱彝尊，字锡鬯，号竹垞（chá），清代词人、学者、藏书家。

⑤江春：字颖长，号鹤亭，清代著名徽商。

⑥方伯：明清时用作对布政使的尊称。

【译文】 作诗成谶从古就有。宋徽宗作《咏金芝生》诗，说："定知金帝来为主，不待春风便发生。"已预兆了靖康之难。后蜀主孟昶作《题桃符贴寝宫》说："新年纳余庆，嘉节号长春。"后来宋太祖灭蜀，派吕余庆作成都知府。王阳明擒宸濠，立碑于庐山，有"嘉靖我邦国"五个字。没多久，明世宗即位，国号嘉靖。扬州城内有康山，民间传言康对山曾在此读书，因此取名。康熙年间，朱竹垞游康山，有句"有约江春到"。今康山主人颖长方伯，修缮此地，为一时之盛；姓江，名春：也是一奇事啊！

二四

甲子秋，余遗失诗册，心郁郁者一年。古渔云："癸巳冬，得诗百篇，怀之访人，带宽落地，竟无觅处。乃题云：'拈断吟髭费苦猜，已抛偏又上心来。关情似与良朋别，撒手如沉拱璧回。薄祭可能分酒脯？孤飞未必出尘埃。多应掷地无声响，一堕人间便永埋。'"

【译文】 甲子年秋，我遗失诗册，心情郁郁不欢快一年。古渔说："癸巳年冬，我作诗百篇，怀揣着去拜访他人，衣带太宽不知落在何处，终究没有找到。于是题诗：'拈断吟髭费苦猜，已抛偏又上心来。关情似与良朋别，撒手如沉拱璧回。薄祭可能分酒脯？孤飞未必出尘埃。多应掷地无声响，一堕人间便永埋。'"

三一

近日诗僧甚少。余游天台，得梅谷；到净慈寺，得佛裔；游九华，得亦苇；游粤东，得澄波、怀远、寄尘。亦苇《野步》云："傍晚欲归寻别径，忽惊沙鸟出苗飞。"澄波《折木樨》云："莫怪灵山留一笑，如来原是卖花人。"怀远《江行》云："片帆高趁大江风，过眼云山笑转蓬。行尽断堤杨柳岸，夕阳犹在板桥东。"佛裔者，让山弟子也，有句云："鱼亦怜侬水中影，误他争唼鬓边花①。"绮语自佳，恰不似方外人所作。怀远云："雍正间，广东有诗会。好事者张饮分题，聘名流品题甲乙，首选者赠绫绢，其次赠笔墨：亦佳话也。"寄尘本姓彭，工诗、能画，《游长寿寺》云："净坛风扫地，清课月为灯。"

【注释】　①唼（shà）：吃、咬。

【译文】　近日诗僧很少。我游天台山，遇到梅谷；到净慈寺，遇到佛裔；游九华，结识了亦苇；游粤东，遇到澄波、怀远、寄尘。亦苇

《野步》说：“傍晚欲归寻别径，忽惊沙鸟出苗飞。”澄波《折木樨》说：“莫怪灵山留一笑，如来原是卖花人。”怀远《江行》说：“片帆高趁大江风，过眼云山笑转蓬。行尽断堤杨柳岸，夕阳犹在板桥东。”佛裔，是让山的弟子，作诗说：“鱼亦怜侬水中影，误他争唼鬓边花。”绮语自佳，倒不像僧人所写。怀远说：“雍正年间，广东有诗会。好事者张饮分发诗题，聘请诗词名家评出高低，首选的赠绫绢，其次赠笔墨：也是佳话。”寄尘本姓彭，擅长作诗、画画，《游长寿寺》说：“净坛风扫地，清课月为灯。”

三八

尹文端公妾张氏，封一品夫人，与内廷恩宴①。大将军某与忠勇公在上前，戏尹云：“张有贵相，十指皆箕斗，无罗纹。”会伊里平定②，诸功臣画像内廷，例有赞语。上命公自为张夫人赞。尹应声云：“继善小妻，事臣最久。貌虽不都，亦不甚丑。恰有贵相，十指箕斗。遭际天恩，公然命妇。上相簪花，元戎进酒。同画凌烟，一齐不朽。”忠勇公曰：“欲戏尹某，反为尹某戏耶！”上大笑。

【注释】 ①内廷：指内朝。清代内廷指乾清门内，皇帝召见臣下、处理政务之所。

②伊里：即伊犁。

【译文】 尹文端公妾张氏，封一品夫人，参加内廷恩宴。大将军某和忠勇公在皇上面前，调戏尹说："夫人有贵相，十指纹都是箕斗，无罗纹。"恰逢伊犁平定，诸位功臣在内廷画像，按例像都有赞语。皇上命公自为张夫人作赞。尹公立即说："继善小妻，事臣最久。貌虽不都，亦不甚丑。恰有贵相，十指箕斗。遭际天恩，公然命妇。上相簪花，元戎进酒。同画凌烟，一齐不朽。"忠勇公说："想要调戏尹某，不想反被尹某调戏了。"皇上大笑。

四三

儿童逃学，似非佳子弟。然唐相韦端己诗云[1]："曾为看花偷出郭，也因逃学暂登楼。"文潞公幼时，畏父督课，逃西邻张尧佐家，后有灯笼锦之贻：盖与贵妃本属世交，常通缟纻故也[2]。可见诗人、名相，幼时亦尝逃学矣。阿通九岁，能知四声，而性贪嬉戏。重九日，余出对云："家有登高处。"通应声曰："人无放学时。"余不觉大笑，为请于先生而放学焉。其师出对云："上山人斫竹。"通云："隔树鸟含花。"

【注释】　①韦端己：即韦庄，字端己，晚唐诗人、词人，五代时前蜀宰相。

②缟纻：也作缟紵，出自《左传·襄公二十九年》："吴季札聘于郑，见子产，如旧相识。与之缟带，子产献纻衣焉。"后因以"缟纻"喻深厚友谊，也指朋友间互相馈赠。缟，未经染色的绢。

【译文】 儿童逃学，好像并非好子弟。然而唐宰相韦端己诗说："曾为看花偷出郭，也因逃学暂登楼。"文潞公小时候，害怕父亲督课，逃到邻居张尧佐家，之后便有赠送灯笼锦之事；大概与贵妃本是世交，常通缟纻的缘故吧。可见诗人、名相，小时候时也曾逃学啊。阿通九岁，便知晓四声，而生性贪玩。重九那日，我出对说："家有登高处。"阿通立即说："人无放学时。"我不禁大笑，便替他向先生说情、准他放学。他的师父出对说："上山人斫竹。"阿通说："隔树鸟含花。"

七十

王弇州推尊李于鳞①，而弇州之才，实倍于李。予爱其《短歌》数句云："不必名山藏，不必千金悬。归去来一壶，美酒抽一编，读罢一枕床头眠。天公未唤债未满，自吟自写终残年。"《弃官》云："人生求官不可得，我今得官何弃之？六月绣襦黄金垂，行人拍手好威仪。与君说苦君不信，请君自衣当自知。"本传称先生论诗，呵斥宋人；晚年临终，犹手握《苏子瞻集》。此二诗，果似子瞻。

【注释】 ①王弇（yǎn）州：即王世贞，字元美，号凤洲，又号弇州山人，明代文学家、史学家。 李于鳞：即李攀龙，字于鳞，号沧溟，明代著名文学家，为"后七子"之一。

【译文】 王弇州推尊李于鳞，而弇州的才华，其实比李更多。我爱他《短歌》中的数句说："不必名山藏，不必千金悬。归去来一壶，美酒抽一编，读罢一枕床头眠。天公未唤债未满，自吟自写终残年。"
《弃官》说："人生求官不可得，我今得官何弃之？六月绣襦黄金垂，行
人拍手好威仪。与君说苦君不信，请君自衣当自知。"史书称先生论诗，
呵斥宋人；先生晚年临终，手上还握着《苏子瞻集》。这两首诗，果然
很有东坡风格。

七一

　　严沧浪借禅喻诗[①]，所谓"羚羊挂角""香
象渡河"，有神韵可味，无迹象可寻。此说甚
是。然不过诗中一格耳。阮亭奉为至论[②]，冯钝
吟笑为谬谈：皆非知诗者。诗不必首首如是，
亦不可不知此种境界。如作近体短章，不是半
吞半吐、超超玄箸，断不能得弦外之音、甘余
之味：沧浪之言，如何可诋？若作七古长篇、
五言百韵，即以禅喻，自当天魔献舞，花雨弥
空，虽造八万四千宝塔，不为多也；又何能一
"羊"一"象"，显"渡河""挂角"之小神通
哉？总在相题行事，能放能收，方称作手。

【注释】　①严沧浪：即严羽，字丹丘，自号沧浪逋客，南宋诗
论家、诗人。

　　②阮亭：即王士祯，字子真，号阮亭，又号渔洋山人，清代诗
论家。

【译文】　严沧浪借禅学来喻诗，所谓"羚羊挂角""香象渡河"，有神韵可供玩味，无迹象可寻。此言有理。但这不过诗歌的一种类型而已。阮亭奉为至论，冯钝吟笑为谬谈：都不算懂诗的人。诗不必首首如此，也不可不知此种境界。如作近体短诗，不是半吞半吐、言论文辞高妙明切，绝对没有弦外之音、余外之味：严沧浪的话，怎么来反驳？如果作七古长诗、五言百韵，就以禅喻，自然天魔献舞，花雨满天，即使造八万四千宝塔，也不为多；又何止一"羊"一"象"，显"渡河""挂角"的小神通呢？关键在于应题作诗，能放能收，才能称为高手。

人有邂逅相逢，慕其风貌，与通一语，不料其能诗者；已而以诗见投，则相得益甚。丙辰冬，余游土地庙；见美少年，揖而与言，方知是李玉洲先生第三子，名光运，字傅天。问余姓名，欣然握手。次日见赠云："燕地逢仙客，新交胜故知。高才偏不偶，大遇合教迟。书剑怀俦侣，风霜感岁时。惭予初学步，何以慰相思？"时予才弱冠，广西金抚军疏中首及其年；傅天阅邸报①，先知余故也。丙戌二月，余游寒山；一少年甚闲雅，问之，姓郭，名淳，字元会，吴下秀才，素读予文者。次日，与沙斗初同来受业。方与语时，易观手中所持扇；

临别，彼此忘归原物。次日，诗调之云："取来纨扇置怀中，忘却归还彼此同。摇向花前应一笑，少男风变老人风。"秀才见赠五古一篇，洋洋千言，中有云："琴书得余闲，判花作御史。飞絮泥不沾，太清云不滓。多情乃佛心，泛爱真君子。禅有欢喜法，圣无缁磷理。所以每到处，风花缠杖履。"乙酉三月，尹文端公扈驾坠马②，余往问疾。在军门外，遇美少年，眉目如画；未敢问其姓名，怅怅还家。俄而户外马嘶，则少年至矣。曰："先生不识东兴阿乎？阿乃总镇七公儿。幼时，先生到馆，曾蒙赠诗。兴阿和韵云：'蒙赠珠玑几行字，也开智慧一分花。'先生忘之乎？"余惊喜，问其年。曰："十八矣，已举京兆。"

【注释】　①邸报：又称邸抄，是专门用于朝廷传知朝政文书和政治情报的新闻文抄，举凡天子诏敕、臣僚奏议或官员任免调迁都会成为邸报内容。其阅读群体主要是政府官员和士大夫知识分子。

　②扈驾：随侍帝王的车驾。

【译文】　人有邂逅相逢，歆慕其风貌，与之交谈，不料对方还能作诗；后来以诗见赠，那么关系就更深厚了。丙辰年冬，我游土地庙；见一位美少年，作揖后与他交谈，才知是李玉洲先生的三公子，名光运，字傅天。问我姓名，欣然握手。第二日赠诗于我："燕地逢仙客，新交胜故知。高才偏不偶，大遇合教迟。书剑怀俦侣，风霜感岁时。惭予初学步，何以慰相思?"当时我才二十，广西金抚军的奏疏中首次提及年龄；傅天从邸报上，先已知道我。丙戌年二月，我游寒山寺；见一少年分外闲雅，问之，姓郭，名淳，字元会，吴地秀才，一直读我的文章。第二日，与沙斗初一起前来听课。正同他说话时，交换了手中所拿的纸扇；临别时，彼此竟忘了物归原主。后日，作诗玩笑说："取来纨扇置怀中，忘却归还彼此同。摇向花前应一笑，少男风变老人风。"秀才赠我五言古诗一篇，洋洋千言，其中有句说："琴书得余闲，判花作御史。飞絮泥不沾，太清云不滓。多情乃佛心，泛爱真君子。禅有欢喜法，圣无缁磷理。所以每到处，风花缠杖履。"乙酉年三月，尹文端公随侍御驾时坠马，我前去探望。在军门外，遇一位美少年，眉目如画；未敢问其姓名，怅然若失地回了家。不久门外传来马鸣，恰是少年来了。说："先生不认识东兴阿了吗? 我是总兵七公的儿子。小时候，先生到馆，曾蒙先生赠诗。兴阿还和诗说：'蒙赠珠玑几行字，也开智慧一分花。'先生忘了吗?"我甚感惊喜，问他年纪。说："十八，已参加京兆府试。"

八八

戊戌秋，余小住阊门。诗人张昆南每晚必至，年七十三矣。诵其《登灵岩》云："振衣同上落虹亭，古塔云深入杳冥。香径草荒秋露白，山村雨过暮烟青。天空一雁来胥口，木落诸峰见洞庭。莫向西风更怀古，菱歌清绝起遥汀。"予叹曰："此中唐佳境也。"昆南喜，次日呈诗三册，属余轮替观之。其佳句如："潮痕沙岸落，露气渚兰闻。”“松间细路通僧寺，花里微风扬酒旗。”皆妙。昆南别去后，钱景开来，又诵其《虎丘》诗云：“蘼芜亦解怜倾国，多傍贞娘墓上生。”《春去》云：“月上帘钩风太急，落花如雨不闻声。”

【译文】 戊戌年秋，我在阊门暂住。诗人张昆南每晚必定前来，当时他已七十三岁。读他的《登灵岩》说：“振衣同上落虹亭，古塔云深入杳冥。香径草荒秋露白，山村雨过暮烟青。天空一雁来胥口，木落诸峰见洞庭。莫向西风更怀古，菱歌清绝起遥汀。”我感慨说：“诗中有唐诗的意境啊。”张昆南很高兴，第二日便递来三册诗，嘱咐我轮换着看。其中好句子如：“潮痕沙岸落，露气渚兰闻。”“松间细路通僧寺，花里微风扬酒旗。”都妙。昆南离开后，钱景开前来，又读《虎丘》诗说：“蘼芜亦解怜倾国，多傍贞娘墓上生。”《春去》说：“月上帘钩风太急，落花如雨不闻声。”

卷九

七

宝应王孟亭太守，为楼村先生之孙。丁卯，见访江宁。携胡床坐门外①，俟主人请见乃已，遂相得甚欢。聘修江宁志书，朝夕过从。尝言楼村先生教人作诗，以"三山"为师：一香山、一义山、一遗山也。有从子嵩高②，字少林，少年倜傥，论诗不服乃伯，而服随园。《大梁怀古》云："摇落偏惊旅客魂，秋风回首眺中原。三花树色开神岳，万里河声下孟门。形胜郁盘终古在，英雄慷慨几人存？信陵策士俱黄土，独有侯生解报恩。"（太守讳箴舆。）

【注释】 ①胡床：也称"交椅""绳床"，是古时一种可以折叠的轻便坐具。

②从子：侄子。

【译文】 宝应县的王孟亭太守，是楼村先生的孙子。丁卯年，来江宁拜访。携带着胡床坐在门外，等主人请入内才收拾起来，后来与我相见甚欢。朝廷聘请他修江宁方志，早晚都要前来拜访。曾说楼村先生教人作诗，以"三山"为师：一是白香山、一是李义山、一是元遗山。有侄子嵩高，字少林，年少偶傥，论诗不服他伯父所言，却赞同我的看法。《大梁怀古》说："摇落偏惊旅客魂，秋风回首眺中原。三花树色开神岳，万里河声下孟门。形胜郁盘终古在，英雄慷慨几人存？信陵策士俱黄土，独有侯生解报恩。"（王太守名讳箴舆。）

九

中州李竹门过随园①，见赠云："园在六朝山色里，一筇先要问高台。碧梧叶响秋将至，红藕花香客正来。"其诗颇清。惜年甫三十而卒。余爱其《咏鞭》云："一事思量转惆怅，不能行到祖生先。"《郊外》云："山势趁潮多北向，人心如雁只南飞。"

【注释】　①中州：指河南省。

【译文】　中州李竹门路过随园，赠我诗说："园在六朝山色里，一筇先要问高台。碧梧叶响秋将至，红藕花香客正来。"他的诗风很清奇。可惜三十岁就早逝了。我爱他的《咏鞭》说："一事思量转惆怅，不能行到祖生先。"《郊外》说："山势趁潮多北向，人心如雁只南飞。"

二一

相传江宁南城外瑞相院后丛竹中，为马湘

兰墓①。望江鲁雁门题诗云②："叶飘难禁往来
风，未肯输怀向狡童。画到兰心留素素，死依
僧院示空空。知音卓女情虽切，薄幸王郎信未
终。一点怜才真意在，青青竹节夕阳中。""绝
世英雄寄女妆，荆家曾说十三娘。年来文士动
相挤，始识伊人不可忘。零露似熏香豆蔻，百
花想见绣衣裳。平生除拜要离冢，到此才焚一
瓣香。"严侍读冬友曰："瑞相院前之墓，少时
亦误以为湘兰；后往访之，见题碣云'新安贞
女某氏之墓'。碑阴载为某商人之妾③，商人不
归，守贞而死。以为湘兰，有玷逝者矣！"陈楚
筠制锦曾效长吉体④，为诗证明其事，云："古
钗耿耿蚀黄土，千岁老蟾啸秋雨。苍茫落日掩
平坡，风入黄蒿作人语。新安山高江水遥，卷
葹原不生倡条。贞魂夜号月光晓，儿童莫赋西
陵草。"

【注释】 ①马湘兰：秦淮八艳之一，生于金陵。
②望江：是安徽安庆下辖县，位于安徽西南边缘。
③碑阴：指碑的背面。
④制锦：喻贤者出任县令，代指县令。 长吉体：指以李贺诗
为模范的诗体。

【译文】 相传江宁南城外瑞相院后丛竹中，是马湘兰墓。望江的
鲁雁门题诗说："叶飘难禁往来风，未肯输怀向狡童。画到兰心留素素，

死依僧院示空空。知音卓女情虽切，薄幸王郎信未终。一点怜才真意在，青青竹节夕阳中。""绝世英雄寄女妆，荆家曾说十三娘。年来文士动相挤，始识伊人不可忘。零露似熏香豆蔻，百花想见绣衣裳。平生除拜要离冢，到此才焚一瓣香。"严侍读《冬友》说："瑞相院前的墓，我年少时也误以为是湘兰；后来去探访，见题碣说'新安贞女某氏之墓'。碑阴刻有某商人之妾，商人不归，守贞而死。认为是湘兰，则是玷污了逝者。"县令陈楚筠曾效仿长吉体，作诗证明这件事，说："古钗耿耿蚀黄土，千岁老蟾啸秋雨。苍茫落日掩平坡，风入黄蒿作人语。新安山高江水遥，卷施原不生倡条。贞魂夜号月光晓，儿童莫赋西陵草。"

三五

邵子湘作《韵略》①，以"江""阳"为必不可通。余读《史记·龟策传》、韩昌黎《此日足可惜》及李翱《祭韩公》诸篇，"江""阳"皆通。犹以为彼固合"东""青""庚"而通之甚广，未足据也。及读岑嘉州《陪狄员外早秋登府西楼》一篇云："常爱张仪楼，西山正相当。车马隘百井，里闬盘三江。"此短篇五古也，唐人用韵甚严，何滥通乃尔？②因而广考之，方知子湘之陋。《尚书》："论道经邦，燮理阴阳。"《戴记》："无服之丧，以畜万邦。"此"六经"通"江""阳"之证也。《孔雀东南飞》云："东家第三郎，窈窕世无双。"樊毅《西岳碑》云："其德休明，则有祯祥。荒淫臊秽，笃灾必降。"《柳敏碑》云："山陵元室，建斯邦兮；不饬不凋，陨履霜兮。"《三国志》杨戏《蜀君臣赞》云："保据河江，家破军亡。"《晋语》云："二陆三张，中兴过江。"《宋书·大社之祝》曰："地德普施，惠存无疆。乃建大社，以保万邦。"汉《紫玉歌》云："一日失雄，三年感伤。虽有众鸟，不为匹双。"荀勖《正德舞歌》云："焕炳其章，光乎万邦。"庾信《柳遐墓铭》云："起兹礼数，峻此戎章。长离宛宛，刷羽凌江。"《吴越春秋·河梁歌》云："诸侯怖惧皆恐惶，声传海内威远邦。"吕温《昭陵功臣赞》云："经纶八方，晏海澄江。"李翰《裴晏射虎赞》云："弧矢之说，以威四方。群虎既夷，狄人来降。"此汉、唐乐府通"江""阳"之证也。至宋诸大家，尤不胜屈指。

【注释】　①邵子湘：即邵长蘅，一名衡，字子湘，号青门山人，武进（今江苏常州）人。

②乃尔：如此。

【译文】　邵子湘作《韵略》，认为"江""阳"必不可通。我读《史记·龟策传》、韩昌黎《此日足可惜》及李翱《祭韩公》诸篇，

"江""阳"都相通。我认为他生硬地将"东""青""庚"三字解释为相通，有点太宽泛，不能作为依据。等我读岑参的《陪狄员外早秋登府西楼》一篇说："常爱张仪楼，西山正相当。车马隘百井，里闾盘三江。"这是简短的五言古诗，唐人用韵很严，为何如此滥用？因而我遍考群书，才知子湘的鄙陋。《尚书》："论道经邦，燮理阴阳。"《戴记》："无服之丧，以畜万邦。"这是"六经"中"江""阳"相通的证据。《孔雀东南飞》说："东家第三郎，窈窕世无双。"樊毅《西岳碑》说："其德休明，则有祯祥。荒淫臊秽，笃灾必降。"《柳敏碑》说："山陵元室，建斯邦兮；不饬不凋，陨履霜兮。"《三国志》中杨戏《蜀君臣赞》说："保据河江，家破军亡。"《晋语》说："二陆三张，中兴过江。"《宋书·大社之祝》说："地德普施，惠存无疆。乃建大社，以保万邦。"汉代的《紫玉歌》说："一日失雄，三年感伤。虽有众鸟，不为匹双。"荀勖《正德舞歌》说："焕炳其章，光乎万邦。"庾信《柳遐墓铭》说："起兹礼数，峻此戎章。长离宛宛，刷羽凌江。"《吴越春秋·河梁歌》说："诸侯怖惧皆恐惶，声传海内威远邦。"吕温《昭陵功臣赞》说："经纶八方，晏海澄江。"李翰《裴晏射虎赞》说："弧矢之说，以威四方。群虎既夷，狄人来降。"这是汉、唐乐府中"江""阳"相通的证据。至于宋代诸位大家，（诗中"江""阳"相通的例子）更是不胜其数。

四七

梁文庄公之兄启心，字守存，入翰林后，即乞归养①。其子山舟侍讲，亦早乞病②，使其弟敦书仕于朝。一门家风如此。守存除夕约同人游吴山，不果，乃寄诗云："何堪岁尽复迁延？夙约都为俗事牵。多谢分吟留一席，不妨属和待明年。空山响答千门爆，落日寒迷万瓦烟。想见诸公高会处，下方人指地行仙。"《除夕》云："旧赐官袍聊一着，新颁春帖懒重书。"《晚过山庵》云："清依古佛原无梦，老笑秋虫尚有丝。"山舟性不近妇人，不宴客，亦不赴人之宴。惟余还杭州，则具华馔，一主一宾，相对而已。故余《寄怀》云："一饭矜严常选客，半生孤冷不宜花。"山舟有《反游仙》云："漫说长生有秘传，餐芝绝粒几经年。登仙直是寻常事，鸡犬由来亦上天。""瑶林琼树生来有，玉宇云楼望里深。上界不闻阿堵贵③，道人偏要炼黄金。""曾侍朝正三殿来，遥瞻旌节下蓬莱。如何一片飞凫影，也被人间网得回？""赚他刘阮是何人，毕竟迷楼莫当真。我是天台狂道士，桃花多处急抽身。""扰扰蜉蝣奈若何？寸田尺宅竟蹉跎。自从偷吃嵇康髓，只觉胸中块垒多④。"

【注释】　①归养：回家奉养父母。
②乞病：因病请求辞职。
③阿堵：本义"这个"，引申为钱。
④块垒：出自《世说新语·任诞》，比喻胸中郁结的愁闷或

气愤。

【译文】 梁文庄公的兄长启心，字守存，选入翰林院后，即上书恩求回乡奉养父母。他的儿子山舟，也很早就因病请求辞职，让他的弟弟敦书在朝做官。一门家风即如此。守存除夕约友人游吴山，没有成行，乃寄诗说："何堪岁尽复迁延？夙约都为俗事牵。多谢分吟留一席，不妨属和待明年。空山响答千门爆，落日寒迷万瓦烟。想见诸公高会处，下方人指地行仙。"《除夕》说："旧赐官袍聊一着，新颁春帖懒重书。"《晚过山庵》说："清侬古佛原无梦，老笑秋虫尚有丝。"山舟生性不喜欢接近妇人，不宴客，也不赴他人宴请。只是我回杭州，便备丰盛佳肴，一主一宾，二人对饮而已。因此我作《寄怀》说："一饭矜严常选客，半生孤冷不宜花。"山舟有《反游仙》说："漫说长生有秘传，餐芝绝粒几经年。登仙直是寻常事，鸡犬由来亦上天。""瑶林琼树生来有，玉宇云楼望里深。上界不闻阿堵贵，道人偏要炼黄金。""曾侍朝正三殿来，遥瞻旌节下蓬莱。如何一片飞凫影，也被人间网得回？""赚他刘阮是何人，毕竟迷楼莫当真。我是天台狂道士，桃花多处急抽身。""扰扰蜉蝣奈若何？寸田尺宅竟蹉跎。自从偷吃嵇康髓，只觉胸中块垒多。"

四八

尹望山相公，四督江南；诸公子随任未久①，多仕于朝。惟似村以秀才故不当差，常侍膝下，诗才清绝。余骈体序中，已备言之。犹记其订余往过云："清谈相订菊花期，正慰幽怀入梦时。空谷传书鸿屡至，闲庭扫径仆先知。

关心尚忆他乡客（时以诗寄三兄），因病翻添数
首诗。闻道芒鞋将我过，倚栏只恨月圆迟。"
《绚春园》云："莫唤池边贪睡犬，隔林恐有看
花人。"乙酉别去，庚子八月忽奉太夫人就芜湖
观察两峰之养，重过随园。见和云："迎人鸡犬
闲如旧，满架琴书卖欲无。"《临别》云："故
人垂老别，归舫任风移。退一步来想，斯游本
不期。"似村，名庆兰。

【注释】　①随任：指旧时长辈做官，晚辈随在衙署生活。

【译文】　尹望山相公，四次总督江南；诸位公子随任没多久，多
在朝做官。只有似村因秀才的缘故不当差，常侍奉膝下，诗风清绝。我
在骈体序中，已详细说到。还记得他此前和我约定说："清谈相订菊花
期，正慰幽怀入梦时。空谷传书鸿屡至，闲庭扫径仆先知。关心尚忆他
乡客（时以诗寄三兄），因病翻添数首诗。闻道芒鞋将我过，倚栏只恨
月圆迟。"《绚春园》说："莫唤池边贪睡犬，隔林恐有看花人。"乙酉年
分别，庚子年八月似村忽奉太夫人到芜湖就养于他的兄长尹庆玉道台处，
再次经过随园。和诗说："迎人鸡犬闲如旧，满架琴书卖欲无。"《临别》
说："故人垂老别，归舫任风移。退一步来想，斯游本不期。"似村，名
庆兰。

五六

浙中遂昌教谕王世芳①，字芝圃，年一百十
岁，入都祝太后万寿，赐翰林侍讲衔。还乡，

陈太常星斋赠诗云^②："华皓何来云水头？宠加新秩返扁舟。酒钱未卜凭谁与？壶药翻叨为我投。薄宦梦惊山北橄，散仙行逐海东鸥。独留佳话传台阁，曾与耆英大父游。"王面长尺许，腰若植鳍^③。自言："少居乡，遭耿逆之变。与诸妹豆棚闲坐，一妹头忽不见，盖为飞炮击去也。"与第三子同来，白发飘萧^④，背转伛偻。问其长子。曰："不幸夭亡矣。"问夭亡之年。曰："八十五岁。"乾隆辛未，圣驾南巡，有湖南汤老人来接驾，年一百四十岁。皇上先赐匾额云"花甲重周"。又赐云"古稀再度"。

【注释】 ①教谕：县学中掌之官。清代大县置教谕，小县置之训导，例由举人、贡生充任，负责县学生员的教育事务。

②太常：秦署奉常，汉改太常，掌坛庙祭祀礼仪清末废。

③植鳍：竖起的鱼鳍。形容人枯瘦背脊弓曲貌。

④飘萧：鬂发稀疏貌。

【译文】 浙中遂昌教谕王世芳，字芝圃，一百一十岁，入京祝太后万寿，赐翰林侍讲。还乡时陈星斋太常赠诗说："华皓何来云水头？宠加新秩返扁舟。酒钱未卜凭谁与？壶药翻叨为我投。薄宦梦惊山北橄，散仙行逐海东鸥。独留佳话传台阁，曾与耆英大父游。"王教谕面长尺许，腰若植鳍。自言："年少时住乡下，遭遇耿逆之变。与诸位妹妹在豆棚里闲坐，一位妹妹的头忽然不见了，大概是被飞炮击中。"同他的三儿子前来随园，白发稀疏，背也佝偻着。问他大儿子的情况。说："不幸夭亡了。"问夭亡之年。说："八十五岁。"乾隆辛未年，圣驾南巡，有湖南汤老人来接驾，一百四十岁高龄。皇上先赐匾额"花甲重周"。又赐"古稀再度"。

<h1 style="text-align:center">五七</h1>

余夏间恶蚊，常误批颊甚痛，而蚊乃飞去。偶读叶声木《谯蚊》诗①，不觉大快。词曰："虎狼偶食人，人犹寝其皮。独怪蚤虱咬，嗜人甘如饴。虮虱我自生，自孽将怨谁？蚤出尘土间，跳梁亦暂时。尔蚊何为者？薨薨声殷雷。订盟如点将，歃血遭欲飞。聚昏更为市，利析秋毫微。穿衣巧刺绣，中肤惊卓锥。深入石饮羽，潜侵剑切泥。三伏凉夜好，清风吹满怀。时方爱露坐，鸣镝一声来。误愤自批颊，怅望空徘徊。亦或中老拳，磔裂歼渠魁。无奈苦搔痒，汗黏变疮痍。咄咄么麽虫，阴毒乃如斯。长喙不择肉，呼吸若乳儿。怪底入夏瘦，毛孔成漏卮。安得通身手，左右时交挥！"叶讳诚，钱塘孝廉。

【注释】　①谯：问责、责怪。

【译文】　夏季时候我最讨厌蚊虫，常错打脸颊，而蚊虫已经飞走了。偶然间读到叶声木的《谯蚊》诗，甚感痛快。词说："虎狼偶食人，人犹寝其皮。独怪蚤虱咬，嗜人甘如饴。虮虱我自生，自孽将怨谁？蚤出尘土间，跳梁亦暂时。尔蚊何为者？薨薨声殷雷。订盟如点将，歃血遣欲飞。聚昏更为市，利析秋毫微。穿衣巧刺绣，中肤惊卓锥。深入石饮羽，潜侵剑切泥。三伏凉夜好，清风吹满怀。时方爱露坐，鸣镝一声来。误愤自批颊，怅望空徘徊。亦或中老拳，磔裂歼渠魁。无奈苦搔痒，汗黏变疮痏。咄咄么麼虫，阴毒乃如斯。长喙不择肉，呼吸若乳儿。怪底入夏瘦，毛孔成漏卮。安得通身手，左右时交挥！"叶讳诚，钱塘县的举人。

五九

余宰沭阳，有宦家女依祖母居，私其甥陈某，逃获。讯时值六月，跪烈日中，汗雨下；而肤理玉映。陈貌寝①，以缝皮为业。余念燕婉之求，得此戚施②，殊不可解。问女何供。女垂泪云："一念之差，玷辱先人，自是前生宿孽。"其祖母怒甚，欲置之死。余以卓茂语③，再三谕之。笞甥，而以女交还其家。搜其箧④，有《闺词》云："蕉心死后犹全卷，莲子生时便倒含。"亦诗谶也。隔数月，闻被戚匪胡丰卖往山东矣。予至今惜之。尝为人题画册云："他生愿作司香尉，十万金铃护落花。"

【注释】　①貌寝：状貌丑陋短小，谓状貌不扬。

②燕婉之求，得此戚施：出自《诗经·新台》，比喻求夫妻和

美，却遇见丑陋之人。

③卓茂：字子康，性仁爱恭谨，汉朝大臣，云台三十二将之一。

④箧：小箱子，大曰箱，小曰箧。

【译文】 我做沭阳县令时，有官宦女子同祖母居住，和她的外甥陈某私通，在逃跑过程被抓获。审讯时正是六月，跪在烈日底下，汗如雨下，而肌肤如玉。陈某长相丑陋，以缝制皮具为业。我念在"燕婉之求，得此戚施"，实在不能理解。问女子有何供词。女子垂泪说："一念之差，玷辱了先人，都是前生孽缘。"她祖母暴怒，想要置之死地。我用卓茂一样的语气，再三劝导。鞭笞了外甥，而把女子交还本家。搜查家中箱子时，发现《闺词》说："蕉心死后犹全卷，莲子生时便倒含。"也算是诗谶了。隔数月，听说被亲戚胡丰卖去了山东。我至今也感到惋惜。曾为人题画册说："他生愿作司香尉，十万金铃护落花。"

六四

余有诗不入集中者，嫌其少作未工也。然终竟是尔时一种光景，弃之可惜，乃追忆而录之。九岁《咏盘香》云："空梁无燕泥常落，古佛传灯影太孤。"十五岁《咏怀》云："也堪斩马谈方略，还是骑牛读《汉书》。"《题田古农〈卖书买剑图〉》云："丈夫穷后疑无路，犹有神仙作退步。"《舟行》云："山云犹辨树，江雨暗移春。"《咏柳》云："新丝买得刚三月，旧雨吹来似六朝。"《落花》云："莫讶万枝随雨尽，须知一片自天来。"《无题》云："红豆相思多入骨，绿萝着处便生根。"在都中，《为徐相国耕籍应制》云："水到公田龙脉转，风翻仙仗杏花飞。"颇为相公称许。《和金沛恩〈咏昭君纸鸢〉》云："玉门春老恨难忘，犹逐东风谒汉王。环珮影沉天漠北，琵琶声在白云乡。素丝解作留仙带，细雨弹成坠马妆。莫怪洛城多纸贵，画图终日对斜阳。"

【译文】　我有诗文不入集中的，是嫌年少时所作并不工整。然终究是当时一种光景，扔了可惜，乃追忆而记录下来。九岁《咏盘香》说："空梁无燕泥常落，古佛传灯影太孤。"十五岁《咏怀》说："也堪斩马谈方略，还是骑牛读《汉书》。"《题田古农〈卖书买剑图〉》说："丈夫穷后疑无路，犹有神仙作退步。"《舟行》说："山云犹辨树，江雨暗移春。"《咏柳》说："新丝买得刚三月，旧雨吹来似六朝。"《落花》说："莫讶万枝随雨尽，须知一片自天来。"《无题》说："红豆相思多入骨，绿萝着处便生根。"在京城时，《为徐相国耕籍应制》说："水到公田龙脉转，风翻仙仗杏花飞。"深得徐相公称许。《和金沛恩〈咏昭君纸鸢〉》说："玉门春老恨难忘，犹逐东风谒汉王。环珮影沉天漠北，琵琶声在白云乡。素丝解作留仙带，细雨弹成坠马妆。莫怪洛城多纸贵，画图终日对斜阳。"

六六

陶贞白云："仙人九障，名居一焉。"余不

幸负虚名。丁丑过书肆，见有作《金陵怀古》诗者，姓王，名颠客，假余序文。诗既不佳，序亦相称，余一笑置之。后三年，再过书肆，见《清溪唱酬集》一本，载上海彭金度、砀山汪元琛、太仓毕泷等，共三十余人；前骈体序，亦假我姓名。诗序俱佳，不能无讶。因买归，示程鱼门。程笑曰："名之累人如此。虽然，如鱼门之名，求其一假，尚未可得。"后十年，集中王陆褆、曹锡辰、徐德谅、范云鹏四人，都来相见。而诸君子则终未谋面。姑录数首，以志暗中因缘。范《采菱曲》云："采莲莫采菱，菱角刺侬手。采菱莫采莲，莲心苦侬口。刺手苦侬苦不深，苦口兼欲苦侬心。"汪《金陵杂诗》云："清江一曲鸭头波，相约襵裙踏浅莎。双桨月明桃叶渡，但闻人语不闻歌。"

【译文】 陶贞白说："仙人有九重障法，名是其中之一。"我不幸背负虚名。丁丑年路过书肆，见有作《金陵怀古》诗的人，姓王，名颠客，借了我的序文。诗既不佳，序也相称，我便一笑置之。过了三年，再过书肆，见《清溪唱酬集》一本，载上海彭金度、砀山汪元琛、太仓毕泷等，共三十多人；集子前面有骈体序，也借了我的姓名。诗和序都作得很好，不能不惊讶。因此买了本回家，给程鱼门看。程笑说："名对人的拖累就是这样。即使如此，我鱼门的名，求外人来借，也并不可得。"过十年，集中的王陆褆、曹锡辰、徐德谅、范云鹏四人，都来相见。而其他几位君子则终未谋面。姑且录诗数首，以记暗中因缘。范作《采菱曲》说："采莲莫采菱，菱角刺侬手。采菱莫采莲，莲心苦侬口。刺手苦侬苦不深，苦口兼欲苦侬心。"汪的《金陵杂诗》说："清江一曲鸭头波，相约湔裙踏浅莎。双桨月明桃叶渡，但闻人语不闻歌。"

六九

张宫詹鹏①，受今上知最深。侍值乾清门，方宣召，而张已归。上以诗责之云："传宣学士为吟诗，勤政临轩未退时。试问《羔羊》三首内，几曾此际许委蛇？"命依韵和呈，聊当自讼。张奉旨呈诗，上喜，赐以克食②。张进谢恩诗，有"温语更欣天一笑，翻教赐汝得便宜"之句。后数日，和上《柳絮》诗，托词见意云："空阶匀积似铺霜，忽起因风上玉堂。纵有别情供管领，本无才思敢轻狂。散来欲着仍难起，飞去如闲恰又忙。剩有鬓丝堪比素，蜂黏雀啄底何妨？"《嘲春风》云："封姨十八正当家，墙角朱幡弄影斜。扫尽乱红无兴绪，强将余力管杨花。"先生咏物诗，尤为独绝。如集中《泥美人》《雁字》《粉团》《玉环》诸题，皆能不脱不黏，出人意表。少时游楚南，太守张苍厓懋赠以序云："好穷七泽之游，勿遽吞吾云梦；

试问郢中之客，谁能和汝《阳春》？"

【注释】　①官詹：官名，即太子詹事，秦始置，掌太子家中之事。

②克食：满语，也作"克什"，原义为赐予，指皇上恩赐之物。

【译文】　张鹏翀詹事，受今上恩宠最深。在乾清门当值那时，皇上宣召，而张已回家。皇上作诗责备说："传宣学士为吟诗，勤政临轩未退时。试问《羔羊》三首内，几曾此际许委蛇？"命张依韵和诗呈上，姑且算自责。张奉旨呈诗，皇上很高兴，大加赏赐。张进谢恩诗，有"温语更欣天一笑，翻教赐汝得便宜"之句。之后数日，和皇上的《柳絮》诗，托词见意说："空阶匀积似铺霜，忽起因风上玉堂。纵有别情供管领，本无才思敢轻狂。散来欲着仍难起，飞去如闲恰又忙。剩有鬓丝堪比素，蜂黏雀啄底何妨？"《嘲春风》说："封姨十八正当家，墙角朱幡弄影斜。扫尽乱红无兴绪，强将余力管杨花。"先生咏物诗，尤其独绝。如集中《泥美人》《雁字》《粉团》《玉环》诸题，都能不脱不黏，出人意表。先生少时游楚南，太守张懋赠序说："好穷七泽之游，勿遽吞吾云梦；试问郢中之客，谁能和汝《阳春》？"

七五

戴雪村学士典试顺天①，为忌者所伤，落职家居②。其饮酒如长鲸吸海，卒以此成疾，亡沅州。《立秋》云："沅州秋信悄然生，旅思无烦雁到惊。月落尚余山桂白，露零先着海棠清。梦如蝶不离纹簟，静觉蛩都就画楹。愧是上方旬日住，禅观曾未遣微情。"《镇远》云："泉脉自来檐可接，箐端时暝雨旋倾。只愁归说人难信，安得吟成更画成？"

【注释】　①典试：主持考试之事。　顺天：今北京市。

②落职：贬职；降职罢官。

【译文】　戴雪村学士主持京城考试，被妒忌者中伤，贬官家中。饮酒如长鲸吸海，最终因此患病，在沅州去世。《立秋》说："沅州秋信悄然生，旅思无烦雁到惊。月落尚余山桂白，露零先着海棠清。梦如蝶不离纹簟，静觉蛩都就画楹。愧是上方旬日住，禅观曾未遣微情。"《镇远》说："泉脉自来檐可接，箐端时暝雨旋倾。只愁归说人难信，安得吟成更画成？"

八二

余幼时游西湖，见酒楼号五柳居者，壁上题诗甚多，不久即圬去。惟西穆先生一首，墨沈淋漓，字写《争坐位帖》，历七八年如新。酒楼主人及来游者皆护存之，敬其为名士故也。题是《冬日同樊榭放舟湖上，念栎城、赤凫都已下世，弥觉清游之足重也，分韵同作》，云："一角西山雪未消，镜光清照赤阑桥。小分寒影看梅色，半入春痕是柳条。闲里安排尘外迹，酒边珍重故人招。孤烟落日空台榭，岁晚重来

话寂寥。"后四十年，余再至湖上，则壁诗无
存。西穆、樊榭，久归道山，而酒楼主人，亦
不知名士为何物矣！惟陈庄壁上有蒋用庵侍御
《酬王梦楼招游》一首云："六朝风物正妍和，
珍重乌篷载酒过。一串歌珠人似玉，四围峦翠
水微波。狂夫兴不随年减，旧雨情于失路多。
争奈严城宵漏急，未知今夜月如何。"

【译文】　我年少时游西湖，见酒楼取名五柳居，墙壁上题有很多
诗，不久就被磨蚀了。只有西穆先生的一首，墨笔淋漓，写《争坐位
帖》，七八年过去还如新作一般。酒楼主人及游人都保护爱惜，因为敬西
穆先生为名士的缘故。题是《冬日同樊榭放舟湖上，念栾城、赤凫都已
下世，弥觉清游之足重也，分韵同作》，说："一角西山雪未消，镜光清
照赤阑桥。小分寒影看梅色，半入春痕是柳条。闲里安排尘外迹，酒边
珍重故人招。孤烟落日空台榭，岁晚重来话寂寥。"又过四十年，我再次
来到西湖，见壁诗无存。西穆、樊榭，早已仙逝，而酒楼主人也不知名
士为何物了！只有陈庄壁上有蒋用庵侍御一首《酬王梦楼招游》说：
"六朝风物正妍和，珍重乌篷载酒过。一串歌珠人似玉，四围峦翠水微
波。狂夫兴不随年减，旧雨情于失路多。争奈严城宵漏急，未知今夜月
如何。"

八三

吾乡诗有浙派，好用替代字，盖始于宋人，
而成于厉樊榭①。宋人如："水泥行郭索，云木

叫钩辀。"不过一蟹一鸊鹈耳。"岁暮苍官能自
保，日高青女尚横陈。含风鸭绿鳞鳞起，弄日
鹅黄袅袅垂。"不过松、霜、水、柳四物而已；
廋词谜语，了无余味。樊榭在扬州马秋玉家，
所见说部书多，好用僻典及零碎故事，有类
《庶物异名疏》《清异录》二种。董竹枝云②：
"偷将冷字骗商人。"责之是也。不知先生之诗，
佳处全不在是。嗣后学者，遂以"瓶"为"军
持"，"桥"为"略彴"，"箸"为"挟提"，
"棉"为"芮温"，"提灯"为"悬火"，"风
箱"为"扇隤"，"熨斗"为"热升"，"草屦"
为"不借"；其他"青奴""黄奶""红友"
"绿卿""善哉""吉了""白甲""红丁"之
类，数之可尽，味同嚼蜡。余按《世说》："郝
隆为桓温南部参军。三月三日作诗曰：'蛴螐跃
清池。'桓问何物。曰：'鱼也。'桓问：'何以
作蛮语？'曰：'千里投公，才得蛮部参军，那
得不作蛮语？'"此用替代字之滥觞。《文选》
中诗，以"日"为"耀"，"灵风"为"商
飙"，"月"为"蟾魄"，皆此类也。唐陈子昂
出，始一洗而空之。

【注释】①厉樊榭：即厉鹗，见上文注。

②董竹枝：即董伟业，字耻夫，号爱江，清诗人，作《扬州竹

枝词》九十九首。

【译文】　我家乡作诗有浙派之说，好用替代字，此风大概起于宋人，而于厉樊榭达到成熟。宋人如："水泥行郭索，云木叫钩辀。"说的不过是一蟹一鹧鸪罢了。"岁暮苍官能自保，日高青女尚横陈。含风鸭绿鳞鳞起，弄日鹅黄袅袅垂。"不过是松、霜、水、柳四物而已；堆砌谜语，了无余味。樊榭在扬州马秋玉家，所见说部书多，好用生僻的典故及零碎故事，即如《庶物异名疏》《清异录》二种。董竹枝说："偷将冷字骗商人。"就是对樊榭的责备。不知先生的诗，佳处全不在这上面。后来学者，于是以"瓶"为"军持"，"桥"为"略彴"，"箸"为"挟提"，"棉"为"芮温"，"提灯"为"悬火"，"风箱"为"扇隤"，"熨斗"为"热升"，"草屦"为"不借"；其他"青奴""黄奶""红友""绿卿""善哉""吉了""白甲""红丁"之类，不可胜数，味同嚼蜡。我评点《世说》："郝隆为桓温南部参军。三月三日作诗说：'蝌蚪跃清池。'桓问何物。答：'鱼也！'桓问：'为什么作蛮语？'答：'千里投公，才得蛮部参军，怎么能不作蛮语？'"这即是用替代字的滥觞。《文选》中的诗，以"日"为"耀"，"灵风"为"商飙"，"月"为"蟾魄"，都是此类。待唐代陈子昂出，才一洗而空。

八八

丁丑春，陈古愚袖诗一册，来告予曰："得一诗人矣。"适黄星岩在山中。三人披读，乃常州董潮、字东亭者所作也。其《京口渡江》云："轻帆如叶下吴头，晚景苍茫动客愁。云净芜城山过雨，江空瓜步雁横秋。铃音几处烟中寺，灯影谁家水上楼？最是二分明月好，玉箫声里宿扬州。"想见其人偶傥。癸未阅邸抄①，知与香亭同中进士，入词馆②。予方喜相交之日正长。不料散馆后③，竟病卒。余因思：未见其人，先吟其诗而相慕者，一为蒋君士铨，一为陶君元藻，皆隔十余年，欣然握手；惟董君则始终隔面。渠未必知冥冥中有此一知己也，呜呼！

【注释】　①邸抄：即邸报，我国最早的报纸。

②词馆：指翰林院。

③散馆：清制，因庶吉士入翰林学习，期满称散馆。

【译文】　丁丑年春，陈古愚袖中藏诗集一册，来告我说："得一诗人啊。"恰逢黄星岩在山中。三人细读，是常州董潮、字东亭者所作。他的《京口渡江》说："轻帆如叶下吴头，晚景苍茫动客愁。云净芜城山过雨，江空瓜步雁横秋。铃音几处烟中寺，灯影谁家水上楼？最是二分明月好，玉箫声里宿扬州。"可见此人风流偶傥。癸未年我看邸抄，知董与香亭同中进士，入翰林院。我才欢喜与董相交之日正长。不料散馆后，竟生病去世了。我因想到：未见其人，先吟其诗而相慕的，一是蒋士铨，一是陶元藻，都隔了十余年，愉快相见；只有董君则始终隔面。他未必知道冥冥中有这样一个知己，哎！

九三

癸酉夏五①，周兰坡、潘筠轩两学士同饮随

园；见案上有东坡诗，撷之笑曰："我即用其仇池石韵，序今日事，可乎?"余曰："幸甚。"磨墨申纸，日影未移，诗已毕矣。曰："千章夏木清，一雨洗浓绿。前月游随园，林峦看未足。北牖贪昼眠，人诮边韶腹。云开峰黛妍，水长波纹蹙。窈窕离市廛，疏狂狎樵牧。恐费十千沽，何曾再三渎? 榴火吐红蕤，林簜削青玉。老友中州归，陈人案前伏。相约饮无何，联吟日可卜。为爱好轩楹，不辞屡征逐。绝类仲蔚园，恍入子真谷。无酒君须谋，有鱼我所欲。看锄邵圃瓜，敢顾周郎曲。剧喜天已晴，莫讶客不速。"

【注释】 ①夏五：出自《春秋》，依经文体例，下当有"月"字，杜预注："不书月，阙文。"后来借指文献上的缺漏。

【译文】 癸酉年，周兰坡、潘筠轩两学士同在随园饮酒；见案上有东坡诗，拿起来笑说："我就用东坡的仇池石韵，序今日事，可以吗?"我说："再荣幸不过。"磨墨铺纸，日影未移，诗已作好。说："千章夏木清，一雨洗浓绿。前月游随园，林峦看未足。北牖贪昼眠，人诮边韶腹。云开峰黛妍，水长波纹蹙。窈窕离市廛，疏狂狎樵牧。恐费十千沽，何曾再三渎? 榴火吐红蕤，林簜削青玉。老友中州归，陈人案前伏。相约饮无何，联吟日可卜。为爱好轩楹，不辞屡征逐。绝类仲蔚园，恍入子真谷。无酒君须谋，有鱼我所欲。看锄邵圃瓜，敢顾周郎曲。剧喜天已晴，莫讶客不速。"

一

　　江宁吴模，字元理，应童子试时，年才十三，举止端肃。因唤入署，啖以果饵。旋即入泮①。邑中名士沈瘦岑，以女妻之。嗣后十年，不复相见。诗人李晴洲告予曰："元理小秀才，近诗日佳。比其外舅，骎骎欲度骅骝前矣②。"诵其《迎秋》一首云："碧天霭霭暮山晴，一片秋心趁月明。暑退渐教葵扇弃，风高已觉葛衫轻。绕阶草色笼烟淡，隔树蝉声咽露清。为读《离骚》更漏永，幽兰时有暗香迎。"未几，元理来，读余《外集》，呈二律云："陶令无官通刺易，崔儦有室入门难。"又曰："传有其人应久待，我生虽晚未嫌迟。"是年，与周青原同受知于学使李鹤峰，拔贡入都③。予喜，贺以诗云："人夸籍、湜居门下④，我道班、杨在意中⑤。"

【注释】　①入泮：古时学生的入学大礼。

②骎骎（qīn qīn）：形容马跑得很快的样子，比喻进展很快。骎骎：代指骏马。

③拔贡：指由地方贡入国子监生员的方式。

④籍、湜：张籍、皇甫湜的并称，二人都是韩愈学生。

⑤班、杨：班固、杨雄的并称，二人以辞赋著名。杨雄，亦作扬雄。

【译文】　江宁人吴模，字元理，应童子试时，才十三岁，举止严谨。因此招入署中，赠之果饵。不久他就入学了。同乡名士沈瘦岑，将女儿嫁给他为妻。之后十年，不再相见。诗人李晴洲告诉我说："元理小秀才，近日所作的诗很妙。比他的外舅，进步神速、赶超其前。"诵其《迎秋》一首说："碧天霭霭暮山晴，一片秋心趁月明。暑退渐教葵扇弃，风高已觉葛衫轻。绕阶草色笼烟淡，隔树蝉声咽露清。为读《离骚》更漏永，幽兰时有暗香迎。"不多久，元理前来，读我的《外集》，呈两首律诗说："陶令无官通刺易，崔儦有室入门难。"又说："传有其人应久待，我生虽晚未嫌迟。"那年，元理和周青原一同受学使李鹤峰重用，拔贡入京。我很高兴，贺诗说："人夸籍、湜居门下，我道班、杨在意中。"

四

"关防"二字，见《隋书·酷吏传》，原非作官者之美名。故余知江宁时，记室史正义谓

湄^①，时出狎游。予爱其才，而不禁也。其
《南归留别得'青'字》云："浪迹深惭水上
萍，漫劳今夜饯邮亭。鬓从久客无多绿，灯入
篱筵分外青。海国归帆随候雁，天涯知己剩晨
星。何时载得兰陵酒，重向红桥共醉醒?"又
曰："酒沾双屐雨，人坐一庭烟。"

【注释】　①记室：官名，东汉起设置，也称记室令史，负责章
表书记文檄。

【译文】　"关防"二字，见《隋书·酷吏传》，本来不是作官者
的美名。因此我做江宁知县时，记室史正义苕湄，时常出外游玩。我怜
爱他有才华，也不强行制止。他作《南归留别得'青'字》说："浪迹
深惭水上萍，漫劳今夜饯邮亭。鬓从久客无多绿，灯入篱筵分外青。海
国归帆随候雁，天涯知己剩晨星。何时载得兰陵酒，重向红桥共醉醒?"
又说："酒沾双屐雨，人坐一庭烟。"

一三

王菊庄孝廉，名金英，性孤冷而工诗，有
"残雪坠仍起，如尘空际盘"之句。余尤爱其
《杨柳店梦归》云："征骑尚栖杨柳岸，归魂已
到菊花庄。杖藜父老闻声喜，停织山妻设馔忙。
生菜摘来犹带露，新醅筩得已闻香。堪怜稚女
都齐膝，羞涩牵衣立母旁。"《掌教永平书院》

云：“生徒散后庭阶静，知己逢来礼法疏。”
《邗沟》云：“负郭人家堤下住，酒帘扬出树
梢头。”

【译文】　举人王菊庄，名金英，个性孤冷而擅长作诗，有“残雪
坠仍起，如尘空际盘”这样的句子。我尤其欣赏他的《杨柳店梦归》
说：“征骑尚栖杨柳岸，归魂已到菊花庄。杖藜父老闻声喜，停织山妻设
馔忙。生菜摘来犹带露，新醅筥得已闻香。堪怜稚女都齐膝，羞涩牵衣
立母旁。”《掌教永平书院》说：“生徒散后庭阶静，知己逢来礼法疏。”
《邗沟》说：“负郭人家堤下住，酒帘扬出树梢头。”

二三

闺秀少工七古者；近惟浣青、碧梧两夫人
耳。碧梧咏《李香君媚香楼》云：“秦淮烟月
板桥春，宿粉残脂腻水滨。翠黛红裙竞妆裹，
垂杨勾惹看花人。香君生长貌无双，新筑红楼
唤媚香。春影乱时花弄月，风帘开处燕归梁。
盈盈十五春无主，阿母偏怜小儿女。弄玉虽居
引凤台，萧郎未遇吹箫侣。公子侯生求燕好，
输金欲买红儿笑。桃花春水引渔人，门前系住
游仙棹。奄党纤儿想纳交，缠头故遣狡童招。
那知西子含颦拒，更比东林结社高。楼中刚耀
双星色，无奈风波生顷刻。易服悲离阿软行，

重房难把台卿匿。天涯从此别情浓，锦字书凭若个通？桐树已曾栖彩凤，绣帏争肯放游蜂？因愁久已抛歌扇，教坊忽报君王选。啼眉拥髻下妆楼，从今风月凭谁管？《柘枝》旧谱唱当筵，部曲新翻《燕子笺》。总为圣情怜腼腆，桃花宫扇赐帘前。天子不知征战苦，风前且击催花鼓。阿监潜传铁锁开，美人犹在琼台舞。银箭声残火尚温，君王匹马出宫门。西陵空自宫人泣，南内谁招帝子魂？最是秦淮古渡头，伤心无复媚香楼。可怜一片清溪水，犹向门前鸣邑流。"碧梧即孙云凤，和余《留别》诗者。有妹兰友，名云鹤，亦才女也。咏指甲作《沁园春》云："云母裁成，春冰碾就，裹住葱尖。忆绿窗人静，兰汤悄试；银屏风细，绛蜡轻弹。爱染仙葩，偶调香粉，点上些儿玳瑁斑。支颐久，有一痕钩影，斜映腮间。摘花清露微粘，剖绣线、双虹挂月边。把《霓裳》暗拍，代他象板；藕丝自雪，掏个连环。未断先愁，将修更惜，女伴灯前比并看。消魂处，向紫荆花上，故逞纤纤。"

【译文】 闺秀很少擅长写七言古诗；最近只有浣青、碧梧两位夫人。碧梧咏《李香君媚香楼》说："秦淮烟月板桥春，宿粉残脂腻水滨。翠黛红裙竞妆裹，垂杨勾惹看花人。香君生长貌无双，新筑红楼唤媚香。

春影乱时花弄月，风帘开处燕归梁。盈盈十五春无主，阿母偏怜小儿女。弄玉虽居引凤台，萧郎未遇吹箫侣。公子侯生求燕好，输金欲买红儿笑。桃花春水引渔人，门前系住游仙棹。奄党纤儿想纳交，缠头故遣狡童招。那知西子含颦拒，更比东林结社高。楼中刚耀双星色，无奈风波生顷刻。易服悲离阿软行，重房难把台卿匿。天涯从此别情浓，锦字书凭若个通？桐树已曾栖彩凤，绣帏争肯放游蜂？因愁久已抛歌扇，教坊忽报君王选。嚬眉拥髻下妆楼，从今风月凭谁管？《柘枝》旧谱唱当筵，部曲新翻《燕子笺》。总为圣情怜腼腆，桃花宫扇赐帘前。天子不知征战苦，风前且击催花鼓。阿监潜传铁锁开，美人犹在琼台舞。银箭声残火尚温，君王匹马出宫门。西陵空自宫人泣，南内谁招帝子魂？最是秦淮古渡头，伤心无复媚香楼。可怜一片清溪水，犹向门前呜邑流。"碧梧即孙云凤，作诗和我的《留别》诗。她的妹妹兰友，名云鹤，也是才女。咏指甲作《沁园春》说："云母裁成，春冰碾就，裹住葱尖。忆绿窗人静，兰汤悄试；银屏风细，绛蜡轻弹。爱染仙葩，偶调香粉，点上些儿玳瑁斑。支颐久，有一痕钩影，斜映腮间。摘花清露微粘，剖绣线，双虹挂月边。把《霓裳》暗拍，代他象板；藕丝自雪，掏个连环。未断先愁，将修更惜，女伴灯前比并看。消魂处，向紫荆花上，故逞纤纤。"

三五

香亭弟随叔父健磐公，生长广西。叔父亡后，余迎归故里。年十五，即见赠云："坐无尼父为师易，家有元方作弟难。"又，《即目》云："山气腾空欲化云。"余早知其能诗也。孤甥陆建[①]，号豫庭，字湄君，幼为余所抚养，与香亭同岁。己巳春，余辞官，挈两人读书随园，时相唱和。后予官秦中②，二人过随园见忆。香亭云："共寻幽径访柴扉，遥见高台出翠微。蜡屐重临秋色冷，青山如故客情非。枯荷带雨碧连水，荒藓盈庭绿染衣。满树寒鸦鸣不已，斜阳烟草更依依。"豫庭云："自别青山两载余，风光较昔更何如？竹梅添种阶前树，诗史空堆架上书。窗外叶飞人去后，天边月冷雁来初。灞桥此日秋风早，应向江南忆故庐。"豫庭赘于宿州刺史张公处。张名开士，字轶伦，杭州壬戌进士，历任有循声。谓豫庭曰："作时文则我教卿，作诗则卿教我。"豫庭年三十余，以瘵亡④。张忽忽不乐④，如支公之丧法虔也，月余亦亡。豫庭赠妇翁云⑤："喜我绛纱深有托，半为娇客半门生。"赠妇云："未有肉能凭我割，不妨酒更向卿谋。"张诗亦佳；《宿华严寺》云："竹里琴声秋涧落，定中灯火石床分。"《感怀》云："臣心自问清如水，世道尤难直似弦。"

【注释】　①孤甥：失去父亲的外甥。

②秦中：泛指今天陕西省内的中部平原地区。

③瘵（zhài）：痨病。

④忽忽不乐：形容若有所失而不高兴的样子。

⑤妇翁：指岳父。

【译文】　香亭弟随叔父健磐公，生长在广西。叔父去世后，我接回故里。十五岁时，就赠诗说："坐无尼父为师易，家有元方作弟难。"又，《即目》说："山气腾空欲化云。"我早就知道他擅长作诗。外甥陆建，号豫庭，字湄君，小时候我在抚养，与香亭同岁。己巳年春，我辞官，携两人在随园读书，作诗唱和。后来我在陕西作官，二人过随园。香亭说："共寻幽径访柴扉，遥见高台出翠微。蜡屐重临秋色冷，青山如故客情非。枯荷带雨碧连水，荒藓盈庭绿染衣。满树寒鸦鸣不已，斜阳烟草更依依。"豫庭说："自别青山两载余，风光较昔更何如？竹梅添种阶前树，诗史空堆架上书。窗外叶飞人去后，天边月冷雁来初。灞桥此日秋风早，应向江南忆故庐。"豫庭入赘宿州刺史张公家。张名开士，字轶伦，杭州壬戌年进士，作官有清名。对豫庭说："作时文是我教你，作诗就得你教我。"豫庭三十多岁，因瘵病去世。张忽忽不乐，如同支道林失去法虔，过了一个多月也就去世了。豫庭赠岳父说："喜我绛纱深有托，半为娇客半门生。"赠妇说："未有肉能凭我割，不妨酒更向卿谋。"张诗也作得好，《宿华严寺》说："竹里琴声秋涧落，定中灯火石床分。"《感怀》说："臣心自问清如水，世道尤难直似弦。"

六五

高要令杨国霖兰坡，作吏三十年，两膺卓荐，傲兀不羁，与余相见端江，束修之馈①，无日不至。闻余游罗浮归，乞假到鼎湖延候，以诗来迎云："山麓峰峦秀色殊，如何海内姓名

无？全凭大雅如椽笔，为我湖山补道书。"（道
书：海内洞天二十四，福地三十六，鼎湖不与
焉。）"杖履闲从天上来，教人喜极反成猜。飞
骑为报湖山桂，不到山门不许开。"及余归时，
送至十里外，临别泣下，《口号》云："送公自
此止，思公何时已？有泪不轻弹，恐溢端
江水。"

【注释】　①束修：古代学生与教师初见面时必先奉赠礼物，表
示敬意。

【译文】　高要县令杨兰坡，为官三十年，政绩卓著，为人傲岸不
羁，与我在端江相遇，赠我束修，每日必来拜会。听说我游罗浮回来，
请假到鼎湖问候，作诗相迎说："山麓峰峦秀色殊，如何海内姓名无？全
凭大雅如椽笔，为我湖山补道书。"（道书有海内洞天二十四，福地三十
六，鼎湖不在其中。）"杖履闲从天上来，教人喜极反成猜。飞骑为报湖
山桂，不到山门不许开。"等我返家时，又送到十里之外，双泪俱下，
《口号》说："送公自此止，思公何时已？有泪不轻弹，恐溢端江水。"

八三

壬辰年，王光禄礼堂来白下[1]，访江宁令陆
兰村。予问："有新诗否？"光禄书《赠内》
云："几载东华不自聊，绿窗并坐感萧骚。寒闺
刀尺陪宵读，瓦鼎茶汤候早朝。马磨劳生还忆

共，犬台残魄可能招？却嗤割肉容臣朔，但把清斋学细腰。""一室流尘玉漏穷，更阑深掩小房栊。何妨放诞时卿婿，听唱风波欲恼公。天畔登楼长客里，灯前拥髻只愁中。一龛低处双栖稳，雪北香南结托同。"又《从围》句云："日占戊好军容壮，牡奉辰多典礼偕。""霜浓牛马通身白，林冻乌鸦闭口喑。"一用《毛诗》，一用《北史》，俱典雅。

【注释】 ①王光禄：即王鸣盛，字凤喈，一字礼堂，别字西庄，晚号西江。官至侍读学士、内阁学士兼礼部侍郎、光禄寺卿，故也称王礼堂。 白下：古时南京的别称"白下"。

【译文】 壬辰年，光禄寺卿王礼堂来到南京，拜访江宁县令陆兰村。我问："有新诗吗?"光禄写下《赠内》说："几载东华不自聊，绿窗并坐感萧骚。寒闺刀尺陪宵读，瓦鼎茶汤候早朝。马磨劳生还忆共，犬台残魄可能招？却嗤割肉容臣朔，但把清斋学细腰。""一室流尘玉漏穷，更阑深掩小房栊。何妨放诞时卿婿，听唱风波欲恼公。天畔登楼长客里，灯前拥髻只愁中。一龛低处双栖稳，雪北香南结托同。"又《从围》句说："日占戊好军容壮，牡奉辰多典礼偕。""霜浓牛马通身白，林冻乌鸦闭口喑。"上一联用《毛诗》典，下一联用《北史》典，都很典雅。

八四

安庆诗人，以"二村"为最。一李啸村萏，

一鲁星村璜。鲁五言如："久客神常倦，还家似在舟。""鸟散雪辞竹，烟消山到门。""风竹不留雪，冰池时集鸦。"七言如："舟行忽止冰初合，窗暗还明月未沉。""避雪野禽低就屋，忘机小鼠渐亲人。"皆可诵也。又："雀浴乘冰缺。"五字亦佳。

嘨村工七绝，其七律亦多佳句。如："马齿坐叨人第一，蛾眉窗对月初三。""卖花市散香沿路，踏月人归影过桥。""春服未成翻爱冷，家书空寄不妨迟。"皆独写性灵，自然清绝。腐儒以雕巧轻之，岂知钝根人^①，正当饮此圣药耶？乾隆丙寅，观补亭阁学^②，科试上江^③，点名至嘨村，笑曰："久闻秀才诗名，此番考不必作《四书》文，作诗二首，可也。"题是《卖花吟》。李有句云："自从卖落行人手，瓦缶金尊插任君。"又曰："自笑不如双粉蝶，相随犹得入朱门。"阁学喜，拔置一等。

【注释】 ①钝根人：本为佛教用语，指缺少灵性。

②观补亭：即观保，索绰罗氏，字伯容，号补亭，满洲旗人。阁学：官名，清朝称内阁学士为阁学。

③上江：因长江从安徽流入江苏，故旧称安徽为上江，江苏为下江。

【译文】 安庆的诗人，以"二村"最有名。一是李葂，字嘨村；

一鲁璸，字星村。鲁星村作五言诗如："久客神常倦，还家似在舟。""鸟散雪辞竹，烟消山到门。""风竹不留雪，冰池时集鸦。"七言如："舟行忽止冰初合，窗暗还明月未沉。""避雪野禽低就屋，忘机小鼠渐亲人。"都可以吟诵。又："雀浴乘冰缺。"这五字也很妙。

李啸村擅长七言绝句，他的七言律诗也有很多佳句。如："马齿坐叨人第一，蛾眉窗对月初三。""卖花市散香沿路，踏月人归影过桥。""春服未成翻爱冷，家书空寄不妨迟。"都是抒发性灵，自然清绝。腐儒认为这些诗人力雕琢、故作工巧而轻视，哪里知道钝根人，正应该饮用这剂良药啊？乾隆丙寅年，阁学观补亭，主持安徽科考，科试上江，点名到啸村时，笑说："很早就听闻秀才擅作诗，此番科考不必作《四书》类文章，作诗二首，也可以。"题目是《卖花吟》。李作诗说："自从卖落行人手，瓦缶金尊插任君。"又说："自笑不如双粉蝶，相随犹得入朱门。"阁学欢喜，提拔为第一等。

卷十一

二

　　仁和沈椒园廷芳①，查声山学士外孙也②。其尊甫麟洲先生③，宰文昌，被累，戍宁夏。母查太淑人留居嘉善④，不从行。椒园每岁南北省亲，极行路之苦。有诗云："秋生红豆辞南国，春到青铜赴朔方。""青铜"者，宁夏山名。又："云影有心随望眼，泪痕和线绽征衣。"为厉樊榭孝廉所赏。沈殁后，张少仪有诗哭之，云："塞上草枯双泪白，瀛州云净一襟清。""草枯"，用裴子野事，盖纪实也。观察尊甫笠亭先生，宰印江，与沈仝戍。观察徒跣万里，号呼求救，卒获安全。呜呼！三君皆与余同举词科，而沈、张两观察，又同举诗社于李玉洲先生家，往来尤狎。今皆先后化去。追思六十年中，升沉聚散，音尘若梦，可为於邑⑤！张母顾恭人若宪⑥，即毕太夫人母也。有《挹翠阁集》。与武林林以宁、顾姒齐名。随宦牂牁，卒于官所。太夫人有《得黔中信》二首，最凄恻，诗云："黔中驿使到，肠断血沾襟。绝域怀归意，频年忆女心。不曾虚药物，犹为寄华簪。凄绝离亭语，迢遥遂至今。""官舍千山外，飘飘丹旐悬。望云空白发，绕膝待黄泉。犹有清吟在，应教彤管传。阿兄归日近，负土在明年。"其后，尚书迎养秦关⑦，少仪自滇中解组来署⑧，白头兄妹，唱和终朝。太夫人又作云："千里迢遥客乍回，相逢岁尽笑眉开。廿年发逐梅花白，一夜春随爆竹来。谁料异乡逢雁序，细谈旧事划炉灰。殷勤传语司更者，漏箭城头莫浪催。"

【注释】　①沈椒园：即沈廷芳，字畹叔，一字荻林，号椒园。仁和（浙江杭县）监生，举鸿博，官至山东按察使。

②查声山：即查升，字仲韦，号声山，清康熙二十七年进士。

③尊甫：对他人父亲的尊称。

④太淑人：命妇名号。明置，以封正、从三品官员的母亲、祖母，清代沿置。

⑤於邑：指忧郁烦闷。

⑥恭人：明、清四品官员之妻的封号，后多用作对官员妻子的尊称。

⑦秦关：指关中地区。

⑧解组：组，印绶。解下印绶，谓辞去官职。

【译文】　仁和的沈廷芳，号椒园，查声山学士的外孙。他的父亲麟洲先生，为文昌县令，因故被牵连，贬谪宁夏成边。母亲查太淑人留居嘉善，不从行。椒园每年奔波于南北之间回家省亲，路途极为艰苦。作诗说："秋生红豆辞南国，春到青铜赴朔方。"诗中"青铜"，是宁夏的山名。又："云影有心随望眼，泪痕和线绽征衣。"受到举人厉鹗赏识。沈逝世后，张少仪作诗祭奠，说："塞上草枯双泪白，瀛州云净一襟清。""草枯"，用裴子野的典故，算是纪实。张少仪的父亲笠亭先生，做印江县令，与沈同往宁夏成边。张少仪徒步走行万里，号呼求救，最终保全。啊！这三位与我一同考中博学鸿词科，而沈、张两位观察使，又一同在李玉洲先生家创办诗社，往来尤为亲密：如今都先后逝去。回想起这六十年中，升沉聚散，音尘若梦，实在令人忧郁！张母顾若宪恭人，就是毕太夫人的母亲。有《挹翠阁集》。与武林的林以宁、顾姒齐名。随任到牂牁，最后在府衙逝世。毕太夫人有《得黔中信》二首诗最凄恻，诗说："黔中驿使到，肠断血沾襟。绝域怀归意，频年忆女心。不曾虚药物，犹为寄华簪。凄绝离亭语，迢遥遂至今。""官舍千山外，飘飘丹旒悬。望云空白发，绕膝待黄泉。犹有清吟在，应教彤管传。阿兄归日近，负土在明年。"之后，毕尚书将太夫人接回秦关供养，少仪从云南辞官也住到毕府，白头兄妹，终日作诗唱和。太夫人又作诗说："千里迢遥客乍回，相逢岁尽笑眉开。廿年发逐梅花白，一夜春随爆竹来。谁料异乡逢雁序，细谈旧事划炉灰。殷勤传语司更者，漏箭城头莫浪催。"

五

古名臣共事一方，赓唱叠和①，最为佳话。

唐白太傅刺杭州，而元相观察浙东，彼此以诗往来，为升平盛事。近日秋帆尚书总督两湖②，适蒙古惠椿亭中丞来抚湖北，致相得也。尚书知余作《诗话》，因寄中丞诗见示，读之钦为名手。仅录其《过哈密》云："西扼雄关第一区，鞭丝遥指认伊吾。当年雁碛劳戎马，此日人烟入版图。路向车师云黯淡，天连吐谷雪模糊。寒威阵阵催征骑，不问村醪尚有无。"《过潼关》云："百二秦关万古雄，片帆黄水渡西风。马嘶沙岸寒涛外，人倚山城夕照中。眼界一时穷古碛，爪痕三度笑飞鸿。（余自湟中往返，并此凡三次。）来朝又入华阴道，饱看霜林几树红。"《果子沟》云："山势嶙峋水势西，过沟百里属伊犁。断桥积雪迷人迹，古涧堆冰碍马蹄。驿骑送迎多旧雨，征衫检点半春泥。数间板阁风灯里，犹有闲情倚醉题。"中丞早岁工诗，后即立功青海、伊犁及天山南北，凡古之月支、鄯善，足迹殆遍。以故以所见闻，彰诸吟咏；宜其沉雄古健，足可上凌七子，下接黄门矣。

中丞诗不专一体，亦有清微委婉，得中唐神味者。如《静坐》云："夕阳留恋最高枝，帘影垂垂小困时。梦里不忘身是客，镜中怕见鬓如丝。黄花秋绽东篱早，紫塞人怜北雁迟。悄蒸一炉香静坐，篆烟缕缕结相思。"《秋宵》云："离怀轻易岂能休？打叠新愁换旧愁。宿酒大都随梦醒，残灯多半为诗留。月扶花影偏怜夜，风得棋声亦带秋。渐觉宵寒禁不起，笑披鹤氅也温柔。"《过华峰题壁》云："主人爱客独超群，小队招邀过渭、汾。三十六峰无所赠，随缘分与一溪云。"《题画》云："谁家亭子碧山巅，白板桥通屋几椽。远树层层山半角，杖藜人立夕阳天。"其他佳句，如："柳围双沼水，花掩一房山。""渡口云连春草碧，波心浪涌夕阳红。"皆可传也。

【注释】　①赓：通"更"，更换。

②秋帆尚书：即毕沅，字纕蘅，一字秋帆，乾隆二十五年（1760）进士，廷试第一，状元及第，授翰林院编修。后官至湖广总督、兵部尚书。

【译文】　古代名臣共事一方，你来我往作诗唱和，最是佳话。唐代白居易太傅作杭州刺史，而当时元稹正在浙东，彼此以诗往来，是升平盛事。近日尚书毕沅总督两湖，恰好蒙古惠椿亭中丞巡抚湖北，两人很合得来。尚书知道我作《诗话》，因此把中丞的诗寄给我看，读后钦佩是作诗名手。仅录他的《过哈密》说："西扼雄关第一区，鞭丝遥指认伊吾。当年雁碛劳戎马，此日人烟入版图。路向车师云黯淡，天连吐谷雪模糊。寒威阵阵催征骑，不问村醪尚有无。"《过潼关》说："百二秦关万古雄，片帆黄水渡西风。马嘶沙岸寒涛外，人倚山城夕照中。眼界一时穷古碛，爪痕三度笑飞鸿。（余自湟中往返，并此凡三次。）来朝又入华阴道，饱看霜林几树红。"《果子沟》说："山势嶙峋水势西，过沟百里属伊犁。断桥积雪迷人迹，古涧堆冰碍马蹄。驿骑送迎多旧雨，征衫检点半春泥。数间板阁风灯里，犹有闲情倚醉题。"中丞幼时擅长作诗，后来青海、伊犁及天山南北在立功，凡是古代月支、鄯善之地，都已走遍。因此把一路见闻都写在诗里，难怪他的诗风沉雄古健，往上足以和建安七子媲美，往下直接延续黄门。

中丞作诗并不局限于一种体裁，也有清微委婉，得中唐神味的。如《静坐》说："夕阳留恋最高枝，帘影垂垂小困时。梦里不忘身是客，镜中怕见鬓如丝。黄花秋绽东篱早，紫塞人怜北雁迟。悄蒸一炉香静坐，篆烟缕缕结相思。"《秋宵》说："离怀轻易岂能休？打叠新愁换旧愁。宿酒大都随梦醒，残灯多半为诗留。月扶花影偏怜夜，风得棋声亦带秋。渐觉宵寒禁不起，笑披鹤氅也温柔。"《过华峰题壁》说："主人爱客独超群，小队招邀过渭、汾。三十六峰无所赠，随缘分与一溪云。"《题画》说："谁家亭子碧山巅，白板桥通屋几椽。远树层层山半角，杖藜人立夕阳天。"其他，如："柳围双沼水，花掩一房山。""渡口云连春草碧，波心浪涌夕阳红。"都是可传颂的好句子。

七

毕尚书宏奖风流，一时学士文人，趋之如鹜。尚书已刻黄仲则等八人诗，号《吴会英才集》。此外，尚有吴下张琦，字映山者，亦在幕中。生平不甚读书，而工作韵语。五言，如

《咏帘》云："西北小红楼，湘帘懒上钩。织成千缕恨，添得一层愁。夜逗玲珑月，风穿琐碎秋。炉香隔不断，偷出画檐浮。"七律，如《登妙高台》云："海门中折大江开，浩浩风涛白雪堆。楼阁自盘飞鸟上，淮、徐争送好山来。千秋吊古空搔首，二月怀人正落梅。满池江湖双白眼，与谁同覆掌中杯？"《夏日感怀》云："笠泽湖边是我家，钓竿鱼艇足生涯。酒泉恋酒不归去，开过几番菡萏花？"和人《寒食忆旧》云："春好因寻方外交，小楼高出万松梢。山童遥指向予笑，开士作家如鸟巢。""六桥春水曲还通，载酒舟行夕照中。指点莺声好楼阁，小桃斜出一枝红。""醉笔灯前杂草行，已闻遥巷一鸡鸣。登床倘有梦归去，好趁半街残月明。"《游霭园》云："峰峦曲折水淙淙，花映藩篱竹映窗。最好小亭东北望，青山缺处露秋江。"五言绝句，《咏温泉》云："欲访阿房迹，平原烟树昏。楚人一炬后，赢得水长温。"

映山弟名瑗，字慕蘧，予于吴门见之①。听其言，令人不衣自暖；诗有家风。《道中》云："人家屈曲居山腹，客骑盘旋走树头。"《舟中》云："远滩沙涨疑分港，顺水帆飞似逆流。"

《应山道中》云："危峰有路人烟少，破庙无门水鸟栖。"《黄鹤楼》云："巴蜀浪喷天欲湿，荆襄云起树全无。"《题高校书小照》云："胭脂山接楚王宫，人好先知境不同。一阁苕苕阑曲曲，春深门闭百花中。"

【注释】 ①吴门：指苏州或苏州一带。

【译文】 毕尚书奖掖风流名士，一时学士文人，趋之如鹜。尚书已刻黄仲则等八人诗，取名《吴会英才集》。此外，还有吴地张琦，字映山，也在尚书幕中。生平不怎么读书，却擅长作韵语。五言律诗，如《咏帘》："西北小红楼，湘帘懒上钩。织成千缕恨，添得一层愁。夜逗玲珑月，风穿琐碎秋。炉香隔不断，偷出画檐浮。"七言律诗，如《登妙高台》云："海门中折大江开，浩浩风涛白雪堆。楼阁自盘飞鸟上，淮、徐争送好山来。千秋吊古空搔首，二月怀人正落梅。满池江湖双白眼，与谁同覆掌中杯？"《夏日感怀》说："笠泽湖边是我家，钓竿鱼艇足生涯。酒泉恋酒不归去，开过几番菡萏花？"和他人的《寒食忆旧》说："春好因寻方外交，小楼高出万松梢。山童遥指向予笑，开士作家如鸟巢。""六桥春水曲还通，载酒舟行夕照中。指点莺声好楼阁，小桃斜出一枝红。""醉笔灯前杂草行，已闻遥巷一鸡鸣。登床倘有梦归去，好趁半街残月明。"《游霭园》说："峰峦曲折水淙淙，花映藩篱竹映窗。最好小亭东北望，青山缺处露秋江。"五言绝句，《咏温泉》说："欲访阿房迹，平原烟树昏。楚人一炬后，赢得水长温。"

映山的弟弟名瑗，字慕蘧，我和他在吴门遇见。他的谈吐，让人觉得很温暖；作诗有家风。《道中》说："人家屈曲居山腹，客骑盘旋走树头。"《舟中》说："远滩沙涨疑分港，顺水帆飞似逆流。"《应山道中》说："危峰有路人烟少，破庙无门水鸟栖。"《黄鹤楼》说："巴蜀浪喷天欲湿，荆襄云起树全无。"《题高校书小照》说："胭脂山接楚王宫，人好先知境不同。一阁岩岩阑曲曲，春深门闭百花中。"

二五

戊申过虞山，竹桥太史荐士六人①。孙子潇《长干里》云："门前春风其来矣，珠箔无人自卷起。"《对酒》云："黄金能买如花人，不能买取花时春。"陈声和《西庄草堂》云："水高帆过当窗影，风起花传隔岸香。"《偶成》云："生怕晓风吹絮落，愿为残烛照花眠。"皆少年未易才也。

【注释】 ①竹桥太史：即吴蔚光，清代学者、文学家、藏书家。字哲甫，号执虚，自号竹桥，别号湖田外史。乾隆四十五年（1780）进士。

【译文】 戊申年我路过虞山，竹桥太史推荐六位贤士。孙子潇《长干里》说："门前春风其来矣，珠箔无人自卷起。"《对酒》说："黄金能买如花人，不能买取花时春。"陈声和《西庄草堂》说："水高帆过当窗影，风起花传隔岸香。"《偶成》说："生怕晓风吹絮落，愿为残烛照花眠。"都是难得的青年才俊啊。

二六

余不耐学词，嫌其必依谱而填故也。然爱

人有佳作。老友何献葵之长郎名承燕者，其《寿内》云："纸阁芦帘偕老，欣欣十载于兹。算百年荏苒，三分去矣；半生辛苦，两个同之。弄杵秋宵，检书寒夜，常伴窗前月半规。惭相对，把青云稳步，望了多时。今宵喜溢双眉，是三十平头设帨期。记去年寿我，一杯新酿；我今寿尔，一曲清词。尔本荆钗，我非纨绔，风味儒家类若斯。还堪笑，笑梅花绕屋，又放枝枝。"《春雨》云："帘外轻寒傍晓多，试问鹦哥，春色如何？为言昨夜雨婆娑，红了庭柯，绿了檐萝。流水茫茫卷逝波，春事蹉跎，花事蹉跎。寻芳休待楚云过，放下香螺，披上烟蓑。"《留须》云："马齿频加，鹏程屡蹶，还容尔面添何物？丈夫欲表必留须，试问那个些儿没？窥镜多惭，染美谁拂？鬑鬑博得罗敷悦。从今但拟学诗人，闲吟便好将他捋。"《咏眼镜》云："非关四十视茫茫，也欲借君光。自从与子，囊中相处，一鉴休亡。谁为白眼谁青眼，相对总无妨。阅人世上，观书灯下，只怕心盲。"《吸烟美人》云："吐纳樱唇，氤氲兰气，玉纤握处堪怜。脂香粉泽，分外觉清妍。岂是阳台行雨，刚来自十二峰边？阑干外，风鬟雾鬓，犹自绕云烟。流连，怎禁得相思暗结，闲闷难捐。算消遣春愁，此最为先。怪底鸳鸯绣倦，停针坐，便尔情牵。恰喜有知心小婢，一笑递婵娟。"《无题》云："遮遮掩掩，心下难抛秋一点。微露鞋尖，妾隔珠帘郎轿帘。帘垂人远，只道西风吹不卷。风更风流，不卷帘儿誓不休。"记黄仲则有《禽言》断句云："谁是哥哥？莫唤生疏客。"尖新至此，令人欲笑。

【译文】　我不喜学词，嫌词必依谱而填的缘故。却喜欢他人的佳作。老友何献葵的大儿子名承燕，作《寿内》说："纸阁芦帘偕老，欣欣十载于兹。算百年荏苒，三分去矣；半生辛苦，两个同之。弄杼秋宵，检书寒夜，常伴窗前月半规。惭相对，把青云稳步，望了多时。今宵喜溢双眉，是三十平头设帨期。记去年寿我，一杯新酿；我今寿尔，一曲清词。尔本荆钗，我非纨绔，风味儒家类若斯。还堪笑，笑梅花绕屋，又放枝枝。"《春雨》说："帘外轻寒傍晓多，试问鹦哥，春色如何？为言昨夜雨婆娑，红了庭柯，绿了檐萝。流水茫茫卷逝波，春事蹉跎，花事蹉跎。寻芳休待楚云过，放下香螺，披上烟蓑。"《留须》说："马齿频加，鹏程屡蹶，还容尔面添何物？丈夫欲表必留须，试问那个些儿没？窥镜多惭，染羹谁拂？鬑鬑博得罗敷悦。从今但拟学诗人，闲吟便好将他捋。"《咏眼镜》云："非关四十视茫茫，也欲借君光。自从与子，囊中相处，一鉴休亡。谁为白眼谁青眼，相对总无妨。阅人世上，观书灯下，只怕心盲。"《吸烟美人》云："吐纳樱唇，氤氲兰气，玉纤握处堪怜。脂香粉泽，分外觉清妍。岂是阳台行雨，刚来自十二峰边？阑干外，风鬓雾鬓，犹自绕云烟。流连，怎禁得相思暗结，闲闷难捐。算消遣春愁，此最为先。怪底鸳鸯绣倦，停针坐，便尔情牵。恰喜有知心小婢，一笑递婵娟。"《无题》云："遮遮掩掩，心下难抛秋一点。微露鞋尖，妾隔珠帘郎轿帘。帘垂人远，只道西风吹不卷。风更风流，不卷帘儿誓不休。"记黄仲则有《禽言》断句说："谁是哥哥？莫唤生疏客。"如此尖刻新奇，令人欲笑。

三十

随园四面无墙，以山势高低，难加砖石故也。每至春秋佳日，士女如云；主人亦听其往来，全无遮拦。惟绿净轩环房二十三间，非相识者，不能遽到。因摘晚唐人诗句作对联云："放鹤去寻三岛客；任人来看四时花。"

【译文】　随园四面无墙，因为山势高低不平，很难堆砌砖石的缘故。每到春秋佳节，贤士秀女如云；主人也任由往来，全无遮拦。只有绿净轩环房二十三间，不是相识的人，不能随意进入。因此摘录晚唐人的诗句作对联说："放鹤去寻三岛客；任人来看四时花。"

四一

壬寅冬，余游雉皋①。何春巢引见其亲家徐湘圃司马。其人吐气如虹，不可一世；家有园亭之胜，招致名姝，宴饮竟夜②。见赠云："一

病经年喜再生，西风吹客过江城。虎溪大笑酬
前愿，雁宕闲游寄远情。荒径漫劳携杖访，倾
心不待整冠迎。夜来天际文星聚，珠玉惊闻掷
地声。""飒飒空林乱叶声，相逢慰我寂寥情。
多邀红袖同行酒，小摘寒蔬为煮羹。对月且拼
三五夜，看花莫问短长更。幽怀万种愁千斛，
不遇先生不肯鸣。"

【注释】 ①雉皋：如皋的别称，如皋为江苏省历史文化名城。
②竟夜：整夜、通宵。

【译文】 壬寅年冬，我到雉皋游玩。何春巢引见他的亲家徐湘圃
司马。这人吐气如虹，不可一世；家中有园亭胜景，又请来名媛美女，
整夜宴饮。赠我诗说："一病经年喜再生，西风吹客过江城。虎溪大笑酬
前愿，雁宕闲游寄远情。荒径漫劳携杖访，倾心不待整冠迎。夜来天际
文星聚，珠玉惊闻掷地声。""飒飒空林乱叶声，相逢慰我寂寥情。多邀
红袖同行酒，小摘寒蔬为煮羹。对月且拼三五夜，看花莫问短长更。幽
怀万种愁千斛，不遇先生不肯鸣。"

卷十二

三

　　有全首在人意中者，门生蔡家璋《舟中》云："孤客心情急去旌，榜人带月趁宵征。去舟时共来舟语，残梦依稀听不明。"汪舟次《田间》云："小妇扶犁大妇耕，陇头一树有啼莺。儿童不解春何在，只向游人多处行。"此种诗，儿童老妪，都能领略。而竟有学富五车者，终身不能道只字也。他如：汤扩祖之"事当失路工成拙，言到乖时是亦非"；方子云之"优孟得时皆贵客，英雄见惯亦常人"；"酒常知节狂言少，心不能清乱梦多"；吴西林之"贫士出门非易事，豪门投刺岂初心"，皆使闻者人人点头。

【译文】　诗有整首都在人意想中的，门生蔡家璋《舟中》说："孤客心情急去旌，榜人带月趁宵征。去舟时共来舟语，残梦依稀听不明。"汪舟次《田间》说："小妇扶犁大妇耕，陇头一树有啼莺。儿童不解春何在，只向游人多处行。"这种诗，儿童老妇，都能领略。而竟有学富五车的人，终身不能写只言片语。其他如：汤扩祖的"事当失路工成拙，言到乖时是亦非"；方子云的"优孟得时皆贵客，英雄见惯亦常人"；"酒常知节狂言少，心不能清乱梦多"；吴西林的"贫士出门非易事，豪门投刺岂初心"，都使听者人人点头。

一三

山阴沈冰壶①，字清玉，有《古调独弹集》。以新乐府论古事，极有见解，如：辨永王璘之非反，李白之受诬，作《夜郎行》；雪李赞皇之非党②，作《崖州行》；笑隋主诛宇文，身死于宇文，作《南氏怨》。以何平叔之不父曹瞒为孝③，不从司马为忠，其粉白不离手之说，即梁冀诬李固之胡粉饰貌也。人言崔浩毁佛遭祸，乃《咏崔浩》云："仙不能救，佛岂能厄？"尤为超脱。

【注释】　①山阴：今浙江绍兴古县名。

②李赞皇：即李德裕，据史载为牛李党争中李党领袖，李吉甫次子。因系赵郡赞皇人，故称李赞皇。

③何平叔：即何晏，字平叔，三国时期曹魏大臣、玄学家。其父早逝，曹操纳其母为妾，何晏被收养。

【译文】　山阴县沈冰壶，字清玉，有《古调独弹集》。用新乐府论古事，极有见解。如辨永王璘并非造反，李白受诬，作《夜郎行》；辨李德裕并非结党，作《崖州行》；笑隋文帝杀宇文氏，最终也被宇文氏所杀，作《南氏怨》。认为何平叔不认曹操作父为孝，不从司马为忠，关于他粉白不离手的传说，正如梁冀诬陷李固粉饰面貌。有人说崔浩毁佛像遭祸，乃咏《崔浩》云："仙不能救，佛岂能厄？"尤其超脱。

二七

余入学，年才十二。龚立夫名本者，亦髫年[1]；同复试时，立夫着绣领红裤，为学使王交河先生所呵。今五十余年矣，老而不遇。有人传其《看庭桂》一首，云："牡蛎墙阴碧藓封，连蜷古干影重重。晓风吹过叶微动，夜雨渍来香更浓。好就曲栏敷坐具，时从幽境策吟筇。天香满院娱清昼，一任泥深断客踪。"

【注释】　①髫年：指幼童时期。

【译文】　我入学时，十二岁。龚立夫，名本，也是少年；一同复试时，立夫穿着绣领红裤，被学使王交河先生呵斥。如今已五十多岁，年事已高又仕途不顺。有人相传他的《看庭桂》一首，说："牡蛎墙阴碧藓封，连蜷古干影重重。晓风吹过叶微动，夜雨渍来香更浓。好就曲栏敷坐具，时从幽境策吟筇。天香满院娱清昼，一任泥深断客踪。"

二八

余泊高邮，邑中诗人孙芳湖、沈少岑、吴

螺峰招游文游台；是东坡、莘老^①、少游、定国四人遗迹。席间沈自诵其《春草》云："山经烧后痕犹浅，雪到消时色已浓。"余甚赏之。屏上有王楼村诗，云："落日倒悬双塔影，晚风吹散万家烟。"真台上光景。螺峰云："楼村以七律一联，受知于宋商邱中丞；遂聘在门墙，列江左十五子中，大魁天下。诗云：'尊中腊酒翻花熟，案上春联带草书。'不过对仗巧耳。前辈之爱才如此。"十五子中，宰相、尚书，不一而足；惟李百药一人以诸生终^②。而诗尤超绝。

【注释】 ①莘老：即孙觉，字莘老，江苏高邮人，北宋文学家。与苏轼、王安石等关系紧密。

②诸生：古代经考试录取而进入各级学校，包括太学学习的生员。

【译文】 我行船高邮，城中诗人孙芳湖、沈少岑、吴螺峰相约游览文游台；是东坡、孙觉、秦观、定国四人遗迹。席间沈自诵其《春草》说："山经烧后痕犹浅，雪到消时色已浓。"我很欣赏。屏风上有王楼村的诗，说："落日倒悬双塔影，晚风吹散万家烟。"真是台上光景。螺峰说："王楼村因一联七律，受到宋商邱中丞的赏识；于是招入幕中，列于江左十五子中，闻名天下。诗说：'尊中腊酒翻花熟，案上春联带草书。'不过对仗巧罢了。前辈爱才如此。"十五子中，宰相、尚书，不一一而论；只有李百药一人临终也还是诸生，但诗作得尤其超绝。

三五

裘文达公日修①，与余同出蒋文恪公门下。己未入都，过阜城，悦女校书采玉②，意殊拳拳。后乞假归觐，余《送行诗》戏云："阜阳女儿名采玉，当筵一曲歌《杨柳》。今日临邛负弩迎，可还杜牧寻春否？③"又十年，余入都补官，裘典试江南，相逢茌平道上④，见赠云："车中遥指影翩翩，忽讶相逢古道边。粗问行藏知大概，谛观颜色胜从前。南来我愧山涛鉴，北去君夸祖逖鞭。后会分明仍有约，归程期在暮春天。"是夜宿旅店，见余壁上有诗，和其后云："漫空飞絮揽春情，十日都无一日晴。水断虹桥迷古渡，云埋雉堞隐孤城。故人已别心犹惜，旧壁来看眼忽明。我正耸肩闲觅句，不劳津吏远相迎。"己卯秋，裘又典试江南，到山中为余诵之。

公出使伊犁，襄赞军事⑤。《在黄制府行台即席有作》云："使相钧衡大将旗，西来宾阁喜追随。谈深席上杯行数，坐久窗间日过迟。任事肩无旁卸处，安边功是已成时。天兵讨叛非

随园诗话

勤远，此意须教万姓知。"又《元旦试笔》云："年年染翰挥毫手，乍喜金鞭控铁骢。"呜呼！以一书生，而能走万里，赞军机，与沈文悫公以诗人而受帝宠者⑥，皆近今所未有。可称吾榜中得人最多，张乖崖不得擅美于前⑦。

【注释】 ①裘文达公：裘曰修，字叔度，一字漫士，清代名臣、文学家。乾隆四年进士，谥文达。

②女校书：本指唐成都名妓薛涛，时人呼为女校书。后世泛指有文才的妓女。

③杜牧寻春：典出《唐阙史》所载《叹花》诗本事，杜牧与妙龄女子有十年之约，逾期再见已嫁作他人妇，《叹花》首句"自恨寻芳到已迟"，故有"杜牧寻春"之说。

④茌平：茌平县，隶属于山东聊城。

⑤襄赞：辅佐帮助。

⑥沈文悫公：即沈德潜，字确士，号归愚，长洲（江苏苏州）人，清代诗人。

⑦张乖崖：即张咏，山东鄄城人。北宋太宗、真宗两朝的名臣，尤以治蜀著称。谥号忠定，亦称张忠定。

【译文】 裘文达公与我同出蒋文恪公门下。己未年进京，路过阜城，爱慕女校书采玉，情意拳拳。后来请假归家省亲，我作《送行》诗调戏说："阜阳女儿名采玉，当筵一曲歌《杨柳》。今日临邛负弩迎，可还杜牧寻春否？"又过十年，我进京补官，裘主持江南科考，在茌平道上相遇。赠我诗说："车中遥指影翩翩，忽讶相逢古道边。粗问行藏知大概，谛观颜色胜从前。南来我愧山涛鉴，北去君夸祖逖鞭。后会分明仍有约，归程期在暮春天。"那夜留宿旅店，见旅店壁上有我题的诗，便紧随其后作诗和云："漫空飞絮揽春情，十日都无一日晴。水断虹桥迷古渡，云埋雉堞隐孤城。故人已别心犹惜，旧壁来看眼忽明。我正耸肩闲觅句，不劳津吏远相迎。"已卯年秋，裘再次主持江南科考，到山中为我吟诗。

公出使伊犁，襄赞军事。《在黄制府行台即席有作》说："使相钧衡大将旗，西来宾阁喜追随。谈深席上杯行数，坐久窗间日过迟。任事肩无旁卸处，安边功是已成时。天兵讨叛非勤远，此意须教万姓知。"又《元旦试笔》说："年年染翰挥毫手，乍喜金鞭控铁骢。"啊！这样一位书生，而能走万里，治理军机，同沈文悫公一样因诗人的身份而受皇上恩宠的，这是近年来所没有的。可以说我吾榜中人才最多，张乖崖不得擅美于前。

四二

同年成卫宗①，宰南安。小婢春桂于后园获石印，文曰"忠孝传家"，成题云："孔龟张鹊难重觏，此石摩挲亦颇宜。愧我平生期许在，尽教世守作良规。"余宰江宁时，聘史苕湄为记室，成识之于署中。后为台湾司马；史馆冯观察家，相见甚欢。秩满将西渡，留别史云："卅年旧雨各西东，忽漫相逢大海中。自是壮怀同作客，不堪衰鬓已成翁。世情转烛贫交久，物态浮云老眼空。他日故园应聚首，一樽相对话松风。"

【注释】　①同年：指古时科举时代同榜录取的人互称同年。

【译文】　同年成卫宗，为南安县令。婢女春桂在后园捡到石印，刻有"忠孝传家"，成题诗说："孔龟张鹊难重觏，此石摩挲亦颇宜。愧我平生期许在，尽教世守作良规。"我做江宁县令时，聘史苕湄为记室，成卫宗在我官府中认识了他。后来成卫宗做了台湾府同知，史苕湄在冯道台家坐馆，两人相见甚欢。后来成卫宗秩满将西渡，作诗告别史说："卅年旧雨各西东，忽漫相逢大海中。自是壮怀同作客，不堪衰鬓已成翁。世情转烛贫交久，物态浮云老眼空。他日故园应聚首，一樽相对话松风。"

五三

谢深甫云①："诗之为道，标举性灵，发舒怀抱，使人易于矜伐。"此言是也。然如杜审言临终谓宋之问曰："不见替人，久压公等。"袁嘏自称己所作诗，"须以大材迳之②，不尔，飞去。"言虽夸，尚有风趣。汉桓帝时，马子侯自谓知音，弹《陌上桑》，左右尽笑，而子侯犹摇头自得。则蚩狞太过矣③。今之未偕竞病而诗狂欲上天者④，毋乃类是？

【注释】　①谢深甫：南宋宰相，字子肃，号东江，台州临海（今属浙江）人。

②迳（zé）：压，榨。

③蚩狞：庸劣；丑恶。

④竞病：押险韵的代称。

【译文】　谢深甫说："作诗的路径，在于标举性灵，抒发怀抱，使人容易自吹自擂。"这话说得有理。然而杜审言临终对宋之问说："不见替人，久压公等。"袁瑴称自己所作的诗，"必须用大材压住，不然，就飞了。"说的虽然夸张，但也风趣。汉桓帝时，马子侯称自己精通音律，弹《陌上桑》，旁人都取笑他，而子侯却摇头自得。这就太庸劣了。如今作诗没有掌握押韵技巧而诗风张狂欲上青天的人，不也是这类吗？

五五

淮南程氏虽业禺荚甚富①，而前后有四诗人：一风衣，名嗣立；一夔州，名鉴；一午桥，名梦星；一鱼门，名晋芳。四人俱与余交，而风衣、夔州，求其诗不得。鱼门虽呼午桥为伯父，意颇轻之。余曰："午桥先生古风力弱，近体风华，不可没也。"如《看花不果》云："蜡屐也思新草色，病醒偏负晓莺声。"《赠僧》云："楼前常设留宾榻，岩下多栽献佛花。"《桐庐》云："百里烟深因近水，一年秋早为多山。"皆佳句也。

【注释】　①禺荚：指盐业；业禺荚，应指从事盐的买卖。

【译文】　淮南程氏是盐商很有钱，前后出了四位诗人：一位号风名晋芳。四人都和我关系很好，而风衣、夔州，我没能得到他们的诗。鱼门虽叫午桥为伯父，却很轻视他。我说："午桥先生虽不擅于古风，但近体诗作得不错，不可辱没。"如《看花不果》说："蜡屐也思新草色，病醒偏负晓莺声。"《赠僧》说："楼前常设留宾榻，岩下多栽献佛花。"《桐庐》说："百里烟深因近水，一年秋早为多山。"都是好句。

六十

郭注《尔雅》："阏逢摄提格，未详。"司马贞《索隐》以《尔雅》为近今所作，所记年名不符古。钟鼎从未有以阏逢摄提纪年者。郑夹漈曰[1]："今人编年，好用《尔雅》，名甲为阏逢，乙为旃蒙，是以一元大武为牛也。夫隐语为眢井逃难之言[2]，岂可施于简编乎?[3]"顾宁人有古人不以甲子纪岁之说[4]，又云："古人不以王父字为字。"按《通志》历举春秋时以王父字为字者八十余条。顾最博雅，竟不曾见过《通志》，何耶?

【注释】　①郑夹漈：即郑樵，字渔仲，宋代史学家、目录学家，世称夹漈先生。

②眢（yuān）井：枯井。

③简编：指史书。

④顾宁人：即顾炎武。

【译文】 郭璞注《尔雅》："阏逢摄提格，未详。"司马贞《索隐》认为《尔雅》为近世所作，所记的年代名不符合古制。钟鼎从没有以阏逢摄提来纪年的。郑樵说："今人编年，喜欢用《尔雅》，称甲是阏逢，乙是旃蒙，于是将一元大武当作牛。其实隐语是瞀井逃难的用语，怎可用于史书记载呢？"顾宁人有古人不用甲子纪岁的说法，又说："古人不以王父为字。"按《通志》历举春秋时以王父字为字的就有八十多条。顾最博雅，竟不曾见过《通志》，为什么呢？

六九

　　郭明府起元，字复堂，闽中孝廉，受业于蔡闻之宗伯。蔡为理学名儒，而郭以任侠闻。蔡有家难，郭为证佐，至受官刑；交臂历指①，口无二辞。后宰盱眙，与余同官。有《客中秋思》一绝云："销魂何处盼仙槎？客鬓逢秋白更加。遥指断桥垂柳岸，前年曾宿那人家。"《赠方南堂》云："一瓢自可轻千乘，三径还堪抵十洲。"《比舍》云："薰衣香出红窗外，斗草声喧绿树边。"其母夫人陈玉瑛，自称左芬侍史。佳句云："欲别难为别，吞声古渡头。妾心如此水，相送下渝州。"

　　【注释】 ①交臂历指：出自《庄子》，指两手反缚、受夹手指的刑罚。

【译文】　知府郭起元，字复堂，福建的举人，蔡闻之宗伯是他的老师。蔡为理学名儒，而郭以任侠闻名。蔡有家难，郭为之证明，受到官刑；交臂历指，绝无二话。后来掌管盱眙县，与我同官。有一首绝句《客中秋思》说："销魂何处盼仙槎？客鬓逢秋白更加。遥指断桥垂柳岸，前年曾宿那人家。"《赠方南堂》说："一瓢自可轻千乘，三径还堪抵十洲。"《比舍》说："薰衣香出红窗外，斗草声喧绿树边。"他的母亲陈玉瑛，自称左芬侍史。佳句如："欲别难为别，吞声古渡头。妾心如此水，相送下渝州。"

八一

前朝说部，有俚语可存者，如：《晓学仙者》云："服药求长生，莫如孤竹子。一食西山薇，万古长不死。"戒溪刻者云[①]："幸门如鼠穴，也须留一个。若皆堵塞之，好处都穿破。"刺暴贵者，《咏鸥吻》云："而今抬在青云上，忘却当年窑内时。"嘲官昏者，《咏伞》云："常时撑向马前去，真个有天没日头。"刺好谮人者，《咏蝉》云："莫倚高枝纵繁响，也应回首顾螳螂。"刺代人劾友者，《咏金》云："黄金自有双南贵，莫与游人作弹丸。"

【注释】　①溪刻：苛刻；刻薄。

【译文】　前朝说部，有可记录的俚语，如：《晓学仙者》说："服药求长生，莫如孤竹子。一食西山薇，万古长不死。"警戒刻薄的人，说："幸门如鼠穴，也须留一个。若皆堵塞之，好处都穿破。"讽刺暴发的人，《咏鸱吻》说："而今抬在青云上，忘却当年窑内时。"嘲笑昏官，《咏伞》说："常时撑向马前去，真个有天没日头。"讽刺喜欢诬陷他人的，《咏蝉》说："莫倚高枝纵繁响，也应回首顾螳螂。"讽刺代他人弹劾友人的，《咏金》说："黄金自有双南贵，莫与游人作弹丸。"

<h1>九七</h1>

游武夷，路过苏岭，见关庙中公卿题句甚多。庄培因太史云："竹林初过雨，僧寺乍生凉。"朱石君侍郎《己亥过》云："山僧谈旧雨，使者阅流星。"《癸卯再过》云："字迹惊分雁，参居竟隔星。"盖第一次与其兄竹君作学使交代[1]，第二次伤竹君之已亡也。秦大士学士题云："幽境爱耽禅悦永，老僧阅尽使星忙。"

【注释】　①学使：即学政。

【译文】　游武夷山，路过苏岭，见关帝庙中有很多公卿题句。庄培因太史说："竹林初过雨，僧寺乍生凉。"朱石君侍郎《己亥过》说："山僧谈旧雨，使者阅流星。"《癸卯再过》说："字迹惊分雁，参居竟隔星。"大约第一次是与其兄竹君作学使交代，第二次是感伤竹君已逝世。秦大士学士题说："幽境爱耽禅悦永，老僧阅尽使星忙。"

<h1>九八</h1>

武夷胜处，以第七曲天游一览亭为最。寺

中揭炼师字子文者，颇能诗，留宿一宵。诵其《自寿》云："病能自药容身健，道不人谈免俗讥。"庭柱有对云："世间有石皆奴仆；天下无山可弟兄。"末署"毛大周题"。

【译文】 武夷山风景最美之处，以第七曲天游一览亭为最。寺中揭炼师字子文，很擅长作诗，留宿寺中一夜。诵其《自寿》说："病能自药容身健，道不人谈免俗讥。"庭柱有对联说："世间有石皆奴仆；天下无山可弟兄。"末尾署名"毛大周题"。

卷十三

一

李穆堂侍郎云①:"凡拾人遗编断句,而代为存之者,比葬暴露之白骨,哺路弃之婴儿,功德更大。"何言之沉痛也! 余不能仿韦庄上表②,追赠诗人十九人。乃录近人中其有才未遇者诗,号《幽光集》,以待付梓。采取未毕,姑先摘数首及佳句,存《诗话》中。归安姚汝金,字念慈,初名世铼,性落拓,冠履欹斜,有南朝张融风味③。《谢吴眉庵少司马荐鸿博启》云:"十年老女,犹画蛾眉;百战将军,空争猿臂。"一时传其工整。《题〈李将军夜逢醉尉图〉》云:"陇西将军雄且武,猿臂闲来聊射虎。良宵与客饮田间,饮罢归遭亭尉侮。将军醉矣尉未醒,宿之亭下良复苦。羸马单车野次偕,昏灯淡月残更吐。是时将军正失官,意岂须臾忘灭虏？暂屈龙沙熊豹姿，试听鹭埃虾蟆鼓。画师摹写如目睹，面带微酣色微怒。古者门官各有司，彼候人兮实主之。夜行必禁犯必罚，由来启闭惟其时。今将军尚不得尔，斯言良是非醉词。觉师文帝奖细柳，此尉应得蒙恩知。或如丙相恕酒失，异日可藉闻边机。请俱一旦快私忿，将军之量宜偏裨。"《看剑》云："齐金楚铁擅名高，碧血模糊旧战袍。不跃不鸣兼不化，问渠何处异铅刀？"念慈受知于鄂文端公。公卒，念慈哭云："未报公恩徒一恸，自怜此泪亦千秋。"在山左时，有讹传其死者。后入都，诸桐屿太史赠诗云："学道终朝银阙去，入都快比玉门还。"念慈答云："欠来一事能逃否，闻到同心自愕然。"

【注释】　①侍郎：官名，清代递升至从二品，与尚书（从一品）同为各部的长官。

②韦庄上表：指天祐四年（907年），韦庄劝王建称帝，任左散骑常侍，判中书门下事，定开国制度，举荐张道古等文人。

③张融：中国南朝齐文学家、书法家，字思光，一名少子。

【译文】　李穆堂侍郎说："凡拾人遗编断句，而代为保存的，比埋葬暴露的白骨，哺育路上遗弃的婴儿，功德更大。"这说得多么沉痛啊！我虽不能仿韦庄向皇上举荐，追赠诗人十九人。于是录近人中怀才不遇的人的诗，取名《幽光集》，等待刊刻。采诗未完，姑且先摘录数首及佳句，存《诗话》中。归安人姚汝金，字念慈，初名世铼，生性落拓，鞋帽穿着随意，有南朝张融的风味。《谢吴眉庵少司马荐鸿博启》说："十年老女，犹画蛾眉；百战将军，空争猿臂。"一时诗坛赞其工整。《题〈李将军夜逢醉尉图〉》说："陇西将军雄且武，猿臂闲来聊射虎。良宵与客饮田间，饮罢归遭亭尉侮。将军醉矣尉未醒，宿之亭下良复苦。羸马单车野次偕，昏灯淡月残更吐。是时将军正失官，意岂须臾忘灭虏？暂屈龙沙熊豹姿，试听鹭埭虾蟆鼓。画师摹写如目睹，面带微酣色微怒。古者门官各有司，彼候人兮实主之。夜行必禁犯必罚，由来启闭惟其时。今将军尚不得尔，斯言良是非醉词。傥师文帝奖细柳，此尉应得蒙恩知。或如丙相恕酒失，异日可藉闻边机。请俱一旦快私忿，将军之量宜偏裨。"《看剑》说："齐金楚铁擅名高，碧血模糊旧战袍。不跃不鸣兼不化，问渠何处异铅刀？"念慈受鄂文端公赏识。公逝世，念慈哭说："未报公恩徒一恸，自怜此泪亦千秋。"在山东时，有人讹传他已经逝世。后来到京城，诸桐屿太史赠诗说："学道终朝银阙去，入都快比玉门还。"念慈答说："欠来一事能逃否，闻到同心自愕然。"

二

　　金陵刘春池，名芳，织造府计吏也①。不戒于火，将龙衣贡物，俱付焚如。赔累后②，既贫且老，而诗兴不衰。如："贫难好客如当日，老觉逢人羡少年。""三间屋仅栖儿女，一领裘还共祖孙。""从古诗惟天籁好，万般事让少年为。"皆佳句也。其《忆半野园旧居》云："半野园堪遂隐沦，山为屏障水为邻。林亭已入天然画，休息难终老去身。乔木昔曾经我种，好花今复为谁春？伤心最是重来燕，不见堂前旧主人。"《吊香橼树》云："自别园林甫二旬，忽枯此树是何因？伊如义不迎新主，我独悲同哭故人。物与情通原有感，木经岁久岂无神？尚须留取根株在，犹望仍回旧日春。"刘以欠帑入狱③，予向尹文端公诵其诗。尹惊其才，即命宽限，一时传为佳话。其子曾，字悔庵，亦好吟诗，不省家事，人目为痴。然得一二句，便写示余。《岁晏》云："檐以低常暖，裘因敝转轻。"见赠云："新稿只呈萧颖士，长裾不谒郑当时。"呜呼！胸襟如此，何得目为痴哉？

春池尚有佳句云："道在己时惟自适，事求人处总难凭。""衰龄转作无家客，多寿还须有福人。""异地几忘身是客，禅门今已熟于家。"

春池富时，有穷胥倚以生活④，后竟负之。故咏《落叶》云："积怨堆愁委地深，西风衰草乱虫吟。此时狼籍无人问，谁记窗前借绿阴。"《雨中海棠》云："黑云若得明朝霁，红雪犹余未放枝。我独笑花花笑我，今年俱未得逢时。"此虽仿罗隐赠妓诗意，而运用恰新。

①计吏：古代州郡掌簿籍并负责上计的官员。

②赔累：因补偿亏损的款项，而使自己受累。

③欠帑：指积欠公款。

④穷胥：贫穷的胥吏。

【译文】　南京的刘春池，名芳，是织造府计吏。不戒备火灾，将龙衣贡物，全烧毁了。欠下巨债后，既贫又老，却诗兴不减。如："贫难好客如当日，老觉逢人羡少年。""三间屋仅栖儿女，一领裘还共祖孙。""从古诗惟天籁好，万般事让少年为。"都是好句子。他的《忆半野园旧居》说："半野园堪遂隐沦，山为屏障水为邻。林亭已入天然画，休息难终老去身。乔木昔曾经我种，好花今复为谁春？伤心最是重来燕，不见堂前旧主人。"《吊香橼树》说："自别园林甫二旬，忽枯此树是何因？伊如义不迎新主，我独悲同哭故人。物与情通原有感，木经岁久岂无神？尚须留取根株在，犹望仍回旧日春。"刘因积欠公款而入狱，我向尹文端公诵其诗。尹很惊讶他的才华，即命宽限，一时传为佳话。他的儿子曾，字悔庵，也好吟诗，不过问家事，人们将他当作痴人。而他有一二句好诗，便写给我看。《岁晏》说："檐以低常暖，裘因敝转轻。"赠我诗说："新稿只呈萧颖士，长裾不谒郑当时。"啊！如此胸襟，怎么能当作痴人呢？

春池还有好句如："道在己时惟自适，事求人处总难凭。""衰龄转作无家客，多寿还须有福人。""异地几忘身是客，禅门今已熟于家。"

春池富裕时，有穷困的小吏倚仗他才得以生活，后来竟背弃了。因此《咏落叶》说："积怨堆愁委地深，西风衰草乱虫吟。此时狼籍无人问，谁记窗前借绿阴。"《雨中海棠》说："黑云若得明朝霁，红雪犹余未放枝。我独笑花花笑我，今年俱未得逢时。"诗意虽是仿罗隐赠妓，而运用却新颖。

八

杭州仲蕴檠，字烛亭，与余同庚。雍正癸丑，两人初学为诗，彼此吟成，便携袖中，冒雨欣赏。后余官白下，而烛亭亦就幕江南，常得把晤①。岁辛卯，相见苏州，怪其消瘦，不类平时壮佼；然意致尚豪，犹令小妻出拜，尚无子。亡何，讣至。记其《长至日饮随园》云："老大空怜役库车，清樽小语过精庐。二千里客易中酒，半百外人无熟书。断雁贴云寒雨后，归鸦拥树晚晴初。今朝罨画轩西醉，觅句差贪一线余。"《莫愁湖》云："晴波嫩柳旧歌台，一眺愁心略小开。湖影淡拖山色去，春烟冷送夕阳来。游丝不绾金跳脱，水调空沉《阿滥堆》②。谁更风流问徐九，销魂无那索茶杯。"《郊行》云："雨霁郊圻笑语哗，裙腰碧过四娘家。游思解渴问荒店，春尚慰人留病花。远寺钟随迟日度，隔江山挟晚青斜。零星落地榆钱好，贱买村醪敌岁华。"他如："月于低处作湖色，山渐暝时生水烟。"皆瘦硬自喜。

【注释】　①把晤：握手晤面。
②《阿滥堆》：唐玄宗所作的曲名。本为鸟名，俗名告天鸟。

【译文】　杭州仲蕴檗，字烛亭，和我同岁。雍正癸丑年，我们两人初学作诗，彼此作成，便放袖中，冒雨相聚互相欣赏。后来我在白下做官，而烛亭也在江南做幕僚，常常可以见面。辛卯年，在苏州相见，看他很消瘦，不像平时强壮；但意致还是很豪爽，命小妻出来相拜，还无子嗣。没多久，竟送来讣告。记得他的《长至日饮随园》说："老大空怜役库车，清樽小语过精庐。二千里客易中酒，半百外人无熟书。断雁贴云寒雨后，归鸦拥树晚晴初。今朝罨画轩西醉，觅句差贪一线余。"《莫愁湖》说："晴波嫩柳旧歌台，一眺愁心略小开。湖影淡拖山色去，春烟冷送夕阳来。游丝不绾金跳脱，水调空沉《阿滥堆》。谁更风流问徐九，销魂无那索茶杯。"《郊行》说："雨霁郊圻笑语哗，裙腰碧过四娘家。游思解渴问荒店，春尚慰人留病花。远寺钟随迟日度，隔江山挟晚青斜。零星落地榆钱好，贱买村醪敌岁华。"其他如："月于低处作湖色，山渐暝时生水烟。"都瘦硬自喜。

九

　　余甲子分校南闱①，题《乐则韶舞》。有一卷云："一人奏瑄而八伯歌风。"爱其文有赋心，荐而未售②。出榜后，遇外监试商宝意先生③，曰："我收卷，见一文绝丽，问之，乃吴梅村先生孙也④。我告之曰：'此文若遇袁太史，必能赏识。'"因诵此二句。予告以果力荐矣，彼此大喜，觉论文有心心相印之奇。未几，吴到沭来谒⑤，貌如美女，年才弱冠，益器重之。癸酉余从秦中归随园，而吴已中经魁⑥，来见，则呕血失音，非复曩时玉貌。予心忧之。赴都会试，竟死场中，年二十七。其时同荐者，有松江廪生陈迈晴⑦，亦奇才也。场后赋百韵诗来谒，惜未存其稿，先吴卒。吴在席上题《盆中飞白竹》云："渭水清风谱，流传有别支。出蓝夸逸品，飞白擅奇姿。名以中郎重，根从子敬移。森然一笔起，暖若八分披。卷叶轻于縠，抽枝弱比丝。映花风独转，拂草露俱垂。细细分龙节，轻轻洗玉肌。生来凤尾贵，不怕雀头痴。影落屏风小，香传荣几迟。恰添承旨石，同上伯英池。专室居何愧？登床赏自奇。地依萧寺好，人在晚晴宜。擢彼东南秀，珍逾十二时。品题无与可，笃好有羲之。北馆承家学，南宫得画师。绿窗窥窈窕，红烛照参差。兰墨传新样，鱼笺写折枝。好将端献笔，追取顺陵碑。"吴讳维鹗，太仓人。佳句尚多，仅录其吉光片羽者，不料其即赴玉楼也。陈生五策，博引群书，两主试愕然不知来历。余尔时年少气盛，语侵主司，以故愈不得售；亦其命运使然耶？有《哀两生》诗，存集中。

【注释】　①南闱：明、清科举考试，称江南乡试为南闱。②售：实现。

③外监试：清代科学考试临场之稽察官，分为内帘监试与外帘监试，负责管理考场事务等。外监试即外帘监试之省称。

④吴梅村：即吴伟业，明末清初诗人，字骏公，号梅村，复社重要成员。

⑤沭：沭阳县，隶属江苏省。

⑥经魁：科举以五经取士，每经各取一名为首，名为经魁。

⑦廪生：明清两代称由公家给以膳食的生员，又称廪膳生。

【译文】　甲子年我负责江南乡试，考题是《乐则韶舞》。有一答卷说："一人奏瑁而八伯歌风。"欣赏此人文章有文采，向朝中推荐却只是没下文。出榜后，遇负责外监的考官商宝意先生，说："我收卷时看见有一篇文章写得绝妙。问何人，原来是吴梅村先生的孙子。我告诉他说：'这篇文章如果遇到袁太史，必能得到赏识。'"便吟诵出上面那两句。我告诉商宝意先生自己已向朝廷力荐，彼此都很高兴，在论文上体会到心心相印的奇迹。不多久，吴到沭阳县来拜访我，见他貌如美女，又才弱冠之年，就更器重他。癸酉年我从陕西归随园，而吴已中经魁；前来相见，却呕血失音，不再是昔日的好容颜。我很心忧。后来吴到京城参加会试，竟死在科考场中，年二十七；与他一起被推荐的，有松江县的廪生陈迈晴，也是奇才。科考结束后作百韵诗来拜访，可惜没有存下他的诗稿，此人比吴先离世。吴在宴席上曾题《盆中飞白竹》说："渭水清风谱，流传有别支。出蓝夸逸品，飞白擅奇姿。名以中郎重，根从子敬移。森然一笔起，暖若八分披。卷叶轻于縠，抽枝弱比丝。映花风独转，拂草露俱垂。细细分龙节，轻轻洗玉肌。生来凤尾贵，不怕雀头痴。影落屏风小，香传荣几迟。恰添承旨石，同上伯英池。专室居何愧？登床赏自奇。地依萧寺好，人在晚晴宜。擢彼东南秀，珍逾十二时。品题无与可，笃好有羲之。北馆承家学，南宫得画师。绿窗窥窈窕，红烛照参差。兰墨传新样，鱼笺写折枝。好将端献笔，追取顺陵碑。"吴讳维鹗，太仓人。平生有很多佳句，我仅记录下他的吉光片羽，不料他却离开人世。陈生的五道论策，博引群书，两位主考官惊讶此乃何人。那时年少气盛，言语上冒犯了主考官，因此更加不被推荐；这也是命运使然吗？有《哀两生》诗，存诗集中。

一一

常州李检讨英①，字芋圃，余甲子科所得士。为人醇古淡泊，一望而知为君子。年老乞归，掌教六安州，过随园，宿十日去，竟永诀矣！卒无子。《归雁》云："清秋雁声落屋檐，春早急去程期严。此邦之人非汝嫌，高飞冥冥去且金。稻粱虽谋退亦恬，江湖暑湿难久淹。吁嗟物性尚避炎！"《春深》云："春深淹久客，门掩即山家。闷遣摊书坐，吟耽倚杖斜。晚风敲径竹，微雨润窗花。不觉苍苔暗，深林已暮鸦。"《僻处》说："僻处无喧器，闲中耐寂寞。一卷味可耽，双屐懒不着。荏苒春将残，东风卷罗幕。庭前碧桃花，迟开亦迟落。"

【注释】 ①检讨：官名。掌修国史，也称翰林院检讨。

【译文】 常州检讨李英，字芋圃，我主持甲子年科考所得的贤士。为人醇古淡泊，一见就知道是位君子。年老乞归，掌管六安州的书院，路过随园，住十日离去，竟然是永别！终无子嗣。《归雁》说："清秋雁声落屋檐，春早急去程期严。此邦之人非汝嫌，高飞冥冥去且金。稻粱虽谋退亦恬，江湖暑湿难久淹。吁嗟物性尚避炎！"《春深》说："春深淹久客，门掩即山家。闷遣摊书坐，吟耽倚杖斜。晚风敲径竹，微雨润窗花。不觉苍苔暗，深林已暮鸦。"《僻处》说："僻处无喧嚣，闲中耐寂寞。一卷味可耽，双屐懒不着。荏苒春将残，东风卷罗幕。庭前碧桃花，迟开亦迟落。"

一九

汤西崖少宰[1]，幼有美人之称。其幼子名学显，戊寅见访，长身玉立，想见少宰风仪。有《慧山》二首云："九峰郁云根，蜿蜒罗青苍。夤缘入幽磴，长史旧草堂。只今法象空，宝幡驯鸽翔。叶落拂床尘，花放见佛光。癯僧不谈禅，哦诗草木香。孤意与俱永，随在如坐忘。""飒洒林风生，寒空弄清樾。山禽隔叶鸣，好音闻不绝。访碣剔烟萝，钗脚半磨灭。蝶老抱秋花，松疏漏凉月。际此孰含毫？秀采芙蓉发。"

【注释】　①少宰：吏部侍郎的别称。

【译文】　汤西崖少宰，年轻时有美人之称。他最小的儿子名学显，戊寅年来拜访我，长得玉树临风，由此可见少宰的风姿。有《慧山》二首说："九峰郁云根，蜿蜒罗青苍。夤缘入幽磴，长史旧草堂。只今法象空，宝幡驯鸽翔。叶落拂床尘，花放见佛光。癯僧不谈禅，哦诗草木香。

孤意与俱永，随在如坐忘。"“飒洒林风生，寒空弄清樾。山禽隔叶鸣，好音闻不绝。访碣剔烟萝，钗脚半磨灭。蝶老抱秋花，松疏漏凉月。际此孰含毫？秀采芙蓉发。"

二十

李啸村最长绝句，人有薄其尖新者；不知温子升云①："文章易作，逋峭难为②。"若啸村者，不愧逋峭矣！其《泰州舟次》云："烟汀月晕影微微，办得宵衣草上飞。垂发女儿知荡桨，不辞风露送人归。"《夜泛红桥》云："天高月上玉绳低，酒碧灯红夹两堤。一串歌喉风动水，轻舟围住画桥西。"《废园》云："谁家亭院自成春，窗有莓苔案有尘。偏是关心邻舍犬，隔墙犹吠折花人。"《青溪》云："粉墙经扫落花尘，一带楼台树影昏。雨细风斜帘未卷，纵无人在亦消魂。"《却人写真》云："有影正嫌无处匿，不才尚觉此身多。"此是啸村最佳诗；而归愚《别裁集》只选《上巳忆白门》一首，云："杨柳晚风深巷酒，桃花春水隔帘人。"不过排凑好看字面，最为下乘。舍性灵而讲风格者，往往舍彼取此。

【注释】 ①温子升：字鹏举，为北魏、东魏时著名文学家。

②遒峭：文章曲折多姿。

【译文】 李啸村最擅长作绝句，世人有的批评他尖深求新；却不知温子升说："文章易作，遒峭难为。"像啸村这样的，不愧遒峭啊！他的《泰州舟次》说："烟汀月晕影微微，办得宵衣草上飞。垂发女儿知荡桨，不辞风露送人归。"《夜泛红桥》说："天高月上玉绳低，酒碧灯红夹两堤。一串歌喉风动水，轻舟围住画桥西。"《废园》说："谁家亭院自成春？窗有莓苔案有尘。偏是关心邻舍犬，隔墙犹吠折花人。"《青溪》说："粉墙经扫落花尘，一带楼台树影昏。雨细风斜帘未卷，纵无人在亦消魂。"《却人写真》说："有影正嫌无处匿，不才尚觉此身多。"这是啸村最好的诗；而沈归愚《别裁集》只选了《上巳忆白门》一首，说："杨柳晚风深巷酒，桃花春水隔帘人。"这不过是凑些好看的字面，最是下乘。不讲性灵而讲风格的人，往往舍彼取此。

二一

白太傅云："有唐衢者爱其诗，亡何唐死；有邓访者爱其诗，亡何邓死。"吾于金陵，得二人焉：一金光国，一高步瀛。诗笔超隽，受业未及三年，俱死。金之诗，惟存《祝寿》数章。高有《未灰稿》二编。《晚春》云："百花开落草芊芊，杰阁层楼白石边。埋没春光全是雨，初长天气却如年。客来未惯惊雏燕，人到无愁爱杜鹃。荣几一灯三径晚，垂帘影里是茶烟。"七绝云："风刀瘦剪绿杨丝，一路芳菲落日时。

山曲不妨随径转，隔云早见酒家旗。""静里消
磨墨数升，封书远问作诗僧。寻君曾到闻钟后，
流水村桥照蟹灯。"佳句云："不是近霜偏爱菊，
要需时日始看梅。""灯非报喜花争结，人惯离
家梦转无。""同人催上马，临水废观鱼。""名
每输王后，嫌终避厉前。"皆有精心结撰，不入
平浅一流。

【译文】　　白居易说：唐衢很欣赏他的诗，可惜后来唐去世了；邓
访也欣赏他的诗，可惜邓也死了。我在金陵，遇到两个人：一是金光国，
一是高步瀛。二人诗笔超隽，可从他们学诗不到三年，也都去世了。金
的诗，只存有《祝寿》数章。高有《未灰稿》二编。《晚春》说："百花
开落草芊芊，杰阁层楼白石边。埋没春光全是雨，初长天气却如年。客
来未惯惊雏燕，人到无愁爱杜鹃。荣几一灯三径晚，垂帘影里是茶烟。"
七言绝句说："风刀瘦剪绿杨丝，一路芳菲落日时。山曲不妨随径转，隔
云早见酒家旗。""静里消磨墨数升，封书远问作诗僧。寻君曾到闻钟
后，流水村桥照蟹灯。"其他佳句如："不是近霜偏爱菊，要需时日始看
梅。""灯非报喜花争结，人惯离家梦转无。""同人催上马，临水废观
鱼。""名每输王后，嫌终避厉前。"都有精心布置的结构，绝非平浅
一类。

二三

　　仪真诸生张日恒，受知梁瑶峰学使，写诗
一册，属尤贡父先容①，将来见余；呼舟未行，

以暴疾亡，年未三十。册书《山中早春》云：
"不知芳信转，但觉鸟声和。倚槛听溪水，纡行
绕竹坡。池香生草细，树暖着花多。雅意春风
惬，还应倒白醝②。"《青山守风》云："野戍依
沙岸，孤帆守客涂。劳心虚怅望，终夜恋菰芦。
江影时明灭，星光乍有无。晓风狂不定，神女
弄波珠。"《江令宅》云："南都多旧第，江令
最知名。长板双桥合，青溪一水迎。仙台回骑
杳，高树晚鸠鸣。怅望城东路，年年春草生。"

【注释】　①先容：事先联络、介绍。
②醝（cuó）：盐。

【译文】　仪真县的儒生张日恒，受梁瑶峰学使知遇，写诗一册，
嘱托尤贡父先来联系，想要见我；招呼了船只还未出行，因突发疾病去
世，还没满三十。诗册中有《山中早春》说："不知芳信转，但觉鸟声
和。倚槛听溪水，纡行绕竹坡。池香生草细，树暖着花多。雅意春风惬，
还应倒白醝。"《青山守风》说："野戍依沙岸，孤帆守客涂。劳心虚怅
望，终夜恋菰芦。江影时明灭，星光乍有无。晓风狂不定，神女弄波
珠。"《江令宅》说："南都多旧第，江令最知名。长板双桥合，青溪一
水迎。仙台回骑杳，高树晚鸠鸣。怅望城东路，年年春草生。"

二四

　　杭州宋笠田明府，名树谷，宰芜湖，有贤
声；罢官再起，补陕西两当县，过随园一宿而

别。闻为甘肃案，谪戍黑龙江，年近七旬，恐今生未必再见。幸抄存其诗。《立秋柬顾孝廉》云："前宵白雨昨清风，烁石炎威转眼空。万窍商声先蟋蟀，一年落叶又梧桐。花开凉夜香偏久，吟入秋来句易工。为报湖头二三子，好修屐展理诗筒。"《独步净业湖》云："风吹堤柳绿斜斜，净业湖波乱似麻。京国清明初断雪，故园二月已飞花。青帘易买三升酒，白乳空思七碗茶。日暮一行飞雁落，知渠曾否过吾家？"《山村小步》云："如此春光不自持，宽鞋短策步来迟。得时花柳有矜色，入画云山无定姿。佳节放闲村学散，丰年预兆老农知。日斜碧水桥头坐，何处铪箫向客吹？[①]"《出京留别》云："六年燕市聚游踪，酒席歌场处处同。一夕西风人去远，便从天上望诸公。"《对月》云："桂花庭院晚风轻，帘卷西窗看月生。只费一钩悬树杪，已教秋思满江城。"《盆梅》云："数枝也复影横斜，惹得羁人乡梦赊。抛却西溪千树雪，瓦盆三尺看梅花。"《山塘闲步》云："疏狂犹记少年时，几处歌场斗雪诗。今日旧游零落尽，酒痕只有故衫知。""似此风光绝可怜，相携朋好踏春烟。怪他杨柳舒青眼，只向长街看少年。"《红花埠题壁》云："六年京国梦江城，此是江南第一程。为算还家多少事，昨宵枕上听三更。"《林处士墓》云："岩居尚恨云常出，世事惟余诗未删。"《僧舍》云："新花倚石俨相待，古佛候门如欲迎。"《近郊小饮》云："风吹池水干何事？人映桃花忆此门。"

笠田诗甚多，子又年幼，虑其散失，故再录其《咏屋上草》云："秋雨积我檐，秋草繁我屋。分行随瓦沟，踞胜等山麓。得天虽有余，资地苦不足。践踏幸免加，滋蔓遂逞欲。率尔占万间，偶然余一角。下止骇飞鸟，仰望馋奔狻。垂垂映垣衣，密密成翠幄。高先偃疾风，柔能格响雹。惯被炊烟遮，不受樵采辱。鸥吻日以藏，龙鳞日以驳。省牵萝补苴，代索绹约束。宁肯事剪除，留作百花褥。"

【注释】 ①饧（xíng）：用麦芽或谷芽熬成的饴糖。饧箫：卖饧者所吹的响器，用以招徕顾客。

【译文】 杭州宋笠田知府，名树谷，治理芜湖，有贤声；罢官后再被起用，补官陕西两当县知县，路过随园住一宿便离开了。后来听说因为甘肃的案子，贬谪黑龙江戍边，年近七旬，恐怕今生将不能再见。幸而抄录下他的诗。《立秋柬顾孝廉》说："前宵白雨昨清风，烁石炎威转眼空。万窍商声先蟋蟀，一年落叶又梧桐。花开凉夜香偏久，吟入秋来句易工。为报湖头二三子，好修游屐理诗筒。"《独步净业湖》说：

"风吹堤柳绿斜斜，净业湖波乱似麻。京国清明初断雪，故园二月已飞花。青帘易买三升酒，白乳空思七碗茶。日暮一行飞雁落，知渠曾否过吾家？"《山村小步》说："如此春光不自持，宽鞋短策步来迟。得时花柳有矜色，入画云山无定姿。佳节放闲村学散，丰年预兆老农知。日斜碧水桥头坐，何处伤箫向客吹？"《出京留别》说："六年燕市聚游踪，酒席歌场处处同。一夕西风人去远，便从天上望诸公。"《对月》说："桂花庭院晚风轻，帘卷西窗看月生。只费一钩悬树杪，已教秋思满江城。"《盆梅》说："数枝也复影横斜，惹得羁人乡梦赊。抛却西溪千树雪，瓦盆三尺看梅花。"《山塘闲步》说："疏狂犹记少年时，几处歌场斗雪诗。今日旧游零落尽，酒痕只有故衫知。""似此风光绝可怜，相携朋好踏春烟。怪他杨柳舒青眼，只向长街看少年。"《红花埠题壁》说："六年京国梦江城，此是江南第一程。为算还家多少事，昨宵枕上听三更。"《林处士墓》说："岩居尚恨云常出，世事惟余诗未删。"《僧舍》说："新花倚石俨相待，古佛候门如欲迎。"《近郊小饮》说："风吹池水干何事？人映桃花忆此门。"

笠田诗很多，孩子又年幼，担心他的诗散失，因此再录他的《咏屋上草》说："秋雨积我檐，秋草繁我屋。分行随瓦沟，踞胜等山麓。得天虽有余，资地苦不足。践踏幸免加，滋蔓遂逞欲。率尔占万间，偶然余一角。下止骇飞鸟，仰望馋奔犊。垂垂映垣衣，密密成翠幄。高先偃疾风，柔能格响雹。惯被炊烟遮，不受樵采辱。鸥吻日以藏，龙鳞日以驳。省牵萝补苴，代索绹约束。宁肯事剪除，留作百花褥。"

二五

孤甥陆建与香亭弟同受诗于余，而建早亡。

余已梓《湄君集》行世矣。其弟炘，年未及冠而夭。《咏小沧浪》云："十里横塘路，船摇明月春。鸳鸯相识否？前度采莲人。"《春暮》云："吟窗昼静独徘徊，绿上疏帘认翠苔。忽见飞花三两片，回风舞过小溪来。"《落花》云："伤春无奈落花红，夹在《离骚》一卷中。葬汝自怜非玉匣，开书到底见春风。"

【译文】　外甥陆建与香亭弟一同跟从我学诗，而陆建去世得早。我已替他刊刻发行《湄君集》。他的弟弟炘，未到弱冠之年也去世了。曾作《咏小沧浪》说："十里横塘路，船摇明月春。鸳鸯相识否？前度采莲人。"《春暮》说："吟窗昼静独徘徊，绿上疏帘认翠苔。忽见飞花三两片，回风舞过小溪来。"《落花》说："伤春无奈落花红，夹在《离骚》一卷中。葬汝自怜非玉匣，开书到底见春风。"

三一

芜湖洪进士銮，以"江山好处浑如梦，一塔秋灯影六朝"句驰名。沈归愚爱其"夕阳无近色，飞鸟有高心"二句。余道不如"窗边落微雪，竹外有斜阳"之自然也。七言云："人居客馆眠常早，家寄空书写最难。"

【译文】　芜湖进士洪銮，因"江山好处浑如梦，一塔秋灯影六朝"句驰名。沈归愚爱其"夕阳无近色，飞鸟有高心"二句。我认为不如"窗边落微雪，竹外有斜阳"更自然。其它七言如："人居客馆眠常早，家寄空书写最难。"

三二

　　壬戌秋，余补官江宁，途逢豫长卿，以弟子礼见。其人修洁自好，以《咏帘波》为戴雪村先生所赏。诗宗温、李。其《秦淮曲》云："灯船歌吹酒船迟，天鼓声闲唱《柘枝》①。石上暗潮呜咽语，无人解拜侍中祠。"可谓曲终奏雅矣。《咏竹床》云："微吟留枕席，残梦入潇湘。"

【注释】　①《柘枝》：唐教坊司曲名，是由西域石国的一种乐舞演变而来，以令曲的形歌柘枝舞。

【译文】　壬戌年秋，我补官江宁，在途中偶遇豫长卿，以弟子礼相见。此人修洁自好，因《咏帘波》而受到戴雪村先生赏识。作诗以温庭筠、李商隐为宗。作《秦淮曲》说："灯船歌吹酒船迟，天鼓声闲唱《柘枝》。石上暗潮呜咽语，无人解拜侍中祠。"称得上是曲终奏雅啊。《咏竹床》说："微吟留枕席，残梦入潇湘。"

三三

　　癸未四月，京口程君梦湘同游焦山，一路

论诗；渠最心折于吾乡樊榭先生，心摹手追，几可抗手。有绝句云："昨宵忘记下帘钩，吹得梅花满竹楼。五夜兰衾清似水，梦凉酒醒雪盈头。"《在随园赏海棠》云："隔着紫玻璃一片，夕阳红得可怜生。"又曰："朦胧月色温馨酒，错认钗钿列两行。"呜呼！有才如此，宰湘阴未二年，以事罢官。《口号》云："舌在犹生路，诗多即宦囊。"甫四十岁而死，惜哉！然《松寥山房集》四卷，颇足不朽。君字荆南，天资绝高，好吟诗，畏作时文。壬午乡试，向家人诡云入闱，乃私匿随园数日，为余斟酌诗集，颇受其益。

【译文】 癸未年四月，京口的程梦湘与我同游焦山，一路论诗；他最佩服与我同乡的厉樊榭先生，心有仰慕便努力模仿，几乎可以乱真。有绝句说："昨宵忘记下帘钩，吹得梅花满竹楼。五夜兰衾清似水，梦凉酒醒雪盈头。"《在随园赏海棠》说："隔着紫玻璃一片，夕阳红得可怜生。"又曰："朦胧月色温馨酒，错认钗钿列两行。"啊！如此有才，治理湘阴没两年，因事被罢官。《口号》说："舌在犹生路，诗多即宦囊。"他刚四十岁就死了，可惜啊！有《松寥山房集》四卷，是足以传世的不朽之作。梦湘字荆南，天资绝高，好吟诗，不喜作八股文。壬午年乡试，向家人谎称已入闱，其实是私藏随园数日，为我斟酌诗集，颇受他的启发。

古名士半从幕府出，而今则读书不成，始习幕，此道渐衰。犹之古称秀才，杨素以为惟周、孔可以当之[1]；非若今之读时文诸生也。康熙、雍正间，督抚俱以千金重礼[2]，厚聘名流。一时如张西清、范履渊、潘荆山、岳水轩等，皆名重一时。范诗最清，无从访觅。只记西清《过浔阳》云："浔阳江上客，一岁两经过。去日梅花好，归时枫叶多。橹声摇夜月，帆影落晴波。为向山僧问，尘容添几何？"

【注释】　①杨素：字处道，隋朝权臣、诗人。
②督抚：总督和巡抚合称督抚，明清两代的地方军政长官。

【译文】　古时名士多半出身幕府，而如今则是读书不成，才入幕府，这种风气渐衰。犹如古时称秀才，杨素认为只有周公、孔子可以当之；并不像今日凡是读时文的儒生都称为秀才。康熙、雍正年间，督抚都以千金重礼，厚聘名流。一时如张西清、范履渊、潘荆山、岳水轩等，都名重一时。范诗最清雅，无从寻访。只记得张西清的《过浔阳》说："浔阳江上客，一岁两经过。去日梅花好，归时枫叶多。橹声摇夜月，帆影落晴波。为向山僧问，尘容添几何？"

五一

海盐马世荣[1]，字焕如，墨林观察之祖，与陆稼书先生交好②。所著诗集，有《白生歌》云："白生者，蛇精也，化美男子，为钱千秋孝廉所狎。孝廉谪戍出塞，白与偕行，情好绸缪。后遇赦归。钱官司李，白以手帕托钱求张真人用印，事破受诛。乃乞钱以玉瓶装其骨，道百年后，可仍还原身。"事甚诡诞。而马乃理学人，非诳语者；惜诗有百韵，不能备录。

【注释】 ①海盐：海盐县，今浙江嘉兴市辖县。

②陆稼书：即陆陇其，原名龙其，因避讳改名陇其，谱名世穗，字稼书，浙江平湖人。

【译文】 海盐的马世荣，字焕如，马墨林观察的先祖，与陆稼书先生交好。所著诗集，有《白生歌》说："白生，是蛇精，化为美男子，与举人钱千秋孝廉关系亲密。举人被贬出塞，白与之同行，感情甚好、如胶似漆。后来得恩赦归乡。钱官任司李，白用手帕嘱托钱求张真人用印，事情败露被诛。于是求钱用玉瓶装其骨灰，说是百年后，仍可以恢复原身。"此事特别诡异荒诞。而马乃理学中人，并非口出诳语的人；可惜诗有百韵，不能全部摘录。

五二

苏州老红豆惠周惕先生有句云①："花浮小盏三投酒，乳拨深炉七品茶。"人疑"七品"当是"七碗"之误。余曰：非也。金人七品官，才许饮茶，事见《金史》。惟"三投酒"未详所出，或是"三辰酒"之讹。先生有《香城驿》一绝云："缦田乘雨破春耕，落日柴车带犊行。绕屋马通高一尺，地名还自号香城。"

【注释】 ①惠周狄（dí）：即惠士奇，字天牧，一字仲孺，晚号半农，人称红豆先生。江苏吴县（今属苏州市）人。清朝翰林、经学家。

【译文】 苏州老红豆惠周狄先生有句诗说："花浮小盏三投酒，乳拨深炉七品茶。"有人怀疑"七品"应该是"七碗"的误写。我说：不是。金人七品官，才允许饮茶，事见《金史》。只有"三投酒"不知道出自何处，也许是"三辰酒"的讹误。先生有绝句《香城驿》说："缦田乘雨破春耕，落日柴车带犊行。绕屋马通高一尺，地名还自号香城。"

六十

余甲子科从沭阳就聘南闱，过燕子矶，见秦秀才大士题诗壁上，有"渔火真疑星倒出，钟声欲共水争流"之句，心甚异之。次年，奉调江宁，秦以弟子礼见。见赠一律，中二联云："门生半为论文至，大吏都邀作赋还。玉麈清谈时善谑，乌纱习气已全删。"予月课多士①，拔其尤者，如车研、宁楷、沈石麟、龚孙枝、朱本楫、陈制锦及秦君等，共二十人，征歌选胜，大会于徐园。有伶人康某为余所赏，秦即席赋诗云："秋云罨历午阴长，舞袖风回桂蕊香。忘是将军门下客，公然仔细看康郎。"一坐为之解颐②。余尤爱其《游秦淮》云："金粉飘零野草新，女墙日夜枕寒津。兴亡莫漫悲前事，淮水而今尚姓秦。"后中状元，官学士。

【注释】　①月课：每月考查、考核。

②解颐：开颜欢笑。

【译文】　甲子年我从沭阳被聘为江南乡试的考官，路过燕子矶，见石壁上有秀才秦大士题的诗，其中有"渔火真疑星倒出，钟声欲共水争流"之句，觉得很特别。第二年，我奉命调往江宁，秦以弟子礼相见。赠我一首律诗，其中两联说："门生半为论文至，大吏都邀作赋还。玉麈清谈时善谑，乌纱习气已全删。"我每月给考查多位士子，选其中优秀的，如车研、宁楷、沈石麟、龚孙枝、朱本楫、陈制锦及秦君等，共二十人，征集诗歌选出最优，聚会就定在徐园。有伶人康某受我赏识，秦在席间赋诗说："秋云罨历午阴长，舞袖风回桂蕊香。忘是将军门下客，公然仔细看康郎。"在座都被他逗乐了。我尤其喜爱他的《游秦淮》说："金粉飘零野草新，女墙日夜枕寒津。兴亡莫漫悲前事，淮水而今尚姓秦。"后来秦君高中状元，官至内阁学士。

六六

丙戌三月，余过京口，宿茅耕亭秀才家。

庭宇幽邃，膳饮精妙，灯下出诗稿见示。余为加墨，记其佳句云："邻船通客语，虚枕纳潮声。""千里月明天不夜，五更风急海初潮。"《官亭道上》一绝云："细道绕平畴，时听农歌起。回头不见人，声在禾麻里。"未数年，秀才入词林。丁酉乡试，作吾乡副主考。

【译文】　丙戌年三月，我路过京口，住在茅耕亭秀才家。庭院幽静，饮食精妙，夜里茅秀才在灯下拿出诗稿给我看。我为他润色修改，记得他的好句子有："邻船通客语，虚枕纳潮声。""千里月明天不夜，五更风急海初潮。"绝句《官亭道上》说："细道绕平畴，时听农歌起。回头不见人，声在禾麻里。"没过几年，秀才入翰林院。丁酉年乡试，是我乡的副主考。

六七

　　淮宁诗人黄浩浩《秋柳》云："小驿孤城风一笛，断桥流水路三叉。"余曰："佳则佳矣，惜其似梅花诗。"有某公《咏梅》云："五尺短墙低有月，一村流水寂无人。"或笑曰："此似偷儿诗。"

【译文】　淮宁诗人黄浩浩《秋柳》说："小驿孤城风一笛，断桥流水路三叉。"我说："好是很好，可惜太像描绘梅花的诗。"有某位先生《咏梅》说："五尺短墙低有月，一村流水寂无人。"有人嘲笑说："这像描写偷儿的诗。"

六九

　　壬寅春，余游西湖，寓漱石居，闲步断桥，遇一少年问路，愁容可掬①。扣其故。曰："我平湖秀才，来游湖上，进钱塘门，行李被窃，无处投宿。"予疑不实。问："既是秀才，可能诗乎？"曰："能。"命咏落花，操笔立就，有句云："入宫自诧连城价，失路偏多绝代人。"余大惊，留宿赠金而别。但记姓郁，忘其名。

【注释】　①可掬：可用手捧住，形容情状明显。

【译文】　壬寅年春，我游西湖，住在漱石居，闲步断桥，遇到一位少年问路，见他满面愁容。问是何缘故。说："我是平湖的秀才，来西湖游玩，经过钱塘门，行李被窃，无处投宿。"我怀疑这不是实话。问："既然是秀才，能作诗吗？"说："能。"就让他咏落花，他一提笔就写好了，有句说："入宫自诧连城价，失路偏多绝代人。"我大惊，留他住下并赠他一些银两就分别了。只记得他姓郁，忘了名。

七一

　　王中丞恕，四川人，号楼山。《过潮州感旧诗》曰："金山遥对凤凰洲，策马崆峒忆旧游。二十七年如昨日，八千里外是并州。空余大树

翻斜日，尚有遗丁说故侯。路过西州秋欲老，
旧参军也雪盈头。"通首唐音。许竹素先生为余
诵之。

【译文】　巡抚王恕，四川人，号楼山。《过潮州感旧》诗说："金
山遥对凤凰洲，策马崆峒忆旧游。二十七年如昨日，八千里外是并州。
空余大树翻斜日，尚有遗丁说故侯。路过西州秋欲老，旧参军也雪盈
头。"通篇是唐诗腔调。许竹素先生为我吟诵。

七三

严冬友曰："凡诗文妙处，全在于空。譬如
一室内，人之所游焉息焉者，皆空处也。若窒
而塞之，虽金玉满堂，而无安放此身处，又安
见富贵之乐耶？钟不空则哑矣，耳不空则聋
矣。"范景文《对床录》云："李义山《人日》
诗，填砌太多，嚼蜡无味。若其他怀古诸作，
排空融化，自出精神。一可以为戒，一可以
为法。"

【译文】　严冬友说："凡是诗文的妙处，全在于空。譬如一室内，
人所游玩的、所休息的地方，都是空旷处。若塞了个满，虽然金玉满堂，
却无安身之处，又哪里见得富贵的乐趣呢？钟如果不中空则哑然失声，
耳朵如果不空则聋啊。"范景文《对床录》说："李商隐的《人日诗》，
填砌太多，读之如同嚼蜡毫无诗味。不像其他怀古诗，辞藻与空灵融通，
自出精神。前者可以为戒，后者可以为法。"

七九

蒋戟门观察招饮，珍馐罗列，忽问余："曾吃我手制豆腐乎？"曰："未也。"公即着犊鼻裙①，亲赴厨下。良久，擎出，果一切盘餐尽废。因求公赐烹饪法。公命向上三揖；如其言，始口授方。归家试作，宾客咸夸。毛俟园广文调余云："珍味群推郇令庖，黎祈尤似易牙调②。谁知解组陶元亮，为此曾经三折腰。"

【注释】 ①犊鼻裙：犊鼻，古代服饰，指围裙，形如犊鼻。
②黎祈：豆腐的别称。

【译文】 观察使蒋戟门招呼宴饮，罗列各种珍馐，忽然问我："曾吃过我的手制豆腐吗？"说："没有。"蒋公立即穿上犊鼻裙，亲自下厨。过许久托盘而出，果然席上一切佳肴都失色。因求蒋公传授烹饪法。公命向上作揖三次；这样做了，才口授秘方。回家后试作，得到宾客一致好评。毛广文调戏我说："珍味群推郇令庖，黎祈尤似易牙调。谁知解组陶元亮，为此曾经三折腰。"

八二

唐太宗云："泥龙竹马，儿童之乐也；翠羽明珠，妇女之乐也。"余亦云："急流勇退，后起有人，士大夫之乐也。"今之人，惟扬州秦西岩先生以观察致仕，子又继入翰林，宜其诗之自然骀宕也①。《南庄题壁》云："郭绕村烟水绕堤，数椽屋可托卑栖。百年老树留花坞，二顷荒田杂菜畦。庾信小园枝下上，王珣别墅涧东西。谁云巢许买山隐，家在城南认旧溪。""策杖登楼眼界宽，邗沟一水迅奔湍。天边漕运梯云上，江外山光带雾看。南北塔高双鹄立，东西桥锁九龙蟠。往来多少风帆急，孤棹何如斗室安？"

【注释】　①骀宕（dài dàng）：也作骀荡，舒缓荡漾的样子。

【译文】　唐太宗说："泥龙竹马，是儿童的乐趣；翠羽明珠，是妇女的乐趣。"我也说："急流勇退，后起有人，是士大夫的乐趣。"今人，只有扬州的秦西岩先生以道员衔辞官，儿子又在他之后进入翰林，他的诗理应做得自然骀宕。《南庄题壁》说："郭绕村烟水绕堤，数椽屋可托卑栖。百年老树留花坞，二顷荒田杂菜畦。庾信小园枝下上，王珣别墅涧东西。谁云巢许买山隐，家在城南认旧溪。""策杖登楼眼界宽，邗沟一水迅奔湍。天边漕运梯云上，江外山光带雾看。南北塔高双鹄立，东西桥锁九龙蟠。往来多少风帆急，孤棹何如斗室安？"

卷十四

一

　　嘉兴江浩然幕游江西①，于市上得一银光笺，楷书云："妾年十五许嫁君，闻说君情若不闻。十七于归见君面，春风乍拂心长恋。为欢半载奈离何，千里江山渺绿波。未成锦字肠先断，零落胭脂泪更多。西江、浙江隔一水，天上银河亦如此。银河犹有渡桥时，奈妾奄奄病将死。伤心未见宁馨育②，仰负高堂愆莫赎。倘蒙垂念旧时情，有妹长成弦可续。君年喜得正英英，莫更蹉跎无所成。无成岂特违亲意，泉下亡人亦不平。要知世事皆前定，明珠一粒遥相赠。非求见物便思人，结缡来世于今定。"后书："政可夫君。康熙癸酉仲夏，垂死妾颜玉敛衽③。"玩此诗，盖有才女子也。第所谓政可者，不知何人。

【注释】　①幕游：旧时称离乡当幕友为"幕游"。

②宁馨：代指小孩子。

③敛衽：女子拜礼。

【译文】　嘉兴的江浩然幕游江西，在市场上见到一张银光笺上用楷书写着："妾年十五许嫁君，闻说君情若不闻。十七于归见君面，春风乍拂心长恋。为欢半载奈离何，千里江山渺绿波。未成锦字肠先断，零落胭脂泪更多。西江、浙江隔一水，天上银河亦如此。银河犹有渡桥时，奈妾奄奄病将死。伤心未见宁馨育，仰负高堂愆莫赎。倘蒙垂念旧时情，有妹长成弦可续。君年喜得正英英，莫更蹉跎无所成。无成岂特违亲意，泉下亡人亦不平。要知世事皆前定，明珠一粒遥相赠。非求见物便思人，结缡来世于今定。"最后写道："政可夫君。康熙癸酉年仲夏，垂死妾颜玉敛衽。"读此诗，料想应该是有才的女子。只是所谓的夫君政可，不知何人。

五

丙辰召试①，有康熙癸巳编修云南张月槎先生，名汉，年七十余，重入词馆。先生以前辈自居，而丙辰翰林欲以同年视之：彼此抵牾。后五十年，余游粤东，饮封川邑宰彭公竹林署中。西席张旭出见②，询知为先生嫡孙，急问先生遗稿，渠仅记《秋夜回文》一首云："烟深卧阁草凝愁，冷梦惊回几树秋。悬壁四山云上下，隔帘一水月沉浮。翩翩影落飞鸿雁，皎皎光寒静斗牛。前路客归萤点点，边城夜火似星流。"余按：回文诗相传始于苏若兰③，其实非也。《文心雕龙》云："回文所兴，道原为始。"傅咸有《回文反复诗》，温太真亦有《回文诗》④：俱在窦滔之前。

【注释】 ①召试：指皇帝召见面试。

②西席：古代以西东分宾主，坐西面东的席位为家塾教师和官僚们的"幕客"，故称"西席"。

③苏若兰：名蕙，字若兰，善作文，今陕西武功县人。

④温太真：即温峤，字泰真，一作太真，东晋名将，司徒温羡之侄。

【译文】 丙辰年召试，有康熙癸巳年授编修的云南人张月槎先生，名汉，七十多岁，再次进入翰林院。先生以前辈自居，而丙辰年的翰林们想以同年对待：互相抵牾。又过了五十年，余去粤东游玩，与封川县令彭竹林在府衙中宴饮。西席张旭出见，询问后才知是张老先生的嫡孙，急问先生遗稿，他仅记得《秋夜回文》一首说："烟深卧阁草凝愁，冷梦惊回几树秋。悬壁四山云上下，隔帘一水月沉浮。翩翩影落飞鸿雁，皎皎光寒静斗牛。前路客归萤点点，边城夜火似星流。"按：相传回文诗始于苏若兰，其实并不是。《文心雕龙》说："回文所兴，道原为始。"傅咸有《回文反复诗》，温太真也有《回文诗》：都在窦滔之前。

九

前明万历五年，常熟赵文毅公劾张江陵，

廷杖谪戍①。其友庶子许国铭兕觥为赠②。盖取神羊一角触邪之义③。后流传数易其主。五世孙王槐探知在山左颜衡斋家，乃制玉觥银船，托宫詹翁覃溪先生作诗，请易之，竟得返璧。一时题咏如云。覃溪作七古一篇，后八句云："颜公奉觥向君笑，赵叟倾心誓相报。觥喜多年逢故人，叟泣还乡告家庙。昔人赠觥事偶然，今日还觥世更传。谱出兕觥新乐府，压倒米家虹玉船。"

【注释】　①廷杖：即是在朝廷上行杖打人。　谪戍：将有罪的人派到远方防守。谪，贬谪。戍，防守。

②庶子，太子东官的属官官名，掌侍从赞相、驳正启奏之职。

兕觥：汉族古代盛酒或饮酒器。

③神羊：獬豸的别称。传说是一种能以其独角辨别邪佞的神兽。

【译文】　明朝万历五年，常熟人赵文毅弹劾张江陵，赵被处以廷杖并贬谪远方戍边。他朋友庶子许国在兕觥上铭文相赠。大概取神羊一角触邪之义。之后在流传过程中多次更换主人。五世孙赵王槐打听得知在山东颜衡斋家，于是制作了玉觥银船，托宫詹翁覃溪先生作诗，请交换，竟然换了回来。一时引得众人题咏。覃溪作七古一篇，后八句说："颜公奉觥向君笑，赵叟倾心誓相报。觥喜多年逢故人，叟泣还乡告家庙。昔人赠觥事偶然，今日还觥世更传。谱出兕觥新乐府，压倒米家虹玉船。"

十

安庆徐兰坡，少年好学，得余断章零句，必手抄之。余游黄山，来舟中诵所作。《夏夜》云："萤火绕篱飞，风轻荷气微。几竿斜竹影，随月上人衣。"《偶成》云："屋边松树经春长，栖鸟不知巢渐高。"《大观亭宴集》云："新旧痕留衣上酒，往来影乱席前船。"又："绿杨深护倚楼人。"七字亦佳。

【译文】　安庆人徐兰坡，年少时好学，得我断章零句，必定抄下来。我游黄山，徐来舟中吟诵他所作的诗。《夏夜》说："萤火绕篱飞，风轻荷气微。几竿斜竹影，随月上人衣。"《偶成》说："屋边松树经春长，栖鸟不知巢渐高。"《大观亭宴集》说："新旧痕留衣上酒，往来影乱席前船。"又："绿杨深护倚楼人。"这七字也很妙。

一一

平湖张香谷与其兄敦坡最友爱。敦坡殁后，香谷逾年亦病；临终，有"清魂同到梅花下"之句。敦坡之子熙河孝廉，继先人之志，墓旁种梅三百树，题云："卜兆经营亲负土[①]，栽花爱护当承欢。"可谓孝矣。熙河爱游山，作《梅花诗话》一百卷，至随园，一宿去。《登峨嵋绝顶见怀》云："峨嵋高绝天，八月雪浩浩。我持谪仙笻，飘然上秋昊。众星向檐低，群峰入望小。佛光日中明，圣灯夜半皎。五色兜罗绵，叠叠岩前绕。苍茫四顾间，忽忆随园老。奇景不共赏，何以惬幽抱？焉得缩地方，与公立云表？"熙河在峨嵋，见神灯佛光，又到净土山下，观小龙在池中，长四寸，五爪，携过雷洞坪便死。佛光飞至台上，掬之，乃木叶一片。

【注释】 ①卜兆：指占卜时甲骨上预示的吉凶方面的信息。

【译文】 平湖人的张香谷，与其兄敦坡关系最好。敦坡去世后，香谷过了一年也生病了；临终，写下"清魂同到梅花下"。敦坡的儿子熙河，继承先人遗志，在墓旁种梅三百株，题诗："卜兆经营亲负土，栽花爱护当承欢。"很有孝心啊。熙河爱游山，作《梅花诗话》一百卷，到随园住一晚便离开了。《登峨嵋绝顶见怀》说："峨嵋高绝天，八月雪浩浩。我持谪仙笻，飘然上秋昊。众星向檐低，群峰入望小。佛光日中明，圣灯夜半皎。五色兜罗绵，叠叠岩前绕。苍茫四顾间，忽忆随园老。奇景不共赏，何以惬幽抱？焉得缩地方，与公立云表？"熙河在峨嵋，见神灯佛光，又到净土山下，看小龙在池中，长四寸，五爪，携带着过雷洞坪便死。佛光飞至台上，一捧，却是一片木叶。

一二

余知江宁时，胡秀才某招饮，席间出乃祖

《甲戌胪唱图》属题，系邗江王云所画^①。卷首何义门云^②："鸿胪三唱名姓香，一龙骧首群龙翔。金吾仗引从天下，长安门外人如堵。方山神秀信有钟，焦夫子后生胡公。江左周星推首冠，意气肯输渴睡汉？"胡公名任舆，字芝山，康熙甲戌状元，未十年而卒。同年高章之哭云："十年不分君终此，累月犹疑死未真。"卷中题者如彭定求、陈恂、杨仲讷，大半追挽之章。余题云："九阙天门荡荡开，先皇亲手策群才。南宫莫讶祥云见，臣自白门江上来。""我亦曾追香案踪，卅科前辈企高风。人间春梦醒何速，未了浮云一梦中。""名园晚到夕阳斜，老树无声覆落花。赢得儿童齐拍手，县官还醉状元家。"此乙丑冬月事也。诗不留稿，丙午闰七夕，重展此卷，为之怃然^③。

【注释】 ①邗江：位于江苏省中部，今为江苏省扬州市下辖区。

②何义门：即何焯，字润千，因早年丧母，改字屺瞻，号义门、无勇、茶仙，晚年多用茶仙，江苏长洲（今苏州）人。

③怃（wǔ）然：怅然失意的样子。

【译文】 余作江宁知县时，秀才胡某请宴饮，席间拿出祖先的《甲戌胪唱图》请各位题诗，是邗江王云所画。卷首何义门说："鸿胪三唱名姓香，一龙骧首群龙翔。金吾仗引从天下，长安门外人如堵。方山神秀信有钟，焦夫子后生胡公。江左周星推首冠，意气肯输渴睡汉？"胡公名任舆，字芝山，康熙甲戌年状元，高中后不到十年便去世了。同年高章之作诗哀悼："十年不分君终此，累月犹疑死未真。"卷中题诗的人如彭定求、陈恂、杨仲讷，多半内容都是追思。我题诗说："九阙天门荡荡开，先皇亲手策群才。南宫莫讶祥云见，臣自白门江上来。""我亦曾追香案踪，卅科前辈企高风。人间春梦醒何速，未了浮云一梦中。""名园晚到夕阳斜，老树无声覆落花。赢得儿童齐拍手，县官还醉状元家。"这是乙丑年冬月的事。没有留下诗稿，丙午年闰七夕，重新展开此卷，有怅然若失之感。

一三

叶书山侍讲①，常为余夸陶京山同年之孙，名涣悦者，英异不群，时才八九岁。稍长，好吟诗，尤好余诗，大半成诵。《偶成》云："午课初完卧短床，立春节过昼微长。高檐向日难留雪，小室藏花易贮香。阶下绿初浮远草，路旁青未上垂杨。呼僮添贮炉中火，午后温馨薄暮凉。"又："人因待月窗常启，书是传诗口不封。"贺余生子云："公有未全天必补，老犹得见子非迟。"俱有剑南风味。惜侍讲先亡，未之见也！

【注释】　①侍讲：官名，清代翰林院及内阁皆设置侍讲，负责整理经籍，勘对公文等事宜。

【译文】　叶书山侍讲，常对我夸同年陶京山的孙子，名涣悦，才八九岁，已特别聪明出众。稍长大，喜欢吟诗，特别喜欢我的诗，大半都能背诵。作《偶成》说："午课初完卧短床，立春节过昼微长。高檐向日难留雪，小室藏花易贮香。阶下绿初浮远草，路旁青未上垂杨。呼僮添贮炉中火，午后温馨薄暮凉。"又："人因待月窗常启，书是传诗口不封。"贺我得子说："公有未全天必补，老犹得见子非迟。"都有陆游的风格。可惜侍讲先去世了，没来及相见！

一四

中州吕公滋①，字树村，宰介休归，因从子仲笃宰上元②，来游白下，见赠云："地兼白下三山胜，诗比黄初七子工。"读三妹集云："鸳鸟飞来因绣好，蠹鱼仙去为香多。"年未老而乞病。有劝其再出者，乃作《老女嫁》云："自制罗纨五色裳，晶帘低卷绣鸳鸯。不如小妹于归日，阿母殷勤为理妆。""检点新妆转自思，于今花样不相宜。嫁衣肥瘦凭谁剪，羞问邻家小女儿。"《戏仲笃》云："怜余增马齿，看尔奏牛刀。"《潼关》云："三峰天外立，一骑雨中行。"

【注释】　①中州：河南的古称。
②上元：自唐朝起是南京下辖县，上元县与江宁县同城而治，

同为南京的附郭县。

【译文】　河南吕公滋，字树村，作介休县令还乡；因从子仲笃为上元县令，便顺道来南京游玩，赠我诗说："地兼白下三山胜，诗比黄初七子工。"《读三妹集》说："鸳鸟飞来因绣好，蠹鱼仙去为香多。"年纪未老而向朝廷请辞。有人劝他复出，于是作《老女嫁》说："自制罗纨五色裳，晶帘低卷绣鸳鸯。不如小妹于归日，阿母殷勤为理妆。""检点新妆转自思，于今花样不相宜。嫁衣肥瘦凭谁剪，羞问邻家小女儿。"《戏仲笃》说："怜余增马齿，看尔奏牛刀。"《潼关》说："三峰天外立，一骑雨中行。"

一六

　　余游武夷，过浦城，遇钮明府之弟阆圃，有诗三册求阅。《七夕》云："黄昏无伴说牵牛，独对江山半壁愁。今夕卢家楼上月，莫愁未必不知愁。"又句云："星沉残月鱼吞饵，月上空廊犬吠花。"皆可诵也。余按宋曾三异云："莫愁乃古男子，神仙隐逸者流，非女子也。楚石城有莫愁石像，男子衣冠。见刘向《列仙传》。"语虽不经，亦可存此一说。犹之龙阳君、郑樱桃，古皆以为女妃：一见《国策》鲍注[①]，一见《十六国春秋》[②]。

【注释】　①鲍注：指南宋鲍彪的《战国策注》。鲍彪，字文虎，号潜翁，南宋高宗建炎二年（1128）进士。

②《十六国春秋》：北魏崔鸿所著，记载东晋同时期北方十六国的纪传体史书。

【译文】　我游武夷山，路过浦城，遇见钮明府的弟弟阆圃，他有三册诗请我翻阅。《七夕》说："黄昏无伴说牵牛，独对江山半壁愁。今夕卢家楼上月，莫愁未必不知愁。"又说："星沉残月鱼吞饵，月上空廊犬吠花。"都写得不错。按，宋代曾三异说："莫愁是古时一位男子，属于神仙隐逸一类，不是女子。楚国石城有莫愁石像，是男子衣冠。事见刘向的《列仙传》。"这话虽没有根据，也可存此一说。就像龙阳君、郑樱桃，古时都以为是女妃，一见《战国策》鲍注，一见《十六国春秋》。

一七

锡山钱秀才泳，字立群，居梅里。丙午腊月七日，张止原居士招游灵岩，与秀才两宿舟中，谈古文金石之学，极渊博。《游西湖》云："十年不识钱塘路，今到翻疑是梦中。恋翠难分南北寺，舟轻易扬往来风。数湾碧水通仙宅，一带苍烟没宋宫。何处吾家表忠观？几回搔首问渔翁。""跃马登山松四围，梵王宫殿郁崔巍。老僧迎客来幽径，少女焚香上翠微。鹫岭楼高沧海阔，冷泉水急湿云飞。何当端坐三生石，说破游人去路非。"是日舟泊木渎鹭飞桥①。秀才往访其友孙镜川。俄而同至舟中，见余即拜，背小仓山房古文，琅琅上口，亦奇士也。

【注释】 ①木渎：位于苏州城西，太湖之滨，是江南著名古镇。

【译文】 锡山秀才钱泳，字立群，居住在梅里。丙午年腊月七日，张止原居士请我同游灵岩，与秀才两人夜宿舟中，听他谈论古文金石，学识很渊博。钱作《游西湖》说："十年不识钱塘路，今到翻疑是梦中。峦翠难分南北寺，舟轻易扬往来风。数湾碧水通仙宅，一带苍烟没宋宫。何处吾家表忠观？几回搔首问渔翁。""跃马登山松四围，梵王宫殿郁崔巍。老僧迎客来幽径，少女焚香上翠微。鹫岭楼高沧海阔，冷泉水急湿云飞。何当端坐三生石，说破游人去路非。"那日船停靠在木渎的鹭飞桥。秀才前去拜访他的朋友孙镜川。不多久同来舟中，见我则作揖，背《小仓山房古文》，琅琅上口，也是奇士。

一八

新安王氏，一家能诗。莳亭《李夫人歌》曰："生能一顾留君心，死不肯一顾留君忆。乃知结君自有术，擅宠非徒在颜色。君不见，生长门，死钩弋！"其兄于庭比部①，不轻作诗，而多佳句。《病起》云："修竹似怜人病起，青青垂叶不摇风。"《示儿》云："寸阴劝汝须知惜，到底秋花总让春。"其子名养中者，《醉归》云："不是老奴扶住好，模糊几打别人门。"《咏虾》云："须鬐似戟双睛瞪，失水蛟龙见亦惊。"其弟孔祥，年十七，亦有句云：
"见月忙将蒲扇掩，怕教花影上身来。"

【注释】　①比部：明清时为刑部司官的通称。

【译文】　新安县的王氏，一家人都擅长作诗。莳亭的《李夫人歌》说："生能一顾留君心，死不肯一顾留君忆。乃知结君自有术，擅宠非徒在颜色。君不见，生长门，死钩弋!"其兄于庭为刑部司官，不轻易作诗，但颇多佳句。《病起》说："修竹似怜人病起，青青垂叶不摇风。"《示儿》说："寸阴劝汝须知惜，到底秋花总让春。"他的儿子名养中，《醉归》说："不是老奴扶住好，模糊几打别人门。"《咏虾》说："须髯似戟双睛睁，失水蛟龙见亦惊。"他的弟弟孔祥，十七岁，也有好句如："见月忙将蒲扇掩，怕教花影上身来。"

二九

雍正乙卯春，余年二十，与周兰坡先生同试博学鸿词于杭州制府①。其时主试者：总督程公元章，学使帅公念祖。诗题是《春雪十二韵》，因试日下雪故也。先生有句云："堆从梨蕊销难辨，迸入梅花认亦稀。"今乾隆戊申矣，其孙云翮为上海令，招余入署，谋刻先生诗集，因得重读一过。追忆五十四年前同试光景，宛然在目。

【注释】　①制府：总督府衙门，掌军务。

【译文】　雍正乙卯年春，我二十岁，与周兰坡先生一同在杭州总督府应博学鸿词科考试。当时的主考官是：总督程元章先生，学使帅念祖先生。诗题是《春雪十二韵》，因考试当日下雪的缘故。兰坡先生有句诗说："堆从梨蕊销难辨，迸入梅花认亦稀。"如今已是乾隆戊申年，他的孙子云翮已是上海县令，请我到府上，谋划刊刻先生的诗集，因此有机会重读兰坡先生旧诗。追忆五十四年前一同考试的光景，宛然在目。

四四

蒲城雷国楫，字松舟，撰《龙山诗话》二卷，官松江丞；有"云行花荡水，风动草浮山"之句。彭芝亭先生赠以诗云："官阁哦诗思不群①，一编风雅抗吾军。情亲吴会山间友，身带函关马上云。吊古频怀杨伯起，论诗应继杜司勋。箧中剑气双龙跃，那向江头看夕曛②。"

【注释】 ①哦诗：指吟诗。宋人郑刚中《哦诗》有"怕醉还思醉，哦诗未得诗"句。

②夕曛：落日的余晖。

【译文】 蒲城人雷国楫，字松舟，撰《龙山诗话》两卷，为松江县丞；诗中有"云行花荡水，风动草浮山"之句。彭芝亭先生赠诗说："官阁哦诗思不群，一编风雅抗吾军。情亲吴会山间友，身带函关马上云。吊古频怀杨伯起，论诗应继杜司勋。箧中剑气双龙跃，那向江头看夕曛。"

四五

凡诗带桀骜之气，其人必非良士。张元《咏雪》云："战罢玉龙三百万，败鳞残甲满天飞。"《咏鹰》云："有心待捉月中兔，更向白云高处飞。"韩、范为经略①，嫌其投诗自媒，弃而不用。张乃投元昊②，为中国患。后岳武穆驻兵之所③，江禁甚严④。有毛国英者，投诗云："铁锁沉沉截碧江，风旗猎猎驻危樯。禹门纵使高千尺，放过蛟龙也不妨。"岳公笑曰："此张元辈也。"速召见，以礼接之。

【注释】 ①经略：即经略使，宋时掌管抚绥边境、督视军旅之事，权力很重，是边防要地的军政长官。韩指韩琦，范指范仲淹。

②元昊：全名李元昊，西夏的开国皇帝。

③岳武穆：即岳飞，南宋抗金名将，追谥武穆。

④江禁：指江上封锁，禁止通行。

【译文】 凡是诗带有桀骜之气的，此人必非良士。张元作《咏雪》说："战罢玉龙三百万，败鳞残甲满天飞。"《咏鹰》云："有心待捉月中兔，更向白云高处飞。"韩琦、范仲淹为经略使，嫌他投诗自荐，弃而不用。张于是投靠了李元昊，成为中国的祸患。后来，岳飞将军驻兵之所，江禁很严。有叫毛国英的，投诗说："铁锁沉沉截碧江，风旗猎猎驻危樯。禹门纵使高千尺，放过蛟龙也不妨。"岳公笑着说："这就是张元一类。"火速召见，以礼相待。

四七

游山诗贵写得出。陶庭珍《盘豆驿》云："丛山如破衣，人似虱缘缝。盘旋一线中，欲速不得纵。"沈石田《天平山》云："登临风扶身，谈笑云入口。直上忽左旋，方塞复旁剖。"洪稚存《林屋洞》云："盘涡既深入，覆釜不获仰。微白怵来踪，扪黑撼虚象。凭湍同矢注①，转径识蛇枉。不惜口耳濡，惊此腹背响。"梅岑《极乐峰》云："碎石随足动，危径不容步。支筇愁孤撑②，扪葛等悬度③。欲止势难留，将前意终怖。"万柘坡《盘山》云："青山喜客来，马首相拱揖。中峰极云深，旁岭俨鱼立。行人踏树梢，飞鸟触屐齿。后来用尾衔，先到试足揣。"宗介帆《磨盘山》云："分明寻丈恰隔里，指点平夷偏落陡。东西俄转望若失，呼应已逼待还久。中央簇簇攒牛宫④，四角层层布鱼笥⑤。更疑去路即来处，几讶迷途欲退走。入世敢云肱折三，立峰顿觉肠回九。"沈树本《磨盘山》云："回顾不见入山处，此身已在盘中住。百千旋折眼生花，三五回环神失据。才

思左往复右行，正欲仰登先俯注。坡平幸获寻
丈宽，径仄只留分寸度。鞭丝帽影蚁悬窗，马
足车轮蛇绕树。乍阴乍阳日向背，在前在后风
来去。山远不逾三十里，山高不越万余步。从
卯到酉历未穷，自壮至老陟犹误。"

【注释】　①矢：箭。

②支筇：指拄着拐杖。筇，古书上说的一种竹子，可以做手杖。

③扪葛：指攀着葛藤。葛，多年生草本植物，泛指可供扶手攀
援的植物。

④牛宫：牛栏。

⑤笱（gǒu）：指渔具。编竹成篓，口有向内翻的竹片，鱼入篓
不易出。

【译文】　游山诗贵在写得出山的情状来。陶庭珍《盘豆驿》说：
"丛山如破衣，人似虮缘缝。盘旋一线中，欲速不得纵。"沈石田《天平
山》说："登临风扶身，谈笑云入口。直上忽左旋，方塞复旁剖。"洪稚
存《林屋洞》说："盘涡既深入，覆釜不获仰。微白怵来踪，扪黑撼虚
象。凭湍同矢注，转径识蛇枉。不惜口耳濡，惊此腹背响。"梅岑《极乐
峰》说："碎石随足动，危径不容步。支筇愁孤撑，扪葛等悬度。欲止势
难留，将前意终怖。"万柘坡《盘山》说："青山喜客来，马首相拱揖。
中峰极云深，旁岭俨鱼立。行人踏树梢，飞鸟触屐齿。后来用尾衔，先
到试足揣。"宗介帆《磨盘山》说："分明寻丈恰隔里，指点平夷偏落
陂。东西俄转望若失，呼应已逼待还久。中央簇簇攒牛宫，四角层层布
鱼笱。更疑去路即来处，几讶迷途欲退走。入世敢云肱折三，立峰顿觉
肠回九。"沈树本《磨盘山》说："回顾不见入山处，此身已在盘中住。
百千旋折眼生花，三五回环神失据。才思左往复右行，正欲仰登先俯注。

坡平幸获寻丈宽，径仄只留分寸度。鞭丝帽影蚁悬窗，马足车轮蛇绕树。乍阴乍阳日向背，在前在后风来去。山远不逾三十里，山高不越万余步。从卯到酉历未穷，自壮至老陟犹误。"

五七

诗人笔太豪健，往往短于言情；好征典者，病亦相同。即如悼亡诗，必缠绵婉转，方称合作。东坡之哭朝云，味同嚼蜡：笔能刚而不能柔故也。阮亭之《悼亡妻》①，浮言满纸，词太文而意转隐故也。近时杭董浦太史《悼亡妾》诗，远不如樊榭先生。今摘数首为比例。厉《哭月上》云："一场短梦七年过，往事分明触绪多。搦管自称诗弟子，散花相伴病维摩。半屏凉影颓低鬓，三径春风曳薄罗。今日书堂觅行迹，不禁双鬓为伊皤②。""无端风信到梅边，谁道蛾眉不复全。双桨来时人似玉，一衾去后月如烟。第三自比清溪妹，最小相逢白石仙。十二碧栏重倚遍，那堪肠断数华年！""病来倚枕坐秋宵，听彻江城漏点遥。薄命已知因药误，残妆不惜带愁描。闷凭盲女弹词话，危托尼姆祝梦妖③。几度气丝先诀别，泪痕兼雨洒芭蕉。""郎主年年耐薄游，片帆望尽海西头。将归预想迎门笑，欲别俄成满镜愁。消渴频烦供茗碗，怕寒重与理薰篝。春来憔悴看如此，一卧枫根尚忆否？"廖古檀《悼亡》云："合欢花瓣委轻尘，风雨边城不见春。若忆小窗扶病起，脂残粉褪写遗真。"商宝意《哭环娘》云："待年略住娉婷市，却聘曾嫌富贵家。""还余清净三生体，欠汝滂沱泪数行。"宝山黄燮鼎《悼亡》云："无多奠酒谙卿量，未就埋香谅我贫。"皆言情绝调。

董浦先生诗④，以《岭南集》为生平极盛之作。《题陈元孝遗像》云："南村晋处士，汐社宋遗民。湖海归来客，乾坤定后身。竹堂吟莫雨，山鬼哭萧晨。莫向崖门去，霜风正扑人。""秋井苔花渍，荒庐蜃气蒸。飞潜两难问，忧患况相仍。拄策非关老，裁衣只学僧。凄凉怀古意，岂是屈、梁能？""巢覆仍完卵，皇天本至公。《蓼莪》篇久废，薇蕨采应空。劫已归龙汉，家犹祭鬼雄。等身遗著在，泉下告而翁。""袁粲能无传？嵇康亦有儿。古人谁汝匹？信史岂吾欺！寂寞徒看画，苍凉只益诗。怀贤兼论世，凄绝卷还时。"此种诗，悲凉雄壮，恐又非樊榭、宝意所能矣。

【注释】 ①阮亭：即王士禛，字子真，一字贻上，号阮亭，又号渔洋山人。顺治十二年己未（1655）进士。

②皤（pó）：白色。

③妞（gān）：妞母，指能说会道的婆子。

④董浦先生：即杭世骏，字大宗，号董浦，仁和（今浙江杭州）人。乾隆元年（1736）举鸿博，授编修，官御史。

【译文】 诗人笔力太豪健，往往不善于言情；好用典故的，也有相同的弊病。就如悼亡诗，须要缠绵婉转，才能称为适宜。苏东坡哭朝云，读之味同嚼蜡：这就是诗笔能刚而不能柔的缘故。阮亭的《悼亡妻》，满纸空言，文辞太雅而诗意变得隐晦的缘故。近世杭董浦太史的《悼亡妾》诗，远不如樊榭先生。今摘数首作为例子。厉樊榭的《哭月上》说："一场短梦七年过，往事分明触绪多。搁管自称诗弟子，散花相伴病维摩。半屏凉影颓低鬐，三径春风曳薄罗。今日书堂觅行迹，不禁双鬓为伊皤。""无端风信到梅边，谁道蛾眉不复全。双桨来时人似玉，一夜去后月如烟。第三自比清溪妹，最小相逢白石仙。十二碧栏重倚遍，那堪肠断数华年！""病来倚枕坐秋宵，听彻江城漏点遥。薄命已知因药误，残妆不惜带愁描。闷凭盲女弹词话，危托尼妞祝梦妖。几度气丝先诀别，泪痕兼雨洒芭蕉。""郎主年年耐薄游，片帆望尽海西头。将归预想迎门笑，欲别俄成满镜愁。消渴频烦供茗碗，怕寒重与理薰篝。春来憔悴看如此，一卧枫根尚忆否？"廖古檀《悼亡》说："合欢花瓣委轻尘，风雨边城不见春。若忆小窗扶病起，脂残粉褪写遗真。"商宝意《哭环娘》说："待年略住娉婷市，却聘曾嫌富贵家。""还余清净三生体，欠汝滂沱泪数行。"宝山的黄燮鼎《悼亡》说："无多奠酒谙卿量，未就埋香谅我贫。"都是言情的绝妙好诗。

董浦先生的诗，以《岭南集》为生平最好的作品。《题陈元孝遗像》

说："南村晋处士，汐社宋遗民。湖海归来客，乾坤定后身。竹堂吟暮雨，山鬼哭萧晨。莫向崖门去，霜风正扑人。""秋井苔花渍，荒庐蜃气蒸。飞潜两难问，忧患况相仍。拄策非关老，裁衣只学僧。凄凉怀古意，岂是屈、梁能？""巢覆仍完卵，皇天本至公。《蓼莪》篇久废，薇蕨采应空。劫已归龙汉，家犹祭鬼雄。等身遗著在，泉下告而翁。""袁粲能无传？嵇康亦有儿。古人谁汝匹？信史岂吾欺！寂寞徒看画，苍凉只益诗。怀贤兼论世，凄绝卷还时。"这类诗，悲凉雄壮，恐怕又是厉樊榭、商宝意所不能作的。

六八

　　尹氏昆季皆能诗①，而推三郎两峰为最。一日文端公退朝，召两峰曰："今日我惫矣。皇上命和《春雨诗》，我不及作，汝速拟一稿，我明早要带去。"两峰构成送上，公已酣寝。黎明公盛服将朝，诸公子侍立阶下，两峰惴惴②，虑有嗔喝③。忽见公向之拱手，曰："拜服！拜服！不料汝诗大好。"回头呼婢曰："速煨我所吃莲子，与三哥儿吃。"两峰大喜过望。四公子树斋笑曰："我今日却又得一诗题。"诸公子问何题。曰："《见人吃莲子有感》。"两峰名庆玉。

【注释】　①昆季：兄弟。长为昆，幼为季。
②惴惴：戒慎畏惧的样子。
③嗔：怒，生气。

【译文】　尹氏兄弟几人都擅长作诗，而推三郎两峰为最。一日，文端公退朝，召两峰说："今日我太疲惫了。皇上命和《春雨诗》，我来不及作，你迅速写一稿，我明早要带去。"两峰写成送上，公已就寝。黎明时公盛服将去上朝，诸位公子侍立阶下，两峰惴惴，怕有怒喝。忽见公向他拱手作揖，说："拜服！拜服！不料你的诗作得这么好。"回头对婢女说："快将我吃的莲子煨热，送给三哥儿吃。"两峰大喜过望。四公子树斋笑着说："我今日却又得一诗题。"诸公子问何题。说："《见人吃莲子有感》。"两峰名庆玉。

七十

余游天台诸寺，僧多撞钟鼓，请余礼佛。余不耐烦，书扇示之云："逢僧我必揖，见佛我不拜。拜佛佛无知，揖僧僧现在。"王梦楼见之，笑曰："君不好佛，而所言往往有佛意。"陈梅岑《赠朱竹君》云："游山灵运常携客，辟佛昌黎也爱僧。"

【译文】　我游天台山众寺，寺里僧人都要撞钟鼓，请我礼佛。我不耐烦，在扇面写诗给他们看，说："逢僧我必揖，见佛我不拜。拜佛佛无知，揖僧僧现在。"王梦楼见了，笑说："君不好佛，而所言往往有佛意。"陈梅岑《赠朱竹君》说："游山灵运常携客，辟佛昌黎也爱僧。"

八九

人必先有芬芳悱恻之怀，而后有沉郁顿挫

之作。人但知杜少陵每饭不忘君；而不知其于友朋、弟妹、夫妻、儿女间，何在不一往情深耶？观其冒不韪以救房公①，感一宿而颂孙宰②，要郑虔于泉路③，招李白于匡山④；此种风义，"可以兴，可以观"矣。后人无杜之性情，学杜之风格，抑末也⑤！蒋心余读陈梅岑诗，赠云："一代高才有情者，继袁夫子是陈君。"

【注释】 ①救房公：指肃宗时，杜甫上疏救房琯一事。

②颂孙宰：指杜甫携全家避难，路遇孙宰施以援手，杜甫因此作《彭衙行》。

③要郑虔于泉路：指郑虔被贬，杜甫作《送郑十八虔贬台州司户》送别，有句"便与先生应永诀，九重泉路尽交期"。

④招李白：指杜甫作《不见》表达了对李白的理解、同情与思念，其中有句"匡山读书处，头白好归来"。

⑤末：末事，指最粗浅的事。

【译文】 人必先有芬芳悱恻的情怀，而后才有沉郁顿挫的作品。世人只知道杜少陵每餐不忘君；而不知他对于友朋、弟妹、夫妻、儿女，又何尝不是一往情深？看他冒天下之大不韪救房琯，感恩收留一宿而作诗颂孙宰，与好友郑虔相约于黄泉路，招李白于匡山读书处；这种肝胆仗义，"可以兴，可以观"啊。后人没有杜的性情，学杜的风格，不外乎舍本逐末啊！蒋心余读陈梅岑的诗，赠诗说："一代高才有情者，继袁夫子是陈君。"

九一

　　彭尺木进士，为大司马芝亭先生之子①。生长华腴②，而湛深禅理；中年即茹素，与夫人别屋而居。每朔望，则相勖曰③："大家努力修行。"彼此一见而已。后闭关西湖，恰不废吟咏。尝作《钱塘旅舍杂句》云："处士当年百不营，偏于梅鹤剧多情。梅枯鹤去人何在，冷彻孤亭月四更。""结跏终夕复终朝，眼底空华瞥地消。尚有闲情消不得，起寻松子当香烧。""酸蕴薄粥少人陪，雪霁南窗昼懒开。不是一枝梅破萼，阿谁与我报春回？"《病起》云："帘深蝇自进，花尽蝶无营。"皆见道之言，不着人间烟火。

【注释】　①大司马：明清兵部尚书的别称。

②华腴：衣食丰美，指生活条件富足。

③勖：勉励。

【译文】　彭尺木进士，是兵部尚书芝亭先生的儿子。从小生活富足，而精通于禅理；中年即吃素，与夫人分室而居。每初一、十五，就劝勉："大家努力修行。"我与他只见过一次而已。后来他在西湖闭关，也不忘作诗吟咏。曾作《钱塘旅舍杂句》说："处士当年百不营，偏于梅鹤剧多情。梅枯鹤去人何在，冷彻孤亭月四更。""结跏终夕复终朝，

国学经典丛书第二辑

眼底空华瞥地消。尚有闲情消不得，起寻松子当香烧。""酸蕴薄粥少人陪，雪霁南窗昼懒开。不是一枝梅破萼，阿谁与我报春回?"《病起》说："帘深蝇自进，花尽蝶无营。"都是悟道之言，不着人间烟火。

九二

　　龙铎，字震升，号雨樵，宛平己卯举人[①]。十二岁时，杭州老宿朱桂亭先生命即席赋瓜子皮[②]。应声曰："玉芽已褪空余壳，纤手初抛乍有声。莫道东陵无托意，中间黑白尽分明。"朱叹曰："此子将来必以诗名。"《观鱼》云："子不知鱼乐，君其问水滨。"《题画》云："乱泉寻石窦，归雾断山腰。"《赠友》云："篷转三年雨，兰言一夕秋。"皆少作也。后宰吴江。余扫墓杭州，必过其署。美膳横列，如入护世城中[③]；豪气飞腾，胜坐元龙床上[④]；洵风尘中一奇士也。

【注释】　①宛平：宛平县，原县衙在北京城内鼓楼附近。辛亥革命后，宛平县划归河北省。

　　②老宿：年老而资深的人。

　　③护世城：佛教语，见段成式《酉阳杂俎·贝编》"其雨，兜率天上雨摩尼，护世城雨美膳。"

　　④元龙：即陈登，字元龙，豪气干云，性情耿介，曾轻待只顾

求田问啥的陈登许汜，使之睡小床，自己上大床睡。"坐元龙床上"借指受人看重，事见《三国志·陈登传》。

【译文】　龙铎，字震升，号雨樵，宛平县己卯年的举人。十二岁时，杭州老宿朱桂亭先生命他即席作诗赋瓜子皮。应声便说："玉芽已褪空余壳，纤手初抛乍有声。莫道东陵无托意，中间黑白尽分明。"朱先生感慨说："这小子将来必以诗闻名。"《观鱼》说："子不知鱼乐，君其问水滨。"《题画》说："乱泉寻石窦，归雾断山腰。"《赠友》说："篷转三年雨，兰言一夕秋。"都是年少时的作品。后来他作吴江县令。我回杭州扫墓，必经过他的官署。（每次相见）陈列各色美食，如入护世城中；豪气飞腾，胜过当年陈登；真是风尘中的一位奇士。

九四

康熙间，汪东山先生绎，精星学。桐城吴贡生某以女命与算。汪云："此一品夫人命也；但必须作妾。"吴愕然怒，以为轻己。汪说："我早知君之必怒也。然君不信我言，请待我某科中状元时，君方信我。"及期，果中状元。吴再问汪。汪曰："勿急。待我再算郎君命中有一品者而后许之。"半年后，走告吴曰："桐城张相国之子名廷玉者，将来官一品。现在觅妾。君何不以女归之？"吴从之。遂生若霭、若澄，受两重诰封①。汪题其灯笼曰："候中状元某。"人多笑之。在京师与方灵皋、蒋南沙、汤西崖齐名。三人皆疏放，而方独迂谨，时相抵牾。堂上挂沈石田芭蕉一幅，所狎二美伶来，错呼白菜；人因以"双白菜"呼之。方大加规谏。先生厌之，乃署其门曰："候中状元汪，谕灵皋，免赐光。庶几南蒋，或者西汤。晦明风雨时来往，又何妨。双双白菜，终日到书堂。"先生自知不寿，《自赠》云："生计未谋千亩竹，浮生只办十年官。"又尝望岱云："闲云莫恋山头住，四海苍生正望君。"

【注释】 ①诰封：即诰命封赏。明清时期，对文武官员及其先代妻室赠予爵位名号，五品以上授诰命，称诰封；六品以下授敕命，称敕封。

【译文】 康熙年间，东山先生汪绎，精通占星之学。桐城姓吴的贡生请他帮女儿算命。汪说："这是一品夫人的命啊；但必须作妾。"吴又吃惊又愤怒，认为汪看轻自己。汪说："我早就料到您必怒。如果您不信我的话，请待我高中某某状元时，您再信我。"到约定之期，果然考中状元。吴再问汪。汪说："别急。等我再算算郎君命中有一品的人，然后告诉你。"半年后，汪对吴说："桐城张相国的儿子叫廷玉的，将来官至一品。现在正在纳妾。您何不将女儿嫁给他？"吴便听从了建议。后来女子生下若霭、若澄，受两重诰封。汪在灯笼上题字"候中状元某"，世人多取笑他。在京城与方灵皋、蒋南沙、汤西崖齐名。三人都性格疏朗，而唯独方过于慎重，常常意见相左。汪家厅堂上挂有沈石田的芭蕉一幅，所亲密的两位美人前来，错认成白菜；他人因此以"双白菜"称呼二美人。方大加劝谏。先生很厌烦，便署其门说："候中状元汪，谕灵皋，免

随园诗话

261

赐光。庶几南蒋，或者西汤。晦明风雨时来往，又何妨？双双白菜，终
日到书堂。"先生自知不寿，《自赠》说："生计未谋千亩竹，浮生只办
十年官。"又尝遥望泰山说："闲云莫恋山头住，四海苍生正望君。"

九五

钱塘令曹江庐明府，有子名一熊，乳名顺
生，聪颖异常，有李邺侯、晏元献之风①，对客
挥毫，《赋秋声》云："西风飒飒日相催，桐叶
飘摇满绿苔。最爱秋霜添逸韵，树中传出一声
来。"其时曹公方逐土娼。客问："娼应逐否？"
笑曰："好事者为之也。"客又问："汝想作官
否？"曰："要作，又不要作。"问："何也？"
曰："学而优则仕；学而不优则不仕。"问：
"作官可要钱否？"曰："要钱，又不要钱。"
问："何也？"曰："取之而燕民悦，则取之；
取之而燕民不悦，则不取。"

【注释】　①李邺侯：即李泌，字长源，自幼聪颖，深得唐玄宗
赏识，令待诏翰林。　晏元献：即晏殊，字同叔，四岁以神童入试，
赐进士出身，北宋著名文学家、政治家。死后谥"元献"，故名。

【译文】　钱塘县令曹江庐，有儿子取名一熊，乳名顺生，非常聪
颖，有李邺侯、晏元献的遗风。对客挥毫，赋《秋声》说："西风飒飒
日相催，桐叶飘摇满绿苔。最爱秋霜添逸韵，树中传出一声来。"当时曹

江庐正在驱逐私娼。客问："私娼当驱逐吗?"笑着说："好事者为之。"客又问："你想作官吗?"说："要作，又不要作。"问："怎么讲?"答："学而优则仕；学而不优则不仕。"问："作官想要很多钱财吗?"答："要钱，又不要钱。"问："为什么?"答："取之有道而燕民喜悦，则取之；取之无道而燕民不乐，则不取。"

九七

扬州洪锡豫，字建侯，年甫弱冠，姿貌如玉；生长于华腴之家，而性耽风雅，以诗书为鼓吹①，与名流相过从。昔人称谢览芳兰竟体②，知其得于天者异矣。为余梓尺牍六卷③，寄诗请益。其《暮雨》云："衰柳拂西风，虫鸣乱叶中。片云将暮雨，吹送小楼东。萤火生寒碧，檐花坠小红。那堪终夜里，萧瑟傍梧桐。"《春日》云："青蓑白袷了春耕④，上冢人归月二更。灯影半残眠未稳，碧空吹落纸鸢声。"意思萧散，真清绝也。

【注释】　①鼓吹：原指汉魏以后流行的演奏方式，源自北方少数民族地区，主要演奏乐器为打击、吹奏乐器。

②谢览：字景涤，南朝梁大臣，美风神，善辞令，梁武帝很器重他，拜驸马都尉、太子舍人。　芳兰竟体：比喻举止闲雅，风采极佳。

③尺牍：指古人用于书写的长一尺的木简。

④袷（jié）：指古代交叠于胸前的衣领。

【译文】　　扬州人洪锡豫，字建侯，弱冠之年，姿貌如玉；生长在富足之家，而喜好风雅，以诗书为鼓吹，与名流相往来。古人称谢览举止优雅，知道他是天赋异禀。洪为我刊刻尺牍六卷，把诗寄给我请我指教。他的《暮雨》说："衰柳拂西风，虫鸣乱叶中。片云将暮雨，吹送小楼东。萤火生寒碧，檐花坠小红。那堪终夜里，萧瑟傍梧桐。"《春日》说："青蓑白袷了春耕，上冢人归月二更。灯影半残眠未稳，碧空吹落纸鸢声。"诗意疏阔，风格清雅。

九九

　　如皋张乾夫有《南坪集》八卷。其子竹轩太守托其宗人荷塘明府索序于余①。余适撰《诗话》，为摘一二，以志吉光片羽之珍。其《荆溪》云："离墨山前路，千林望郁苍。人烟聚茶市，沙鸟绕渔梁。白雨江声急，孤舟水气凉。今宵高枕梦，不减在潇湘。"《不寝》云："春更隐隐夜迢迢，愁不能祛酒易消。断送落花窗外雨，生憎一半在芭蕉。"《夜出南郊》云："霜华散白满长堤，堤柳萧萧带月低。树上冻鸦栖不定，屡惊人影过桥西。"《慕园即事》云："松影平分半窗月，漏声散作满城霜。"《癸酉除夕》云："要问春从何处到，开元寺里一声钟。"皆可爱也。

【注释】　①宗人：同宗之人。

【译文】　如皋的张乾夫有《南坪集》八卷。他的儿子竹轩太守，托宗人荷塘明府请我作序。我正好编撰《诗话》，便摘录一二首，记下吉光片羽，他的《荆溪》说："离墨山前路，千林望郁苍。人烟聚茶市，沙鸟绕渔梁。白雨江声急，孤舟水气凉。今宵高枕梦，不减在潇湘。"《不寝》说："春更隐隐夜迢迢，愁不能祛酒易消。断送落花窗外雨，生憎一半在芭蕉。"《夜出南郊》说："霜华散白满长堤，堤柳萧萧带月低。树上冻鸦栖不定，屡惊人影过桥西。"《慕园即事》说："松影平分半窗月，漏声散作满城霜。"《癸酉除夕》说："要问春从何处到，开元寺里一声钟。"都很可喜啊。

一〇一

近见作诗者，好作拗语以为古①，好填浮词以为富：孟子所谓"终身由之而不知其道"者也②。朱竹君学士督学皖江，来山中论诗，与余意合。因自述其序池州太守张芝亭之诗，曰："《三百篇》专主性情。性情有厚薄之分，则诗亦有浅深之别。性情薄者，词深而转浅；性情厚者，词浅而转深。"余道："学士腹笥最富③，而何以论诗之清妙若此？"竹君曰："某所论，即诗家唐、宋之所由分也。"因诵芝亭《过望华亭》云："昨夜望华亭，未睹九峰面。肩舆复匆匆，流光如掣电。当境不及探，过后心逾恋。"
"九叠芙蓉万壑深，登临不到几沉吟。何当直上
东峰宿？海月天风夜鼓琴。"又《江行》云：
"犬吠人归处，灯移岸转时。"《端阳》云："看
人悬艾虎，到处戏龙舟。"《太白楼》云："何
时江上无明月，千古人间一谪仙。"《同人自齐
山泛舟》云："聊以公余偕旧友，须知兴到即新
吾。"皆极浅语，而读之有余味。昔人称陆逊意
思深长，信然。芝亭字仲谟，名士范，陕西人，
今观察芜湖。其长君汝骧亦能继声继志④。《题
署中小园》云："风吹花气香归砚，月过松心凉
到书。"《将往邳州》云："此去正过桃叶渡，
归来不负菊花期。"又，《华盖寺》云："曲径
松遮洞，岩深寺隐山。"皆清雅可传。

【注释】　①拗语：拗句；拗，不顺。

②"终身"之句：出自《孟子·尽心上》，指终身恪守奉行却
不知道其中的道理。

③腹笥（sì）：指腹中所记的书籍、学问。笥，书箱。

④长君：成年的公子。继声继志：出自《礼记·学记》中"善
歌者使人继其声，善教者使人继其志"，这里喻后人习得其技艺及继
承其精神。

【译文】　近来见作诗的人，好作拗句以为仿古，好填浮词以为辞
富；这就是孟子所谓"终身由之而不知其道"的一类。朱竹君学士在皖

江督学，来山中论诗，与我意见相合。趁便自述为池州太守张芝亭作序的诗，说："《三百篇》专主性情。性情有厚薄的分别，那么诗也有浅深之别。性情薄的人，文词深，诗意反而浅；性情厚的人，文词浅，诗意反而深。"我说："学士学问最好，而何以论诗能够清妙至此呢？"竹君说："我所论，也正是诗分唐、宋的缘由。"又诵芝亭《过望华亭》说："昨夜望华亭，未睹九峰面。肩舆复匆匆，流光如掣电。当境不及探，过后心逾恋。""九叠芙蓉万壑深，登临不到几沉吟。何当直上东峰宿？海月天风夜鼓琴。"又《江行》说："犬吠人归处，灯移岸转时。"《端阳》说："看人悬艾虎，到处戏龙舟。"《太白楼》说："何时江上无明月，千古人间一谪仙。"《同人自齐山泛舟》说："聊以公余偕旧友，须知兴到即新吾。"都是很浅近的语词，但读后饶有余味。前人称陆逊意思深长，果不其然。芝亭字仲谟，名士范，陕西人，如今为芜湖道。他家公子汝骧也能承续诗风。《题署中小园》说："风吹花气香归砚，月过松心凉到书。"《将往邳州》说："此去正过桃叶渡，归来不负菊花期。"又，《华盖寺》说："曲径松遮洞，岩深寺隐山。"都清雅可传。

卷十五

二

　　今人动称"勾栏"为教坊。《甘泽谣》辨云①："汉有顾成庙，设勾栏以扶老人。非教坊也。"教坊之称，始于明皇，因女伎不可隶太常②，故别立教坊③。王建《宫词》、李长吉《馆娃歌》，俱用"勾栏"为宫禁华饰。自义山《倡家诗》有"帘轻幕重金勾栏"之词，而"勾栏"遂混入妓家。

【注释】　①《甘泽谣》：唐朝袁郊撰写的传奇小说集，共一卷。

　　②女伎：女乐、歌伎等。　太常：即太常寺，掌管宗庙祭祀及庆典礼仪礼乐的机构。

　　③教坊：掌管俳优杂技，教习俗乐的机构，以宦官为教坊使。

【译文】　今人往往称"勾栏"为教坊。《甘泽谣》辨说："汉代有顾成庙，设计勾栏以供老人手扶。并不是教坊。"教坊之名，始于唐玄宗，因女伎不可划入太常寺，因此别立教坊。王建的《宫词》、李长吉的《馆娃歌》，都用"勾栏"指宫闱华丽的装饰。自李义山作《倡家诗》有"帘轻幕重金勾栏"之句，于是"勾栏"又指妓院。

六

人疑东坡诗云"龙钟三十九，劳生已强半"，三十九不得称"龙钟"。按：苏鹗《演义》①："龙钟，谓不昌炽、不翘举之貌②。"《广韵》："龙钟，竹名。老人如竹摇曳，不能自持。"唐人《谈录》载："裴晋公未第时，过洛中，有二老人言：'蔡州未平，须待此人为相。'仆闻，以告。公笑曰："见我龙钟，故相戏耳。'"王忠嗣以女嫁元载，岁久，见轻，游学于秦③，为诗曰："年来谁不厌龙钟？虽在侯门似不容。"二人皆于少年未第时，自言龙钟。

【注释】　①苏鹗：字德祥，约唐昭宗大顺初前后在世，著有《演义》二卷。

②昌炽：兴旺、旺盛。

③秦：陕西关中一带。

【译文】　世人怀疑东坡诗说"龙钟三十九，劳生已强半"，三十九不得称"龙钟"。按：苏鹗《演义》："龙钟，指不旺盛、不杰出的样子。"《广韵》："龙钟，竹名。老人如竹摇曳，不能自持。"唐人《谈录》载："晋国公裴度没及第时，路过洛阳，有两位老人说：'蔡州没有平定，须等到这个人为相（才能平定）。'侍从听到，告诉裴。裴度笑着说：'见我已龙钟之态，因此开玩笑罢了。'"王忠嗣将女儿嫁给元载，日子久了，元载被轻视，在陕西等地游学，作诗说："年来谁不厌龙钟？虽在侯门似不容。"二人都在少年未及第时，自称龙钟。

八

今动以"苜宿""广文"称校官。余按非也。唐开元中，东宫官僚清淡，薛令之为左庶子①，以诗自悼曰："朝日上团团，照见先生盘。盘中何所有？苜蓿上阑干。"盖是东宫詹事等官，非今之学博也②。说见宋林洪《山家清供》。杜诗曰："诸公衮衮登华省，广文先生官独冷。"按《唐书》："明皇爱郑虔之才，欲置左右，以不事事③，更为置广文馆，以虔为博士。虔闻命，不知广文曹司何在，诉之宰相。宰相曰：'上增国学，置广文馆以居贤者。令后世言广文博士自君始，不亦美乎？'虔始就职。"是"广文"者，乃明皇为虔特设之馆，非今之学官也。

【注释】 ①薛令之：字君珍，号明月先生，生于唐永淳二年（683）。福建首位进士，官至太子侍讲。 左庶子：官职名，太子左庶子为门下坊的主官，掌管司经局、典膳局、药藏局等。

②学博：府郡置经学博士各一人，以五经教授学生，后泛称学

官为学博。

③不事事：不理事务。

【译文】　今时常以"耆宿""广文"称校官。我认为不对。唐开元中，东宫官风清淡，薛令之为太子左庶子，作诗自我感伤说："朝日上团团，照见先生盘。盘中何所有？苜蓿上阑干。"大概是东宫詹事等官，并非今日的学官。说见宋林洪《山家清供》。杜诗说："诸公衮衮登华省，广文先生官独冷。"按《唐书》："玄宗器重郑虔有才，想搁在身边，并不分派具体事务，便设置广文馆，命郑虔为博士。郑虔听说后，不知广文官署在何处，问宰相。宰相说：'皇上扩增国学，设置广文馆以招纳贤士。令后世谈起广文博士就得从您开始，不是美事吗？'郑虔才就职。"那么"广文"，乃玄宗特为郑虔设立，也非今日的学官。

九

今人动以"金马玉堂"称翰林。余按：宋玉《风赋》："徜徉中庭，北上玉堂。"《古乐府》："黄金为君门，白玉为君堂。"泛称富贵之家，非翰林也。汉武帝命文学之士，待诏金马门。"金马"二字，与文臣微有干涉。至于谷永对成帝曰："抑损椒房玉堂之盛宠。"颜师古注："玉堂，嬖幸之舍也①。《三辅黄图》曰：'未央宫有殿阁三十二，椒房、玉堂在其中。'"是"玉堂"乃宫闱妃嫔之所，与翰林无干。宋太宗淳化中赐翰林"玉堂之署"四字，想从此遂专属翰林耶？

【注释】　①嬖幸：被宠爱的姬妾或侍臣。

【译文】　今人动辄以"金马玉堂"称翰林。按：宋玉《风赋》："徜徉中庭，比上玉堂。"《古乐府》："黄金为君门，白玉为君堂。"泛称富贵之家，不是指翰林。汉武帝命文学之士，待诏金马门。"金马"二字，与文臣稍有关系。至于谷永对成帝说："抑损椒房玉堂之盛宠。"颜师古注："玉堂，供养嬖幸的屋舍。《三辅黄图》说：'未央宫有殿阁三十二间，椒房、玉堂在其中。'"则"玉堂"乃是宫闱妃嫔的住所，与翰林无关。宋太宗淳化中赐翰林"玉堂之署"四字，大概从此便专指翰林了？

一一

《生民》之诗曰："诞弥厥月。"《毛笺》①："诞，大也。弥，终也。"此诗下有八"诞"字："诞置之隘巷"，"诞置之平林"。朱子以"诞"字为发语词。今以生日为诞日，可嗤也！余又按：古人以宴享为礼，而以介寿为节文②。故《诗》《书》所称，逐日可以为寿。今人以生日为礼，而以宴饮为节文，故介寿必生日。

【注释】　①《毛笺》：指毛公所作《毛诗故训传》。
②介寿：祝寿。　节文：礼仪，仪式。

【译文】　《生民》诗说："诞弥厥月。"《毛笺》："诞，大也。弥，终也。"此诗下文有八个"诞"字："诞置之隘巷"，"诞置之平林"。

朱子认为"诞"为发语词。如今将生日称为诞日，可笑啊！又按：古人看重宴享，将祝寿作为仪式。因此《诗》《书》所称，隔日也可以祝寿。今人以生日为重，而以宴饮为仪式，因此祝寿必生日当天。

二一

余到南海，阅《粤峤志》："景炎二年，端宗航海，有香山人马南宝献粟助饷①，拜工部侍郎。帝幸沙浦，与丞相陈宜中、少傅张世杰即主其家。居数日，广州陷。南宝募乡兵千人，扈送至香山岛。元兵追至硇州，陈宜中走占城求救。帝崩。卫王昺立，走崖山，以曾子渊充山陵使，奉梓宫②，殡于南宝家③。宋亡，南宝泣不食。作诗曰：'目击崖门天地改，寸心不与夜潮消。'又曰：'众星耿耿沧波底，恨不同归一少微。'后卒殉节。"其诗其事，正史不传，故志之。

【注释】　①助饷：捐钱以补充军费。

②梓宫：指皇帝、皇后或重臣的棺材。

③殡：停棺待葬，后泛指殡葬。

【译文】　我到南海，看《粤峤志》："景炎二年，宋端宗航海，有香山人马南宝进献粮食补充军费，被授予工部侍郎。皇上巡幸沙浦，与丞相陈宜中、少傅张世杰就住在马家。不过数日，广州被攻陷。南宝招募乡兵上千人，护送皇上等到香山岛。元兵追到硇州，陈宜中前往占城求救。端宗驾崩。卫王昺即位，转道崖山，命曾子渊任山陵使，护送梓宫，葬于南宝家。宋朝灭亡，南宝心伤不食。作诗说：'目击崖门天地改，寸心不与夜潮消。'又说：'众星耿耿沧波底，恨不同归一少微。'最终殉节而亡。"他的诗他的事迹，正史不传，因此特记之。

二七

《封氏闻见录》曰[①]："切字始于周颙[②]。颙好为体语[③]，因此切字，皆有纽，纽有平上去入之分。沈约遂因之[④]，而撰《四声谱》。"沈括、曾慥俱以切字始于西域佛家。汉人训字，止曰读如某字而已，无反切也。吴獬以为始于后魏校书令李启撰《声韵》十卷、夏侯咏撰《声韵略》十二卷[⑤]。李涪《刊误》亦主其说。至于叶韵之说，古人所无。顾亭林以为始于颜师古、章怀太子二人。王伯厚以为始于隋陆法言撰《切韵》五卷[⑥]。余按：汉末涿郡高诱解《淮南子》《吕氏春秋》[⑦]，有"急气、缓气、闭口、笼口"之法。盖反切之学，实始于此。而孙叔然炎犹在其后[⑧]。

【注释】 ①《封氏闻见录》：唐代封演撰，该书内容庞杂，记录有时人轶闻等。

②切：指反切，用两个字拼切出另一字的读音。　周颙(yóng)：字彦伦，南朝人。

③体语：魏晋南北朝时的一种反切隐语，以两个字先正切，再倒切，成为另外两个字，又称反语。

④沈约：字休文，南朝文学家、史学家，精通音律。

⑤吴獬：字凤笙，二十岁就读岳麓书院，清光绪二年（1876）中举。

⑥王伯厚：即王应麟，南宋官员、经史学者，字伯厚，号深宁居士，又号厚斋。

⑦涿郡：也称涿州，位于保定市北，北临北京。

⑧孙叔然炎：即子愁，字叔然，受业于郑玄，三国时经学家，时人称"东州大儒"。

【译文】　《封氏闻见录》说："反切始于周颙。颙爱好创作体语，因此所反切的字，都有声母：声母有平上去入的分别。沈约于是延续下去，而撰《四声谱》。"沈括、曾慥都认为切字始于西域佛家。汉人解释字词，只说读如某字而已，无反切。吴獬认为始于后魏校书令李启所撰的《声韵》十卷、夏侯咏所撰的《声韵略》十二卷。李涪《刊误》也赞成这种观点。至于叶韵说，古人并没有。顾亭林认为始于颜师古、章怀太子二人。王伯厚认为始于隋代陆法言所撰的《切韵》五卷。我认为：汉末涿郡的高诱解《淮南子》《吕氏春秋》，有"急气、缓气、闭口、笼口"的方法。大概反切，实际上从此发明的吧。而孙叔然尚在他之后。

三一

或问唐沈佺期诗云："不如黄雀语，能免冶

长灾。"余按皇侃《论语义疏》云①："冶长从卫还鲁，见老妪当道哭，问：'何为哭?'云：'儿出未归。'冶长曰：'顷闻乌相呼，往某村食肉：得毋儿已死耶?'妪往视，得儿尸，告村官。官曰：'冶长不杀人，何由知儿尸?'遂囚冶长。且曰：'汝言能通鸟言，试果验，裁放汝。'冶长在狱六十日，闻雀鸣而大笑。狱主问何笑。冶长曰：'雀鸣啧啧唶唶：白莲水边，有车翻黍粟；牡牛折角，收敛不尽。相呼往啄。'狱主往视，果然。乃白村官而释之。"余爱雀言音节天然，有类古乐府。

【注释】 ①皇侃：南朝梁经学家，著有《论语义疏》《礼记义疏》等。

【译文】 有人问唐代沈佺期的诗："不如黄雀语，能免冶长灾。"我查皇侃的《论语义疏》说："冶长从卫国返鲁国，见老妇在路旁哭，问：'为什么哭?'答：'儿子出去很久都还没回家。'冶长说：'刚才听到乌鸦彼此呼唤，同往某村食肉：不会您的儿子已经死了吧?'妇人去看，果然只见儿子尸体，便去告了官。官说：'冶长不杀人，怎么知道她儿子已死?'于是将冶长押起来。又说：'你说能听懂鸟语，试验果然如此，就放了你。'冶长在狱中第六十天，听到雀鸣而大笑。狱主问他为何笑。冶长说：'雀鸣啧啧唶唶：白莲水边，翻了一车黍粟；牡牛折角，收拾不尽。便招呼着一起去啄。'狱主去看，果然如此。于是向村官禀报而放了冶长。"我喜欢鸟雀的叫声，音节天然，像古乐府。

三二

萧子荣《日出东南隅》云："三五前年暮，四五今年朝。"梁元帝《法宝联璧序》云："相兼二八，将兼四七。"此等算博士语，最为可笑。其滥觞盖起于东汉《唐君颂》，曰："五六六七，训道若神。"用曾点"冠者五六人，童子六七人"也。棠邑《费凤碑》曰："菲五五。"言居丧菲食二十五月也[①]。皆割裂太过，不成文理。

【注释】　①菲食：粗劣的饮食。

【译文】　萧子荣的《日出东南隅》说："三五前年暮，四五今年朝。"梁元帝《法宝联璧序》说："相兼二八，将兼四七。"这类算学博士语，最为可笑。这种风格滥觞约起于东汉的《唐君颂》，说："五六六七，训道若神。"用曾点"冠者五六人，童子六七人"的典故。棠邑的《费凤碑》说："菲五五。"言居丧期间要菲食二十五月。都割裂太过，不成文理。

三六

俗传黄崇嘏为女状元[①]。按《十国春秋》："崇嘏好男装，以失火系狱，邛州刺史周庠爱其丰采，欲妻以女。乃献诗云：'幕府若容为坦腹②，愿天速变作男儿。'庠惊，召问，乃黄使君女也。幼失父母，与老妪同居。命摄司户参军，已而乞罢归，不知所终。"今世俗讹称女状元者，以其献诗时，自称"乡贡进士"故也。严冬友曰："徐文长《四声猿》剧③，末一折为《女状元》，即崇嘏事。此俗称所始。"

【注释】 ①黄崇嘏（gǔ）：约生于唐僖宗中和三年（883），卒于五代前蜀王衍乾德六年（924）。邛州（今邛崃市）人，黄梅戏《女驸马》的情节原型，在民间被誉为"女状元"。

②坦腹：赤诚。

③徐文长：即徐渭，初字文清，后改字文长，号青藤老人等，明代著名文学家、书画家、戏曲家、军事家。 《四声猿》：徐渭所作四部短剧，《狂鼓史渔阳三弄》（《狂鼓史》）、《玉禅师翠乡一梦》（《玉禅师》）、《雌木兰替父从军》（《雌木兰》）、《女状元辞凰得凤》（《女状元》）。

【译文】 俗传黄崇嘏为女状元。按《十国春秋》："崇嘏喜欢穿男装，因失火无辜受冤被告入狱，邛州刺史周庠器重她有才华，想要将女儿嫁给她为妻。黄乃献诗说：'幕府若容为坦腹，愿天速变作男儿。'庠很惊讶，忙招来问个原委，原来是黄使君的女儿。从小失去双亲，与老妇同居。周刺史原命她代理司户参军，不久黄乃请求辞官回乡，最后不知所终。"今世习惯讹称女状元者，因她献诗时，自称"乡贡进士"的缘故。严冬友说："徐文长《四声猿》剧，最后一折是《女状元》，就是崇嘏之事。俗称便从此而来。"

三七

孔毅夫《杂说》称退之晚年服金石药致死。引香山诗"退之服硫黄，一病讫不痊"为证。吕汲公辨之云："卫中立字退之，饵金石，求不死反死。中立与香山交好，非韩退之也。韩公之痛诋金石，已见李虚中诸人墓志矣：岂有身反服之之理？"

【译文】 孔毅夫《杂说》说韩愈晚年服食金石药致死。引白居易的诗"退之服硫黄，一病讫不痊"为证。吕汲公辩驳说："卫中立字退之，服食金石，求不死却反死。中立与香山关系很好，并不是韩退之。韩公极度排斥金石，已见李虚中诸人的墓志：哪有自身反而服之的道理？"

三八

近人新婚，贺者作催妆诗，其风颇古。按：《毛诗》"间关车之辖兮"一章，申丰曰："宣王中兴，士得行亲迎之礼，其友贺之而作是诗。"北齐婚礼，设青庐，夫家领百余人，挟车子①，呼新妇，催出来。唐因之有催妆诗。中宗守岁，以皇后乳媪配窦从一②，诵《却扇诗》

数首③。天祐中，南平王钟女适江夏杜洪子，时已昏暝，令人走乞《障车文》于汤篑。篑命小吏四人执纸，倚马而成：即催妆也。

《芥隐笔记》《辍耕录》俱云：今新妇至门，则传席以入④，弗令履地。唐人已然。白乐天《春深娶妇》诗云："青衣捧毡褥，锦绣一条斜。"

两新人宅堂参拜，谓之拜堂。唐人王建《失钗怨》："双杯行酒六亲喜，我家新妇宜拜堂。"

【注释】　①挟：从物体两边钳住。

②窦从一：即窦怀贞，字从一，唐朝宰相，依附于皇后韦氏，娶皇后乳母为妻。

③《却扇诗》：唐代风俗，婚娶之时，或作催妆、或作却扇相贺。

④传席：指新娘迎娶至男家，递传麻（布）袋铺于地，使新娘踏袋而行。

【译文】　近来逢人新婚，他人便作催妆诗相贺，这种风气很古老。按：《毛诗》"间关车之辖兮"一章，申丰说："周宣王中兴，男子举行亲迎新妇之礼，他的朋友祝贺而作此诗。"北齐婚礼，设青庐，夫家领百余人，从车子两边围拢来，大声呼新妇，催着出来。唐代因此有催妆诗。唐中宗守岁，将皇后乳母嫁给窦从一，诵《却扇诗》数首。天祐中，南平县王钟的女儿嫁给江夏杜洪的儿子，当时已是傍晚，命人奔走去求汤篑撰《障车文》。篑命小吏四人拿着纸，倚马而写成：这就是催妆。

《芥隐笔记》《辍耕录》都说：今日新妇到门，则传席以入，不要让她踩在地上。唐人已经如此。白乐天《春深娶妇》诗说："青衣捧毡褥，锦绣一条斜。"

两位新人在大堂参拜，称为拜堂。唐人王建《失钗怨》："双杯行酒六亲喜，我家新妇宜拜堂。"

四二

今人称曲之高者，曰"郢曲"，此误也。宋玉曰："客有歌于郢中者。"则歌者非郢人也。又说："《下里巴人》，国中属和者数千人。《阳春白雪》，和者不过数十人。引商刻羽①，杂以流徵，则和者不过数人。"是郢之人能和下曲，而不能和妙曲也。以其所不能者名其俗，不亦讹乎？

【注释】　①引商刻羽：指讲究声律、有很高的音乐演奏技巧。引，延长；刻，急刻；商、羽，古代乐律中的两个调名。

【译文】　今人称曲子格调高的，为"郢曲"，这不对。宋玉说："客有歌于郢中者。"那么唱歌的并非郢人。又说："《下里巴人》，国中相和有数千人。《阳春白雪》，和者不过数十人。引商刻羽，混杂变化的徵调，那么相和不过数人。"是郢地人能和下曲，而不能和妙曲啊。因他们所不能而称其为俗，不也不对吗？

四五

世传苏小妹之说，按《墨庄漫录》云[1]："延安夫人苏氏，有词行世，或以为东坡女弟适柳子玉者所作[2]。"《菊坡丛话》云："老苏之女幼而好学，嫁其母兄程濬之子之才。先生作诗曰：'汝母之兄汝伯舅，求以厥子来结姻。乡人婚嫁重母族，虽我不肯将安云。'"考二书所言，东坡止有二妹：一适柳，一适程也。今俗传为秦少游之妻，误矣！或云："今所传苏小妹之诗句对语，见宋林坤《诚斋杂记》，原属不根之论[3]。犹之世传甘罗为秦相。"按《国策》："甘罗年十二[4]，为少庶子，请张卿相燕。又事吕不韦，以说赵功，封上卿。"并无为秦相之说。然《仪礼疏》亦云："甘罗十二相秦。"则以讹传讹久矣。

【注释】　①《墨庄漫录》：北宋张邦基撰，多记录杂事逸闻，诗词评论。

②柳子玉：即柳瑾，字子玉，北宋书法家。

③不根之论：没有根据的言论。

④甘罗：战国末期下蔡人，年仅十二岁，事奉吕不韦，担任少庶子。后来出使赵国立功，秦王封为上卿。

【译文】　世间流传有关苏小妹的故事，查《墨庄漫录》说："延安夫人苏氏，有词流传于世，有人以为是东坡的妹妹嫁给柳子玉那位所作。"《菊坡丛话》说："老苏的女儿年幼而好学，嫁给了她的表哥之才，程濬的儿子。先生作诗说：'汝母之兄汝伯舅，求以厥子来结姻。乡人婚嫁重母族，虽我不肯将安云。'"考察两书所言，东坡只有两位妹妹；一位嫁给了柳，一位嫁给了程。如今俗传为秦少游的妻子，就错了！有人说："今日流传的苏小妹的诗句对语，见宋林坤的《诚斋杂记》，原是不根之论。就如相传甘罗为秦国丞相。"按《战国策》："甘罗十二岁，为少庶子，说服张唐作燕国丞相。又事奉吕不韦，游说赵国立功，封为上卿。"并没有做秦相的说法。然而《仪礼疏》说："甘罗十二岁为秦国丞相。"则以讹传讹很久了。

四八

今人称女子加笄为"上头"①。按《南史·孝义传》："华宝八岁，父成往长安，临别曰：'须我还，为汝上头。'长安陷，父不归。宝年至七十，犹不冠。"是"上头"者，男子之事。今专称女子，心颇疑之。读《晋乐府》云："窈窕上头欢，那得及破瓜？"则主女说亦可。

【注释】　①笄：古代的一种簪子，用来插住挽起的头发，或插住帽子。

【译文】　如今人们称女子加笄为"上头"。按《南史·孝义传》："华宝八岁，父成去长安，临别说：'等我回来，为你上头。'长安陷落，父不归。宝到了七十岁，还不曾加冠。"则"上头"，是男子的事情。今日专称女子，令人很疑惑。读《晋乐府》说："窈窕上头欢，那得及破瓜?"则用于女子也可。

五六

或问："杨升庵有句云：'一桶水倾如佛语，两重纱夹起江波。'应作何解?"余按：徐骑省不喜佛经^①，常云："《楞严》《法华》，不过以此一桶水，倾入彼一桶中。倾来倒去，还是此一桶水。识破毫无余味。"此升庵所本也。方空纱用一层糊窗，原无波纹；夹以两层，必有闪烁不定之波。恐升庵即事成诗，未必有本。余亦有句云："水痕泻地方圆少，雪片经风厚薄多。"一用《世说》，一用《东坡志林》。

【注释】 ①徐骑省：即徐铉，字鼎臣，随后主李煜归宋，官至散骑常侍，故称"徐骑省"。

【译文】 有人问："杨升庵有句诗说：'一桶水倾如佛语，两重纱夹起江波。'应该如何解释?"按：徐骑省不喜佛经，常说："《楞严》《法华》，不过是这样一桶水，倒入那样一桶中。倒来倒去，还是这一桶水。看破这层就毫无余味了。"这就是杨升庵的依据。方空纱用一层糊窗，本来无波纹；用两层混夹着，必有闪烁不定的波纹。恐怕升庵即事成诗，未必有一定依据。我也有句说："水痕泻地方圆少，雪片经风厚薄多。"一用《世说新语》，一用《东坡志林》。

六十

近人佳句，常摘录之，以教子弟；过时一观，亦有吹竹弹丝之乐。明知收拾不尽，然捃摭一二①，亦圣人"举尔所知"意也。毛琬云："乍寒童子怯，将雨野人知。"童钰云："病闻新事少，老别故人难。"张节说："行善最为乐，观书动畜疑。"孔东堂云："纤低时掠水，帆饱不依桅。"廖古檀云："山风枯砚水，花雨慢琴弦。"王卿华云："断香浮缺月，古佛守昏灯。"汪可舟云："客久人多识，年高众病归。"吴飞池云："凉风不管征衣薄，落日方知行路难。"李穆堂云："云在岫无争出意，石当流有不平鸣。"何南园云："闲愁早释非关酒，旧学重温为课孙。"杨次也云："浅水戏鱼如可拾，密林藏鸟只闻声。"周青原云："鸟自下山人自上，一齐穿破白云过。"刘果云："花间看竹嫌逢主，梦里闻鸡似到家。"章智千《送春》云："青山驻景如留客，绿树成阴已改妆。"姚念慈《哭孙虚船》云："有泪直从知己落，无文可共别人论。"尹似村《送南园出京》云："乍亲丰采归偏速，不惯风尘住自难。"袁蕙云："功名何物催人老？车马无情送客多。"宝意《哭环娘》云："乍分烟岛情犹恋，略享春风死未甘。"香亭《渡淮》云："田家饭麦风仍北，游女拖裙俗渐南。"春池《顺风》云："天上鸟争帆影速，岸边人恨马行迟。"又有五七字单句亦妙者。鲁星村之"老怕送春归"，杨守知之"随身只有影同来"，王家骏之"园不栽梅觉负春"，啸村之"讳老偏逢人叙齿"，飞池之"孤鸿与客争沙宿"：皆是也。

【注释】　①捃摭（jùn zhí）：采集。

【译文】　近世诗人的好句，我常摘录，用来教子弟；过段时间再看，也有吹竹弹丝般的乐趣。明知世间好诗不可能尽收，不过采集一二，也是圣人"举尔所知"的意思。毛琬说："乍寒童子怯，将雨野人知。"童钰说："病闻新事少，老别故人难。"张节说："行善最为乐，观书动畜疑。"孔东堂说："纤低时掠水，帆饱不依桅。"廖古檀说："山风枯砚水，花雨慢琴弦。"王卿华说："断香浮缺月，古佛守昏灯。"汪可舟说："客久人多识，年高众病归。"吴飞池说："凉风不管征衣薄，落日方知行路难。"李穆堂说："云在岫无争出意，石当流有不平鸣。"何南园说："闲愁早释非关酒，旧学重温为课孙。"杨次也说："浅水戏鱼如可拾，密林藏鸟只闻声。"周青原说："鸟自下山人自上，一齐穿破白云过。"刘果说："花间看竹嫌逢主，梦里闻鸡似到家。"章智千《送春》说："青山驻景如留客，绿树成阴已改妆。"姚念慈《哭孙虚船》说："有泪直从知己落，无文可共别人论。"尹似村《送南园出京》说："乍亲丰采归偏速，不惯风尘住自难。"袁蕙纕说："功名何物催人老？车马无情送客多。"商宝意《哭环娘》说："乍分烟岛情犹恋，略享春风死未甘。"香亭《渡淮》云："田家饭麦风仍北，游女拖裙俗渐南。"春池《顺风》说："天上鸟争帆影速，岸边人恨马行迟。"又有五七字单句也妙的，鲁星村的"老怕送春归"，杨守知的"随身只有影同来"，王家骏的"园不栽梅觉负春"，啸村的"讳老偏逢人叙齿"，飞池的"孤鸿与客争沙宿"：都是此类。

六八

昌黎云："横空盘硬语。"硬语能佳，在古人亦少。只爱杜牧之云①："安得东召龙伯公，车干海水见底空。"又云："鲸鱼横脊卧沧溟，海波分作两处生。"宋人句云："金翅动身摩日月，银河翻浪洗乾坤。"本朝方问亭《卜魁杂诗》云："龙来阴岭作游戏，雷电光中舞雪花。"赵秋谷《秋雨》云："油云泼浓墨，天额持广帕。风过日欲来，艰难走云罅。"《大雨》云："日月皆归海，蛟龙乱上天。"赵云松《从李相国征台湾》云："人膏作炬燃宵黑，鱼眼如星射水红。"赵鲁瞻云："江星动鱼脊，山果落猿怀。"

【注释】　①杜牧之：即杜牧，字牧之，号樊川居士，唐代杰出诗人。

【译文】　韩昌黎说："横空盘硬语。"硬语能佳，在古人也少。只爱杜牧说："安得东召龙伯公，车干海水见底空。"又说："鲸鱼横脊卧沧溟，海波分作两处生。"宋人句说："金翅动身摩日月，银河翻浪洗乾坤。"本朝方问亭《卜魁杂诗》说："龙来阴岭作游戏，雷电光中舞雪花。"赵秋谷《秋雨》说："油云泼浓墨，天额持广帕。风过日欲来，艰难走云罅。"《大雨》说："日月皆归海，蛟龙乱上天。"赵云松《从李相国征台湾》说："人膏作炬燃宵黑，鱼眼如星射水红。"赵鲁瞻说："江星动鱼脊，山果落猿怀。"

七二

赵云松太史入闱分校①，作《杂咏》十余章，足以解颐。《封门》云："官封恰似悬符禁，人望居然入海深。"《聘牌》云："金熔应识披沙苦，礼重真同纳采虔。"《供给单》云："日有双鸡公膳半，夜无斗酒客谈孤。"《分经》云："多士未遑谈虎观，考官恰似划鸿沟。"《荐卷》云："品题未便无双士，遇合先成得半功。佛海渐登超渡筏，神山犹怕引回风。"《落卷》云："落花退笔全无艳，食叶春蚕尚有声。沉命法严难自诉，返魂香到或重生。"《拨房》云："未妨蝶赢艰生子，笑比琵琶别过船。"

【注释】　①入闱：指科举考试时考生或监考人员等进入考场。

【译文】　赵云松太史负责场内监考，作《杂咏》十多章，足以使人开怀。《封门》说:"官封恰似悬符禁,人望居然入海深。"《聘牌》说:"金熔应识披沙苦,礼重真同纳采虔。"《供给单》说:"日有双鸡公膳半,夜无斗酒客谈孤。"《分经》说:"多士未遑谈虎观,考官恰似划鸿沟。"《荐条》说:"品题未便无双士,遇合先成得半功。佛海渐登超渡筏,神山犹怕引回风。"《落卷》说:"落花退笔全无艳,食叶春蚕尚有声。沉命法严难自诉,返魂香到或重生。"《拨房》说:"未妨螟蠃艰生子,笑比琵琶别过船。"

七七

张仪封观察谓余曰:"李白《清平调》三章,非咏牡丹也。其时武惠妃薨,杨妃初宠,帝对花感旧,召李白赋诗。白知帝意,故有'巫山断肠''云想衣裳'之语:盖正喻夹写也。至于'名花倾国',则指贵妃矣。"余按《唐书·李白传》称:"帝坐沉香亭,意有所感,乃召李白。"则观察此说,未为无因。张名裕谷,字诒庭。

【译文】 张仪封道台对我说:"李白《清平调》三章,并不是咏牡丹。当时武惠妃逝世,杨妃新得宠,皇上对花感伤怀念旧人,召李白赋诗。李白明白帝意,因此有'巫山断肠''云想衣裳'之语;大约正喻夹写。至于'名花倾国',则指贵妃。"按《唐书·李白传》称:"皇上坐在沉香亭内,有所感伤,乃召李白。"则张观察此说,不是没有根据。张名裕谷,字诒庭。

卷十六

一

徐朗斋嵩曰："有数人论诗，争唐、宋为优劣者，几至攘臂①。乃援嵩以定其说。嵩乃仰天而叹，良久不言。众问何叹。曰：'吾恨李氏不及姬家耳！倘唐朝亦如周家八百年，则宋、元、明三朝诗，俱号称唐诗，诸公何用争哉？须知论诗只论工拙，不论朝代。譬如金玉，出于今之土中，不可谓非宝也；败石瓦砾，传自洪荒，不可谓之宝也。'众人闻之，乃闭口散。"余谓诗称唐，犹称宋之斤、鲁之削也②，取其极工者而言，非谓宋外无斤、鲁外无削也。朗斋，癸卯科为主考谢金圃所赏，已定元矣，因三场策不到而罢。谢刊其荐卷③，流传京师，故朗斋《咏唐寅画像》云："锦瑟华年廿五春，虎头金粟是前身。虚名丽六流传遍，下第江南第一人。”“丽六”者，其场中坐号也。次科亦即登第。

【注释】　①攘臂：指捋起袖子。

②宋之斤、鲁之削：宋国产的斧头和鲁国产的曲刀。出自《周礼·考工记》“郑之刀，宋之斤，鲁之削，吴越之剑，迁乎其地而弗能为良也。”后世用宋斤鲁削指当地特产的精良工具。

③荐卷：科举考试中被选荐的试卷。

【译文】　徐朗斋说：“有不少人论诗，争辩唐、宋的优劣，几乎到了要打一架的程度。于是让我给个说法。我便仰天而叹，很久不说话。众人问为何叹气。说：‘我恨李氏不及姬家啊！倘若唐朝也如周朝能八百年，则宋、元、明三朝的诗，都号称唐诗，诸位又何须争辩呢？须知论诗只论工拙，不论朝代。譬如金玉，出于今日土中，不能说就不是宝贝；而败石瓦砾，从远古的洪荒传下来，也不能称之为宝啊。’众人听了，都不再争论。”我认为诗称唐，就像一直称道宋国的斧头、鲁国的曲刀，取此类造诣最深的来说；并不是指除了宋国就没有斧头、除了鲁国就没有曲刀。朗斋，癸卯年参加科举考试，得主考官谢金圃赏识，已默定为头名；只因三场论策不够尽意而作罢。谢刊刻了他的荐卷，流传京师，因此朗斋《咏唐寅画像》说：“锦瑟华年廿五春，虎头金粟是前身。虚名丽六流传遍，下第江南第一人。”“丽六”，就是他在科考场上的坐号。第二年朗斋参加科考便顺利登第。

五

余在广东新会县，见憨山大师塔院①，闻其

弟子道恒，为人作佛事，诵诗不诵经。和王修微女子乐府云②："剥去莲房莲子冷，一颗打过鸳鸯颈。鸳鸯颈是睡时交，一颗留待鸳鸯醒。"殊有古趣。圆寂后，顾赤方征士哭之云③："已沉千日磬，犹满一床书。"

【注释】 ①憨山大师：名德清，字澄印，明代金陵全椒县（今属安徽）人。

②王修微：明末才女，因早年丧父，流落于烟花之地。

③顾赤方：即顾景星，字赤方，号黄公。明末贡生，南明弘光朝时考授推官。入清后屡征不仕。 征士：指不就朝廷征辟的人。

【译文】 我在广东新会县，见憨山大师塔院，听说他的弟子道恒，为人作佛事，诵诗不诵经。和王修微乐府说："剥去莲房莲子冷，一颗打过鸳鸯颈。鸳鸯颈是睡时交，一颗留待鸳鸯醒。"很有些趣味。道恒圆寂后，顾赤方征士哀悼说："已沉千日磬，犹满一床书。"

九

国初说书人柳敬亭、歌者王紫稼①，皆见名人歌咏。王以黯昧事②，为李御史杖死，有烧琴煮鹤之惨③。顾赤方哭之云："昆山腔管三弦鼓，谁唱新翻《赤凤儿》？说着苏州王紫稼，勾栏红粉泪齐垂。"王送公卿出塞，必唱骊歌④，听者不忍即上马去；故又云："广柳纷纷出盛京，一声呜咽最伤情。行人怕听《阳关曲》，先拍冰轮上马行。"悼王郎诗，只宜如此，便与题相称。乃龚尚书竟用"坠楼""赋鹏"之典，拟人不伦，悖矣！御史名森先，字琳枝，性虽伉直，诗恰清婉。《过云间亭》云："空亭积水松阴乱，小阁张灯夜气清。"卒以忤众罢官。

【注释】 ①王紫稼：原名稼，字紫稼，江苏苏州人，明末清初著名昆曲旦角，大批士大夫文人追捧他，昵称他为"王郎"。

②黯昧：暧昧，不明白。

③烧琴煮鹤：李商隐的《杂纂》中提到人间事有一类特煞风景，即"清泉濯足，花下晒裈，背山起楼，烧琴煮鹤，对花啜茶，松下喝道。"（出自宋代胡仔《苕溪渔隐丛前集》引《西清诗话》），烧琴煮鹤指把琴当柴烧，把鹤煮了，喻糟蹋美好事物。

④骊歌：告别的歌。

【译文】 国初说书人柳敬亭、歌者王紫稼，常见于名人的诗中。王因为不明白世事，被李御史杖死，正如烧琴煮鹤般悲惨。顾赤方哀悼说："昆山腔管三弦鼓，谁唱新翻《赤凤儿》？说着苏州王紫稼，勾栏红粉泪齐垂。"王送公卿出塞，必唱骊歌，听者不忍立即上马离去；因此又说："广柳纷纷出盛京，一声呜咽最伤情。行人怕听《阳关曲》，先拍冰轮上马行。"悼王郎的诗，只适宜如此，才与题相称。龚尚书竟用"坠楼""赋鹏"之典，比拟人的不伦，是大错啊！御史名森先，字琳枝，性格虽然伉直，诗风却清婉。《过云间亭》说："空亭积水松阴乱，小阁张灯夜气清。"最终因违背民意而罢官。

十

　　龚芝麓尚书失节本朝①，又娶顾横波夫人，物论轻之。顾黄公为昭雪云："天寿还陵寝，龙辀葬大行。义声归御史，疏稿出先生。浮议千秋白，余生七尺轻。当年沟渎死，苦志竟谁明？""怜才到红粉，此意不难知。礼法憎多口，君恩许画眉。王戎终死孝，江令苦先衰。名教原潇洒，迂儒莫浪訾。"文士笔墨，能为人补过饰非，往往如是。

【注释】　①龚芝麓：即龚鼎孳，字孝升，号芝麓，谥端毅。与吴伟业、钱谦益并称为"江左三大家"。世传龚鼎孳在明亡后，气节沦丧，风流放荡，不拘男女。

【译文】　龚芝麓尚书失节本朝，又娶了顾横波夫人，世间评论更是轻看他。顾黄公（即顾赤方）为其辩白说："天寿还陵寝，龙辀葬大行。义声归御史，疏稿出先生。浮议千秋白，余生七尺轻。当年沟渎死，苦志竟谁明？""怜才到红粉，此意不难知。礼法憎多口，君恩许画眉。王戎终死孝，江令苦先衰。名教原潇洒，迂儒莫浪訾。"文人的笔墨，能为人补过饰非，往往如是。

一二

　　庚午春，苏州韩立方先生掌教钟山，以其

姑名韫玉者《寸草轩诗集》见示，慕庐宗伯之季女也。诗只十一首，而风秀可诵。《病中》云："月落霜寒叶满堰，卧疴正及晚秋时。风檐网结长垂幌，砚匣尘封久废诗。瘦影怕从明镜见，泪痕空有枕函知。何因乞得青囊术，拟向《南华》叩静师。"又有顾颉亭之妻黄汝蕙、字仙佩者，有《送春绝句》说："九十春光暗里催，花飞红雨变芳埃。流莺日日枝头唤，底事东皇驾不回？""柳絮穿帘燕扑衣，林园红瘦绿偏肥。可怜花底多情蝶，犹恋残香绕树飞。"

【译文】 庚午年春，苏州韩立方先生掌教钟山，将他姑母韫玉的《寸草轩诗集》给我看；是慕庐宗伯的小女儿。诗只有十一首，却风雅清秀，可堪吟诵。《病中》说："月落霜寒叶满堰，卧疴正及晚秋时。风檐网结长垂幌，砚匣尘封久废诗。瘦影怕从明镜见，泪痕空有枕函知。何因乞得青囊术，拟向《南华》叩静师。"又有顾颉亭的妻子黄汝蕙，字仙佩，作《送春绝句》说："九十春光暗里催，花飞红雨变芳埃。流莺日日枝头唤，底事东皇驾不回？""柳絮穿帘燕扑衣，林园红瘦绿偏肥。可怜花底多情蝶，犹恋残香绕树飞。"

一八

吴门张瘦铜中翰①，少与蒋心余齐名。蒋以排奡胜②，张以清峭胜；家数绝不相同③，而二人相得。心余赠云："道人有邻道不孤，友君无异黄友苏。"其心折可想。《过比干墓》云："只因血脉同先祖，真以心肝奉独夫。"《新丰》云："运至能为天下养，时衰拼作一杯羹。"读之，令人解颐。瘦铜自言，吟时刻苦，为钟、谭家数所累。又工于词，故诗境琐碎，不入大家。然其新颖处，不可磨灭。咏《风筝美人》云："只想为云应怕雨，不教到地便升天。"《借书》云："事无可奈仍归赵，人恐相沿又发棠。"真巧绝也。至于"酒瓶在手六国印，花露上身一品衣"：则失之雕刻，无游行自在之意。

【注释】 ①张瘦铜：清代文人张埙，字商言，号瘦铜，著有《竹叶厂文集》。 中翰：明、清时内阁中书的别称。

②排奡（ào）：矫健，形容文笔刚强有力。

③家数：技巧、方法、手段。

【译文】 吴门张埙，年少时与蒋心余齐名。蒋以排奡取胜，张以清峭取胜；两位的风格技巧绝不相同，而二人彼此都很欣赏。心余赠诗说："道人有邻道不孤，友君无异黄友苏。"他对张埙的佩服可想而知。《过比干墓》说："只因血脉同先祖，真以心肝奉独夫。"《新丰》说："运至能为天下养，时衰拼作一杯羹。"读后，不禁令人开怀一笑。瘦铜自言，作诗时刻苦模仿，被钟惺、谭元春的技巧牵累。又擅长作词，因此诗境琐碎，不入大家之流。然而诗的新颖之处，也不可磨灭。《咏风筝美人》说："只想为云应怕雨，不教到地便升天。"《借书》说："事无可奈仍归赵，人恐相沿又发棠。"真是巧妙极了。至于"酒瓶在手六国印，花露上身一品衣"：则太过雕刻，少了游行自在的意趣。

一九

　　近日十三省诗人佳句，余多采录诗话中。惟甘肃一省，路远朋稀，无从搜辑。戊申春，忽江宁典史王柏崖光晟见访①，贻五律四首，一气呵成，中无杂句。余洒然异之，问所由来。云："幼讲诗于吴信辰进士。"吴诗奇警。《咏蜡梅》云："阳春如开辟，盘古即梅花。牡丹僭称王，富贵何足夸？群芳诉天帝，鹅雁纷喧哗。乃呼罗浮仙，冒雪诣殿衙。帝曰咨尔梅，首出冠群葩。白袷与绛襦，何以惩奇邪。梅花未及对，黄袍已身加。"《榆钱曲》云："桃花笑老榆，汝是摇钱树。不解济王孙，飞来复飞去。"《午梦》云："竹径凉飙入，芸窗午梦迟。偶然高枕处，便是到家时。"《木兰女》云："绝塞春深草不青，女郎经久戍龙庭。军中万马如挝鼓，只当当窗促织听。"或訾其存诗太多，乃答云："诗自心源出，妍媸惑爱憎。譬如不才子，挝杀竟谁能。"或訾其存诗太少，又答云："诗似朱门宴，谁甘草具餐？三千随赵胜，选俊一毛难。"吴名镇，甘肃临洮人。

唐高骈节度西川，又调广陵。《咏风筝》云："依稀似曲才堪听，又被风移别调中。"吴官山左，又调楚江。《咏怀》云："阿婆经岁抚婴孩，饥饱寒暄总费猜。才识呱呱真痛痒，家人又报乳娘来。"两意相同。余雅不喜陈元礼逼死杨妃。《过马嵬》云："将军手把黄金钺，不管三军管六宫。"吴《过马嵬》云："桓桓枉说陈元礼，一矢何曾向禄山？"亦两意相同。吴又有《韩城行》云："良人远贾妾心哀，秋月春花眼倦开。忍死待郎三十载，归鞍驮得小妻来。"《咏虞美人花》云："怨粉愁香绕砌多，大风一起奈卿何？乌江夜雨天涯满，休向花前唱楚歌。"

柏崖《送客》云："握手才经岁，含情复送君。不堪秋色老，重使雁行分。岳麓山前月，崇台岭外云。都添孤客恨，回首念同群。"诗甚清老，不料衙官中乃有此人。

【注释】　①典史：官名，县令的佐杂官，不入品阶。

【译文】　近日十三省的诗人都有很多绝妙好句，我采录了不少在《诗话》中。只有甘肃省，路远朋稀，无从搜辑。戊申年春，忽然江宁县典史王柏崖（即王光晟）前来拜访，赠我四首五言律诗，一气呵成，中间并无杂句。我顿时感到惊异，问他跟从何人学诗。说："年少时听吴信辰进士讲诗。"吴诗奇警。《咏蜡梅》说："阳春如开辟，盘古即梅花。牡丹僭称王，富贵何足夸？群芳诉天帝，鹅雁纷喧哗。乃呼罗浮仙，冒雪诣殿衙。帝曰咨尔梅，首出冠群葩。白袷与绛襦，何以惩奇邪。梅花未及对，黄袍已身加。"《榆钱曲》说："桃花笑老榆，汝是摇钱树。不解济王孙，飞来复飞去。"《午梦》说："竹径凉飙入，芸窗午梦迟。偶然高枕处，便是到家时。"《木兰女》说："绝塞春深草不青，女郎经久戍龙庭。军中万马如挝鼓，只当当窗促织听。"有人怪他存诗太多，乃答到："诗自心源出，妍媸惑爱憎。譬如不才子，挝杀竟谁能。"有人怪他存诗太少，又答说："诗似朱门宴，谁甘草具餐？三千随赵胜，选俊一毛难。"吴名镇，甘肃临洮人。

唐代高骈作西川节度使，后来又调去广陵。《咏风筝》说："依稀似曲才堪听，又被风移别调中。"吴在山东做官，后来调往楚江。《咏怀》说："阿婆经岁抚婴孩，饥饱寒暄总费猜。才识呱呱真痛痒，家人又报乳娘来。"两首诗意相同。我很不喜欢陈元礼逼死杨妃之事。《过马嵬》说："将军手把黄金钺，不管三军管六宫。"吴作《过马嵬》说："桓桓枉说陈元礼，一矢何曾向禄山？"也是两意相同。吴又有《韩城行》说："良人远贾妾心哀，秋月春花眼倦开。忍死待郎三十载，归鞍驮得小妻来。"《咏虞美人花》说："怨粉愁香绕砌多，大风一起奈卿何？乌江夜雨天涯满，休向花前唱楚歌。"

柏崖《送客》说："握手才经岁，含情复送君。不堪秋色老，重使雁行分。岳麓山前月，崇台岭外云。都添孤客恨，回首念同群。"诗很清妙老成，不料县衙中乃有此类人物。

二二

杭州秋闱榜发，仁、钱两县，往往中者五

六十人。赴鹿鸣宴时^①，倾城士女，垂帘而观，见美少年，则啧啧叹羡。戊午科，年少尤多。有周孝廉名鼎者，年才三十，而满面于思。尝谓余曰："人以赴鹿鸣为乐，我以赴鹿鸣为惨。"余问："何也？"曰："余在路上揭帘坐，则儿童妇女嗫嗫曰：'大胡子，何必赴鹿鸣？'余下轿帘，则又簌簌然笑指曰：'此人不敢揭帘，定坐一白发翁矣。'岂非教我进退两难乎？"徐朗斋有句云："有酒休辞连夜饮，好花须及少年看。"真阅历语。又句云："幽榻琴书偏爱夜，异乡风月不宜秋。""新凉半床月，残醉一帘花。"皆可爱也。

【注释】 ①鹿鸣宴：也作"鹿鸣筵"。古时乡举考试后，放榜次日，州县长官宴请高中的举子、主考、执事人员，歌《诗经·鹿鸣》，跳魁星舞。

【译文】 杭州秋闱放榜，仁和、钱塘两县，往往考中的有五六十人。赴鹿鸣宴时，全城的男女，隔着门帘看，见美少年，就啧啧称赞。戊午年科考，年少的举人尤其多。有个叫周鼎的举人，才三十岁，而满面胡须。曾对我说："人以赴鹿鸣为乐，我以赴鹿鸣为惨。"我问："为何？"说："我在路上揭帘而坐，则儿童妇女嗤笑说：'大胡子，何必赴鹿鸣？'我放下轿帘，则又簌簌然指着我笑说：'此人不敢揭帘，里面一定坐了个白发老人。'岂不是让我进退两难吗？"徐朗斋有句诗说："有酒休辞连夜饮，好花须及少年看。"真是有阅历的人才能说出的话啊。又有诗说："幽榻琴书偏爱夜，异乡风月不宜秋。""新凉半床月，残醉一帘帘花。”都很可爱。

三一

余幼时府试^①，见杭州太守李慎修，长不满三尺，而判事明决，胆大于身，吏民畏之。与卢雅雨同年，一时有“两短人”之号。李喜步韵^②。卢道：“非古也。”规以诗云：“每以歌行矜短李，笑将月旦诮前卢。”李初不以为然，后和“卢”字，屡押不妥，乃喟然服曰：“君言是也。”引见时^③，尝劝上勿以吟咏劳圣躬。上嘉纳之。出外，不言。后恭读《御制初集》，始知有此奏；其慎密如此。

【注释】　①府试：府试是明、清两朝科举考试中，“童试”的一关。通过县试后的考生才有资格参加府试，由知府主持。

②步韵：又称作“次韵”，是和诗的一种方式。须使用被和诗的韵，即被和诗作韵脚的字，且韵字的先后次序都要与被和诗一样。

③引见：皇帝接见臣下或外宾，须由官员引领，即“引见”。

【译文】　我年少时参加府试，见杭州太守李慎修，身高不满三尺，却判事明决，胆魄大于身材，地方官吏和百姓都敬畏他。李与卢雅雨同年，一时有“两短人”的外号。李喜步韵。卢说：“并不是古人传下来的规矩。”作诗规劝说：“每以歌行矜短李，笑将月旦诮前卢。”李最初不以为然，后和“卢”字，屡次都押不好韵，才叹服到：“您说的是啊。”觐见皇上时，曾劝皇上勿因吟咏过劳。皇上欣然接受。出宫门外，从不提及此事。后来我恭读《御制初集》，才知道有这回事；此人就是如此慎密。

三六

牛进士运震，字阶平，号真谷，学问渊雅，年五十有三，无疾而终。未死前一月，屡梦游金碧楼台，光华照耀。一日谓家人曰："昨夜我又游前庭，殆将复位。临去时，汝辈慎毋惊我。"次日，无疾而终。余得公文集，未得其诗，但见《题画》一绝云："泼墨似云林，秋意森满幅。石气翻空青，古树寒如束。樵径寂无人，西风下丛竹。"

【译文】　牛运震进士，字阶平，号真谷，学问博雅，五十三岁，无疾而终。临死前一个月，多次梦到金碧楼台，光华照耀。某一天，对家人说："昨晚我又梦见游前庭，将要复位。弥留之际，你们都不要惊扰我。"第二天，无疾而终。我得公的文集，未得其诗，只见《题画》说："泼墨似云林，秋意森满幅。石气翻空青，古树寒如束。樵径寂无人，西风下丛竹。"

四二

杭州钱进士圯，号北庭，过随园，余晨卧

未起，乃题壁而去。亡何，患奇疾，一日夜饮三石水①，犹道渴甚，遂卒。其诗云："三径亭台水一隈，萧萧落叶点莓苔。小舟隔岸穿花出，怪树当门揖客来。看竹何妨人竟入，题诗好是雨先催。袁安稳卧云深处，怕引西风户未开。"北庭乃玙沙方伯之族弟②，在随园赏梅，一见陈梅岑，即妻以女。梅岑大父省斋③，向作江宁司马，余旧长官也。梅岑年十五，即携至山中，命受业门下，曰："此儿聪明跳荡，非随园不能为之师。"果一见相得。为取名曰熙，其'梅岑'则渠所自号也。性爱吟诗，不爱时文④。余每见其诗必喜，见其文，必嗔。尝规之曰："此事无关学问，而有系科名，奈何勿习耶?"卒以此屡困场屋。后受知于李香林河督⑤，得官河厅司马，亦以诗也。

【注释】 ①石：古时计量单位。十斗为一石。

②方伯：明清时布政使的敬称。钱玙沙，即钱伯琦，乾隆年间曾任福建布政使。

③大父：祖父或外祖父。

④时文：指八股文。

⑤河督：河道总督的简称。

【译文】 杭州进士钱玘，号北庭，路过随园；我还未起床，于是将诗题在墙壁上便离开了。没多久，他便患上一种奇怪的病，每天喝三石水，还闹着说渴得厉害，后来就去世了。他的诗说："三径亭台水一隈，萧萧落叶点莓苔。小舟隔岸穿花出，怪树当门揖客来。看竹何妨人竟入，题诗好是雨先催。袁安稳卧云深处，怕引西风户未开。"北庭是钱伯琦布政使的族弟，在随园赏梅，一见陈梅岑，便把女儿许给他为妻。梅岑祖父省斋，曾作江宁府同知，是我昔日的长官啊。梅岑十五岁，就被带到山中，命他拜我为师，说："此儿聪明活跃，能做他老师的非您不可。"果然相见甚欢。为他取名叫熙，"梅岑"是他自号。生性喜欢吟诗，不爱作八股文。我每次看见他的诗必定欢喜，看他的文章则必会生气。常规劝他说："此事与学问无关，而与科考有关：为什么不学习呢？"最终因此多次科考失利。后来受到李香林河督赏识，担任河厅司马一职，也是因为诗作得好。

四三

　　吴涵斋太史女惠姬，善琴工诗，嫁钱公子东，字袖海。伉俪笃甚。钱善丹青，为画探梅小照。亡何，钱入都应试，而惠姬亡，像亦遗失。钱归家，想像为之，终于不肖。忽得之于破簏中①，喜不自胜，遂加潢治②，遍求题咏，且载其《鸳鸯吟社笺诗稿》。《赠夫子》云："白云红叶青山里，双隐人间读道书。"后入梦云："已托生吴门赵氏，郎可以玉鱼为聘。"钱因自号玉鱼生，赋诗云："可怜女士已成尘，翻使萧郎近得名。听说只今吴下路，歌场人说玉鱼生。"

【注释】 ①篚（lǜ）：用竹篾编的容器，形状不一。

②潢治：裱画的古称。

【译文】 吴涵斋太史的女儿惠姬，擅长弹琴作诗，嫁给公子钱东，字袖海。夫妻感情很好。钱善丹青，为夫人画探梅之像。不多久，钱进京应试；而惠姬逝世，像也遗失了。钱回家后，想象着又画了一幅，但终究不像。忽然某日在破篓里看到了那幅原画，真是无比喜悦，于是将画裱起来，到处请人题诗，并将诗记录在他的《鸳鸯吟社笺诗稿》。有《赠夫子》说："白云红叶青山里，双隐人间读道书。"后来托梦说："已托生吴门赵氏，郎可以玉鱼为聘。"钱因自号玉鱼生，赋诗说："可怜女士已成尘，翻使萧郎近得名。听说只今吴下路，歌场人说玉鱼生。"

四五

常州钮牧村，天才纵逸，倜傥不羁。壬申岁，在苏州福仁山邑宰幕中①，与余元旦登妓楼，遍召诸姬，评花张饮。今三十六年矣，历幕楚、粤、中州，为督抚上客，忽来见访。见赠云："才子神仙且莫论，襟期当代有谁伦。惊人眉宇光先照，传世文章笔有神。天下已无书可读，意中惟有物同春。香山蕴藉东坡达，知是前身是后身？""昔年吴下许从游，元日寻春上酒楼。桃叶娇持名士笔，梅花亲插美人头。板桥歌舞轻云散，铃阁壶觞逝水流。忽漫相逢

怀旧侣，空余江上几沙鸥。"牧村名孝思，受业
于李芋圃检讨。李故余本房弟子^②，牧村亦自称
弟子。或訾之。牧村曰："曾皙、曾参同事孔
子，未闻有太老师之称。"人莫能难。余亦鄂文
端公之小门生也^③，公命称师，曰："太老师尊
而不亲，不必从俗。"

【注释】 ①邑宰：县令。

②本房：科考乡试、会试，考官分房批阅考卷，称考官所在的
那一房为本房。

③小门生：指再传弟子。

【译文】 常州人钮牧村，天才纵逸，倜傥不羁。壬申年，在苏州
福仁山知县幕中，与我元旦那日登妓楼，遍召诸位美人，开怀畅饮。如
今已过了三十六年，钮历任两湖、广东、河南等地幕僚，为督抚的贵客，
忽然前来拜访我。赠诗说："才子神仙且莫论，襟期当代有谁伦。惊人眉
宇光先照，传世文章笔有神。天下已无书可读，意中惟有物同春。香山
蕴藉东坡达，知是前身是后身？""昔年吴下许从游，元日寻春上酒楼。
桃叶娇持名士笔，梅花亲插美人头。板桥歌舞轻云散，铃阁壶觞逝水流。
忽漫相逢怀旧侣，空余江上几沙鸥。"牧村名孝思，早年跟从李芋圃检讨
学诗。李原是我本房弟子，牧村也自称弟子。有人非议。牧村说："曾
皙、曾参一同事奉孔子，并没听说有太老师的叫法。"无人说得过他。我
也是鄂文端公的再传弟子，公命我称他为师，说："太老师尊而不亲，
不必从俗。"

四七

吾乡王文庄公际华^①，与余有总角之好。余

游粤西②，借其手抄《韩昌黎集》，久假不归；诗学因之大进。同举戊午科，与罗在郊三人为车笠之会③。后三十年，余乞养随园，而公官司农④，典试江南，班荆道故⑤。今公委化已久，次子朝扬选江宁司马，来修通家之礼⑥，与谈竟日，清远绝尘，真《孟子》所谓"无献子之家者也"⑦。见赠云："梦想名园二十年，今朝花里识神仙。款门行处真如画，人胜浑疑别有天。槛外烟云饶供奉，榻前图史任丹铅。久知福慧双修到，赢得声名海内传。""先生风味爱林泉，循吏词林总偶然。杖履晚游天下半，文章早列古人前。三层楼阁居宏景，一卷《嫏嬛》记茂先。（公著《子不语》）我劝上清姑少待，缓迎公返四禅天。（今年二月八日，公梦有僧道二人，来请公复位。）"

【注释】 ①王文庄公：即王际华，字秋瑞，号白斋，乾隆十年（1745）进士，授编修。卒赠太子太保，谥文庄。

②粤西：清代指广西地区。

③车笠之会：即车笠之交，指不因贵贱而改变的朋友。

④司农：户部尚书的别称。

⑤班荆道故：形容老朋友在路上相遇，随意聊聊从前的事。

⑥通家之礼：也称通家之好，指两家交情深厚，像一家人一样。

⑦"无献子之家者"：出自《孟子·万章下》，此处指与世不同

的人。

　　【译文】　　同乡王文庄公（际华），是我小时候要好的朋友。我在广西游玩，借他手抄的《韩昌黎集》，久久未还；我的诗因此有大长进。后来我们同中戊午科，与罗在郊三人为车笠之交。又过三十年，我请辞回到随园，而公官至户部尚书，主持江南科考，与我在路上相遇。如今公去世已久，他的二公子朝扬选江宁司马，因两家关系甚好，前来拜访，与我相谈终日，公子清远绝尘，真是《孟子》所谓的"无献子之家者也"。赠我诗说："梦想名园二十年，今朝花里识神仙。款门行处真如画，人胜浑疑别有天。槛外烟云饶供奉，榻前图史任丹铅。久知福慧双修到，赢得声名海内传。""先生风味爱林泉，循吏词林总偶然。杖履晚游天下半，文章早列古人前。三层楼阁居宏景，一卷《嫏嬛》记茂先。（先生著有《子不语》）我劝上清姑少待，缓迎公返四禅天。（今年二月八日，先生梦有僧道二人，来请他复位）"

五二

　　沐阳教谕朱黻，字竹江，江阴诗人也。闻余至，朝夕过从，间一日不至，余与吕公必遣人促之。《咏落花》云："名园酒散春何处？剩有归来屐齿香。"《春草》云："萋萋那得不关情，画裙拂遍花时节。"皆清丽可爱。为余送别云："世间皆小住，诗卷已长留。"和五古四章尤佳，因太长，载《续同人集》中。

　　【译文】　　沐阳县的教谕朱黻，字竹江，江阴诗人。听说我到了沐阳，早晚来访，隔一日不到，我和吕公必定派人去促请。《咏落花》说："名园酒散春何处？剩有归来屐齿香。"《春草》说："萋萋那得不关情？画裙拂遍花时节。"都清丽可爱。为我送别说："世间皆小住，诗卷已长留。"和五古的四首特别好，因太长，载《续同人集》中。

五七

曹剑亭侍御《胥江》云："市近人声杂，船多夜火明。"王廷取太守《沙河》云："危巢双燕宿，破屋一驴鸣。"汪守亨秀才《佛寺》云："塔影冲霄直，亭阴向午圆。"王麓台司农的《题画》云："蛟龙疑有窟，风雨若闻声。"此数联皆闻人传诵，而余爱之，故摘记者也。曹又有《送梁阶平司农随驾木兰》云："猎猎旌旗拥玉珂，森森帐殿碧嵯峨。三秋月色临边早，万马风声出塞多。晨捧金泥随辇草，暮翻玉靶落天鹅。知君奏罢《长杨赋》，合有新诗寄薜萝。"通首唐音。

【译文】 曹剑亭侍御的《胥江》说："市近人声杂，船多夜火明。"王廷取太守作《沙河》说："危巢双燕宿，破屋一驴鸣。"汪守亨秀才的《佛寺》说："塔影冲霄直，亭阴向午圆。"王麓台司农的《题画》说："蛟龙疑有窟，风雨若闻声。"这几联都听人传诵，我也欣赏，因此摘录下来。曹剑亭又有《送梁阶平司农随驾木兰》说："猎猎旌旗拥玉珂，森森帐殿碧嵯峨。三秋月色临边早，万马风声出塞多。晨捧金

随
园
诗
话

泥随辇草，暮翻玉靶落天鹅。知君奏罢《长杨赋》，合有新诗寄薜萝。"完全是唐诗的韵味。

六一

先君子幕游楚南①，旧主人高公名清者，在衡阳九年，亡后，以亏帑故，妻子下狱。先君子出全力援之，竟得归殡。有杨朗溪太史赠诗云："袁夫子，当今真义士。一双冷眼看世人，满腔热血酬知己。恨我相见今犹迟，湘江倾盖缔兰芝。"余时尚幼，读而记之，今忘其全首矣。太史名绪，武陵人，权奇倜傥②；诗宗少陵，字写《争坐位》③。雍正间，苗民蠢动，王师征之，未捷；公学郦生④，单身入洞说之，群苗罗拜乞降⑤。亦奇士也。

【注释】　①先君子：对已故祖父或父亲的尊称。这里指袁枚的父亲袁滨。　幕游：古时离乡当幕友被称为幕游。

②权奇：形容智谋出众。

③《争座位》：即《争座位帖》，也称《论座帖》或《与郭仆射书》，是颜真卿写给定襄王郭英乂的书信手稿，与《祭侄文稿》《祭伯文稿》合称为"颜书三稿"。

④郦生：即郦食其，以其三寸之舌游说列国。

⑤罗拜：围绕着下拜。

【译文】　先父幕游楚南，旧主人高清，在衡阳待了九年；高公去世后，因欠公款的缘故，妻子入狱。先父全力相救，不想在此期间离世。有杨朗溪太史赠诗说："袁夫子，当今真义士。一双冷眼看世人，满腔热血酬知己。恨我相见今犹迟，湘江倾盖缔兰芝。"我那时还小，读后便记住了，如今已记不全。太史名绪，武陵人，权奇倜傥，作诗以杜少陵为宗，书法模仿《争座位帖》。雍正年间，苗民蠢动，王师出征，未成功。公学郦生，只身入苗洞游说，群苗都下拜求和。也是奇士啊。

六二

康熙间，山左名臣最多，如：相国李文襄公之芳之功勋；湖广总督郭瑞卿琇之刚正；两江总督董公讷之经济：皆赫赫在人耳目；而皆能诗。世人不知者，为其名位所掩也。李《与施愚山陪祀郊坛》云："太乙瑶坛接露台，龙旌遥拂翠华来。仙韶细度《云门》奏，玉殿初明泰畤开。千尺炉烟天外转，九重环佩月中回。祠官解有登封意，独愧甘泉作赋才。"董《兴化道中》云："村从烟际出，草逼浪头生。"《沅州道中》云："云里诸峰堪入画，雨中无树不含秋。"郭撰《太皇太后挽词》云："抚孤三十载，两世际和丰。渭水开姬历，涂山助禹功。鸡鸣问曙切，乌哺报刘同。遥想含饴日，徽音宛在躬。"又，《偶成》云："去官人易懒，无累病常轻。"皆可诵也。相传：郭公之劾纳兰太傅也，趁其庆寿日，列款奏之。旋带疏草，登门求见。太傅疑此人倔强，何以忽来称祝。延之入，长揖不拜，而屡引其袖。太傅喜曰："御史公亦有寿诗见赠乎？"曰："非也，弹章也。"太傅读未毕，公从容曰："郭琇无礼，应罚自饮一巨觥①。"趋而出。满座愕然。少顷，太傅廷讯之旨下矣。一说：郭初宰吴江，簠簋不饬②，闻汤潜庵来抚苏州③，自陈改悔之意，请另择日到任，果声名大震。汤遂荐之。后汤为太傅所倾；郭故劾之报师恩，亦以申公论也。

【注释】 ①觥：古代酒器。

②簠簋（fǔ guǐ）不饬：簠、簋，古代食器；不饬，不整齐。借指贪污。旧时弹劾贪吏常用语。

③汤潜庵：即汤斌，字孔伯，号荆岘，晚号潜庵。官至工部尚书，卒谥文正。

【译文】 康熙年间，山东名臣最多，如相国李文襄公（李之芳）功勋卓著；湖广总督郭瑞卿（郭琇）刚正不阿；两江总督董公（董讷）经世济民：都赫赫在目；而且都擅长作诗。世人不知道，是被他们的名位掩盖了。李的《与施愚山陪祀郊坛》说："太乙瑶坛接露台，龙旌遥拂翠华来。仙韶细度《云门》奏，玉殿初明泰时开。千尺炉烟天外转，九重环佩月中回。祠官解有登封意，独愧甘泉作赋才。"董作《兴化道中》说："村从烟际出，草逼浪头生。"《沅州道中》说："云里诸峰堪入画，雨中无树不含秋。"郭撰《太皇太后挽词》说："抚孤三十载，两世际和丰。渭水开姬历，涂山助禹功。鸡鸣问曙切，乌哺报刘同。遥想含饴日，徽音宛在躬。"又，《偶成》说："去官人易懒，无累病常轻。"都可传诵。相传，郭公弹劾纳兰太傅，趁太傅庆寿之日，罗列事状上奏。立马又带着奏章的草稿，登门求见。太傅心生疑虑，此人倔强为何忽来祝寿。请入堂上，只作揖不拜寿，又多次拂袖。太傅高兴地说："御史公也有寿诗见赠吗？"答："不是，是弹章。"太傅还没读完，公从容地说："郭琇无礼，应罚自饮一巨觥。"避席而出。满座大惊。不多久，太傅廷讯的圣旨就到了。有人说：郭最初作吴江县令，簠簋不饬，听说汤潜庵巡抚苏州，自陈改悔之意，请另择日到任，果然声名大震。汤于是推荐他。后来汤被太傅打压；郭因此弹劾太傅报师恩，也以此伸张正义。